JN297620

わが町 新宿

田辺茂一

紀伊國屋書店

わが町・新宿——目次

附録・**紀伊國屋書店と私**

わが町・新宿

田辺茂一

明治の終わり

私は明治三十八〔一九〇五〕年の生まれだから、昭和五十〔一九七五〕年で古稀になった。ちょうど七十年、ここ新宿に生い育った。

現在紀伊國屋ビルのある場所に、私の生家である炭問屋があった。燻《くす》んだ店先であったが、奥のほうに、数棟の納屋がつづいていた。

ある雨の日、父親《おやじ》の背に、ネンネコ半纏《ばんてん》に包まれて、新宿の裏通りを通っていたとき、番傘の上にバラバラと、小石大の白いものが降ってきた。赤ん坊であった私は驚いて、その衝撃《ショック》に粗相をした。

父親は慌てて、顔みしりの家に飛び込んで、私の小さい足をあげ、汚れたオムツをとりかえてくれた。

その情景が、まだ私の記憶にある。

記録によると「明治三十九年新宿に大雹降る」となっているから、私の数え年二歳のころのことだ。

同じく、小僧の背にのって、大村の山の中にもわけ入ったことがある。

この大村の山は、現在の歌舞伎町一帯だが、そのころは、鬱蒼とした大木が茂っていて、山鳥や山犬がいた。

山の真ん中に池があり、その池のまた真ん中に島があり、小さな舟が舫《もや》っていた。

この山は大村子爵の所有地であったため、大村の山と呼ばれたが、その後、明治の終わり、その森林は伐採され、尾張屋銀行・峯島茂兵衛氏の所有となったため、伐採されたその原っぱは、尾張屋の原と呼ばれた。

新宿二丁目の北裏一帯は、新宿将軍の異名があった浜野〔茂〕邸であったが、通りに面したところなどでも、昼なお暗い笹藪が生い茂り、忠臣蔵の定九郎《さだくろう》でも、突如、あらわれそうな場所であった。

土地の故老格である、野村専太郎さんの話によると、新宿南口に流れていた多摩上水も、きれいな青い水で、子供のときは、泳いで魚を捕まえた、ということである。

明治の終わり、大正の初期は、私の少年時だが、その頃の新宿は、実際何んにもなかった。名所図絵ではないが、太宗寺の縁日、大久保のつつじ、十二社《じゅうにそう》の滝を指折るくらいであった。

新宿停車場は、明治十八年の創設だが、最初は野州（栃木県）の薪炭《しんたん》を集散するための貨物駅として発足したためもあって、雨の日などは、乗降客が一日一人という日もあったと伝えられている。

停車場付近の線路沿いに、私の生家と同様の薪炭を商う問屋が、二十数軒あったが、今日では、みんな姿を消している。

新宿の中心地は、むかしは四谷寄りの甲州・青梅の街道の岐《わか》れる追分付近であったが、その追分から、大木戸（現在の新宿御苑前）まで、通りの両側に、宿場新宿の名残りとどめて層楼のお女郎屋が並んでいた。

どの家にも、店先に大きな用水桶がおかれていた。

追分から、市電終点への大通りでも、焼酎や、一膳めしや、古道具や、馬具や、銭湯、人力車屋、魚や、宿屋、運送店などがあった。

電信柱には、荷馬車の馬がつながれ、時折、通行人に嚙みついたりした。

車道と歩道との間の空地に、縁台を出して夏の夕方などは、将棋好きだった私は、小僧相手に、将棋指しに夢中だった。

パンの中村屋は、明治四十年、本郷春木町[1]から引越してきたが、現在は斜《は》すっかいだが、当時は、私の家の真ん前であった。

相馬愛蔵、黒光夫妻のほかは、住み込みの小僧さんが二人きりであった。

通りをへだてて、「オーイ中村屋さん、電話ですよ……」と怒鳴ると、お内儀さんの黒光女史が、背のタスキをはずしながら、飛んできた。

「番町の一〇七番」が、私の家の電話番号であったが、付近の家に、電話がなかった。

度数制でなかったから、料金に変わりがなかったが、それでも、盆暮れには、三白の砂糖袋をあいさつ代わりに貰ったりした。

高野果実店が、芝大門から新宿に越してきたのは、明治三十年代だったと思うが、店の体裁は、戸板の上に栗を並べ、八百屋風であった。[2]

ただ立派な学習院御用の看板だけが、ひと際、目立って見えた。

食い物屋も少なかった。すしやが一軒、そばやが二軒、中華料理が一軒、洋食屋はまったくなかった。

その一軒のすしやの「宝ずし」も追分の先にあり、中華料理の「安直軒」も追分よりの［市電］車庫前にあった。「安藤」という靴屋も一軒あったが、全部註文制だったから、店頭に品物は陳列されていなかった。

大正のはじめ

つまり明治末期は、新宿には目星しいものは何ひとつなかったのである。

お医者さんといえども、追分裏にあった日原医院が一軒あったきりであった。

活動写真も、四谷まで出かけた。荒木横丁の一つ手前の横丁にあった「第四福宝館」だけであった。幼時、私はその小屋でカチューシャ可愛いやの「カチューシャ［の唄］」［一九一四年］を観た。

呉服、玩具、瀬戸物、お祭りもみんな四谷通りであった。

淀橋の鎮守である、十二社の祭礼など、四谷に較べると、てんで比でなかった。

四谷のお祭りは、大木戸から見附までの大通りに、彩色された絵の行燈が美しかった。神輿も豪華だったし、本格の役者衆が出たサジキ舞台も、眼を奪った。

両国の大角力《おおずもう》の地方巡業の小屋のかかったのも、大木戸裏であった。

小常陸《こひたち》、石山、柏戸などが、四谷新宿界隈の出身力士であった。

寄席も四谷の「喜よし」であり、「末廣亭」は年に数回、浪花節、琵琶がかかる程度であった。

要するに、ちょっとしたことは、みんな四谷へ行かなければ間に合わない、という新宿であったのである。

そのころの新宿を諷《ふう》した狂歌には、女郎と馬糞で、新宿を象徴しているものが多い。その馬糞のはなしだが、朝未明、甲州・青梅の街道筋の百姓さんたちは、神田の青物市場まで行くのであろう、野菜を一杯籠につめて、車を引っぱって通る。

そして、帰りには、その朝の野菜の同じ籠に、通り端の馬糞を拾っていくのである。同じ車に、野菜と肥桶と一緒のときも、しばしばである。肥桶からは、汁もたれているのである。子供心に私は、不衛生もいいとこだと思った。

親類筋が、荻窪の大宮前にあったが、私の家の汲取代《くみとり》のお礼に、歳末には、百姓さんのほうから、沢山の餅や野菜を貰ったものであった。

汲取代が、今日とは逆さになっていたのである。

とりわけ新宿に馬糞が多かったのは、停車場付近に、薪炭の問屋が沢山あり、荷馬車が多かったせいである。

七つ八つの頃、私は朝はやく、「おい散歩だよ!」という父の声に督促されて、手をとられながら、新宿の停車場の貨物ホームへでかけた。

ホームもあったが、ホームのないところもあった。線路沿いに、現在の東口から、千駄ヶ谷方面まで歩いた。

有蓋《ゆうがい》、無蓋の貨物車だが、扉の隅に荷札がついている。発送駅と積みこまれた品名が表示してある。

小山、今市、黒磯（栃木県）、白河（福島県）あたりが多かったが、その駅名と品名をみて廻っただけで、おやじの頭には、新宿停車場の入荷量がわかるのである。

有蓋列車の屋根に、雪のあとがあれば産地は大雪だなあと、推定するのである。むろん、新宿の問屋中の納屋にある、堅炭、楢薪《ならまき》、石炭、コークスの在庫量も、おやじの頭のうちにある。品物が少ないとみれば、問屋のソロバンは、珠《たま》が、二つ三つ足されるのである。

朝の散歩で、つまりおやじは、棚卸しをし、その日の相場をきめていたのである。

よけいのことだが、私の父は、小学校は四年までで神田河岸の炭屋に小僧奉公に出され、ときに黒磯在の炭小屋で、炭焼きまでしたので、この道では、権威？であった。

私の小学校の折、父のお随伴《とも》で、水戸（茨城県）で開かれた共進会の会場にでかけたことがあるが、自慢の炭が陳列されてあったが、審査員の父が「これは燻《くす》ぶりますよ……」と注意すると、県庁の役人が、慌てて、俵の尻をほどく。椚《くぬぎ》の皮が赤くなっている。つまり燻ぶるのだ。顔だけみてわかるということは、たいへんなことだ、これが修業というものだと思った。

父の慧眼《けいがん》を、伜《せがれ》の私が報告するのも妙なものだが、恐れ入ったことで、もう一つある。

荷馬車に積んだ、何十俵、何十把の、薪炭を、ひと眼で計量してしまうことだ。

大正期の内藤新宿　新宿歴史博物館蔵

私の家の店の帳場で、倉庫から積んだ荷馬車の積荷をみている。

一瞬二、三秒で、そのクルマは過ぎるのである。

「ちょっと待って、一俵足りないぞ！」とおやじが声をかけると、必ず一俵足りなかったりしたものである。角俵などは、四角いから、積み方で、見当もつくが、薪の束など、色々な恰好してるから、到底、素人ではできないのである。

大正の中ごろ

私の父は、酒好きであったが、節約家《しまりや》のほうであった。父が私に訓《おし》えた言葉に、

「世の中に、金儲けなんてことはないのだ。ただ節約した金が、残るだけだ……」

勝負ごとも嫌いで、酒以外の道楽と云えば、魚捕りと撞球《どうきゅう》ぐらいだった。

若いとき働き過ぎたためか、四十歳で、医者から心臓肥大症を指摘されて、以後はあまり働かなくなった。

鮎の解禁時の六月一日には、きまって多摩川にでかけた。少年の私もつき従った。

大正四［一九一五］年、追分からの京王電車は、調布まで開通している。

最初のころは、砂利を積んだ貨車と客車が連結されて走っていた。

開通したとき、私は便利になったと思った。その前までは、いったん新宿から渋谷に出て、

玉川電車に乗り換えて行っていたからである。

その多摩川行きの、満員の車中で、吊皮によりながら、英文の原書を読みふけっている人をみた。

知人らしかったので、父に訊ねると、茅原《かやはら》華山氏であった。子供心に私は感心した。

当時の河原の清流は鮎も多く、ケ針だったが、少年の手でも、二百匹ほども釣れた。

鮎のないときは、釣堀にでかけた。東中野や、高田馬場にあった。

サナギの餌で、鯉をつるのだが、その餌を針につけるのが難しい。

「坊ちゃん、つけてあげよう……」と釣堀屋の半纏をきたおやじさんが代わって餌をつけてくれた。

世が移り、その人が、テレビCMの結婚披露宴で有名な、東中野の「日本閣」さんの先代である。

投網も好きで、淀橋橋下を流れている神田川や、原宿の穏田《おんでん》川なども漁《あさ》った。

穏田では、川の主とも思われる鮭大の大きな二尺余の鯉を捕まえた。飛び込んで、網の上から、格闘するように捕まえたのである。

祖父のお随伴《とも》では、大木戸にできた芝居小屋、「大国座」にでかけた。

劇場右手に、歌舞伎座並に、料亭風の茶見世があった。

その茶見世から、女中さんの案内で、枡《ます》席に案内される。

小火鉢もあり、ご馳走も運ばれてくる。むかしの芝居小屋の情緒があった。

沢村訥子《とっし》、中村竹三郎らの出演が多かったが、いずれも若手ながら、芸達者な印象であった。はたからみていて、祖父は、必要以上のご祝儀を、女中たちに渡していたように思われた。父は節約家だったが、祖父は気前のいいほうであった。私に『浪費の顔』〔七曜社、一九六四年〕という随筆集があるが、私の今につづく夜な夜なの浪費癖は、この祖父の血につながっている。いずれ、このことについては、後述することにしたい。

大正七年ごろ、新宿終点界隈で、当時としては初耳の一大地下街ができるという評判が流れた。

地下に立派な商店街ができたら、地上の商店への影響は大きい。

「重大だぞ！」ということになって、地上の商店主たちが、寄り集り相談をした。

対抗策にチエを絞ったのである。

結果として生まれたのは、映画劇場「武蔵野館」であった。積極的に客を集めるために、これが一番いいと、きまったのである。

三階建ての、白亜のビルであった。

新宿表通りでの、唯一宏壮のビルとなった。

協議した近所の商店主が、重役陣に加わって、資本金十一万円の会社ができた。

洋品の桜井新盛堂の桜井新治、トンカツ早川亭の早川右一郎、中西運送店の中西長次郎、それに私の父、田辺鉄太郎、ほか二、三氏が加わって、できあがった。

社長に、桜井さんが推された。

中学生だった私は、最初「武蔵野館」という名前が気に入らなかった。なんとなく、古風で、旧臭《ふるくさ》い。

宮本武蔵や、武蔵野の原っぱを想起した。

関東大震災後は洋画を上映したが、開館当時は、日本物ばかりであった。

むろんトーキーはまだない頃で、舞台の両袖に、男女の弁士が控えていて、画面にあわせて声色を使うのである。

開館時の主任弁士は、今に記憶するが水野松翠という人だった。

映画は題名は忘れたが国活映画〔国際活映〕で、五味国太郎主演、女優に茶摘み女で、若い日の英百合子《はなぶさ》さんがでていた。

「生駒山上、何者とも知れず、何ごとかを求むるがごとき一人の男がいた……」云々が、その映画説明の第一声だったことを、不思議に覚えている。[3]

大正の終わり

開館当時は、武蔵野館も、日本物ばかりで国活から、大正活映、松竹映画等を上映し、活弁時代であったが、大正十二〔一九二三〕年の関東大震災を契機として、洋画専門館になった。[4]

したがって弁士も説明者に変わり、大蔵貢《みつぎ》、山野一郎、藤浪無鳴、住吉夢岳、徳川夢声などになった。牧野周一は、もう昭和に這入《はい》ってからのことだ。

主として二本立で、最初二巻物の実写が映った。この前座の説明者に、浅井暁洋君というのがいた。あるとき、

「柱の木蔭へとは、隠れたのであります……」という説明には、噴飯《ふんぱん》した。

「ムサシノ」では長いので、ファン仲間では、略称で「ムサ」と呼んだ。

ファンの投稿なども載せ、ムサの「プログラム」は、ちょっと評判であった。

そのプロの編集には、当時、慶大の学生であった岡崎眞佐雄、井関種雄、それに森岩雄なども参画していた。

早稲田高等学院の学生であった古川ロッパ〔緑波〕も、制服制帽のまま、この編集室に出入りしていた。

部屋は賑やかであった。そのころウワサに、実直で、節約家《しまりや》であった大蔵貢さんが、髪の油は買わないで、道路の轍《わだち》のあとに泛《うか》んでいるクルマの油を、ひょいと手ですくってチークがわりに使ったということであった。

私はまだ中学の上級生だった頃だが、映画を観るのも好きだったが、説明者の抑揚にも聴き惚れた。

切符も優待券も必要ない、顔だから、説明のサワリの場面だけ、時間を見はからって、出かけた。

藤浪無鳴の「マダムX」〔一九二二年初映〕、山野一郎の「モヒカン族の娘」〔二四年初映〕、「キック・イン」〔二三年初映〕の名調子は、ナカナカの絶品であった。

震災で下町一帯が焼けたので、映画館もなく、ムサシノだけが焼失を免れたので、客を一手に集め、焼肥《やけぶと》りであった。

会社は六割の配当をし、毎日のごとく大入袋がでた。

父は、その大入袋を、わが家の茶の間の、長火鉢の横の壁に吊るして、晩酌の北《ほく》そ笑《え》みのアクセサリーにしたが、母はその飾りを嫌った。

私の学業の成績の低下したとき、到頭、そのお飾りのせいにして、つながれた大入袋をとりはずした。

震災の折は、新宿付近は、追分ちかくまで、その災禍に遭ったが、終点付近は無事だった。

だが後年、旭町と変名されたが、当時は南町と呼んでいた千駄ヶ谷に通ずる木賃宿街一帯には、ふだんから朝鮮の人々が多かった。

電灯が消え、街が真暗になり、流言蜚語が飛んだ。殺伐と不安が交錯した。

十九歳の血気だった私は、家にあった刺子半纏に身をつつみ、日本刀を差し、夜の警戒よろしく巡回した。

下町の火災が下火になったのを見はからい、単身、自転車を駆って、吉原、洲崎方面にでかけた。吉原神社の宮司が、親類筋であった関係もある。

まだ生々しく、浅草ひょうたん池には、数十のお女郎衆の屍体が累々と折り重なっていた。

江東の川は、ほとんど橋がなかった。

自転車を担ぎながら、象のように大きくなった丈余の馬の腹を、飛び越えながら川を渡った。

私の姉が、日本橋魚河岸の虎忠商店に嫁《か》していたので、その一家とそれにつながる一族が、大挙、わが家に押しかけてきたことが印象的であった。

当時の災禍も、その後の戦災のそれと較ぶると比較にならないためか、今になってみると、台風一過の印象ぐらいにしか、記憶に留まっていない。

大正の終わりと云えば、その頃、現在の厚生年金会館辺の場所に「新宿園」というのができた。

堤康次郎氏の「箱根土地」の経営であったが、浜野邸が買収され、鶴見（横浜市）の花月園を模して、演出されたものであった。

邸跡であったから、池あり、築山ありで、風情があって、雅致ある遊園地であった。

孔雀がいたり、檻《おり》には猿もいた。

園内の奥のほうに、劇場風の小屋もあった。「白鳥座」と云った。

来日したアンナ・パブロバ（パヴロワ）の舞踊をここでみたことがある。

岩壁を背景にしたような、野外劇の舞台もあった。

十七のころの芸術座所属の水谷八重子が、薄い白い羅紗の布をまとって「サロメ」を演じた。

盆の上のヨカナンの首を擁して、すでに成熟した彼女の肢体が、薄物を通して、美しかった。

カブリつきで、私はつばをのんだ。十八の夏の夕であった。

因果のはじまり

この稿は、テーマを昭和史に限ってあるので、できるだけ急ぎ、そこに這入りたいのだが、ナカナカ素直にそこに這入りつかない。それにこのことは、明治大正もあるが、昭和にもつながり、現在にも及んでいる。仰山に云えば、私の今日の人間形成に、大きく影響している。その意味で、行きつ戻りつは、お許しねがいたい。

私の祖父田辺茂八は、安政四〔一八五七〕年の生まれだが、明治の中期、新宿で、材木商を営んでいた。場所は、現在の新宿三越の横丁で、甲州街道に通じる通りであった。昔は山善横丁と云った。この呼称は、この通りの左側に、山田屋善兵衛という質商があったからだ。その右側に、祖父の材木問屋があった。

祖父は派手好きではあったが、温厚な人柄で、いくらか衆望もあったためか、淀橋町役場の収入役兼助役を二十五年間、勤めた。

大正三〔一九一四〕年の御大典の折は、その業績により政府から三つ重ねの金盃を拝領した。ところが明治四十五〔一九一二〕年、父の薪炭問屋が、店を新築した。これが炭問屋の店先としては、厚いガラス戸が這入り、大きな良材など使われて、一見立派だった。

当時、小さい場末の町ながら、町政に、政民の抗争があった。一方の政友会はよく覚えているが、相手方は憲政会だったか、民政党だったかは、忘れた。私の祖父、父は、品川を地盤としていた高木正年代議士を支持していた。アンチ政友会派であったことは確実である。

そのため「紀伊國屋の新築は、役場の金を胡麻化して、作られたんだ」という悪評が流れた。今で云う汚職である。やまと新聞夕刊に、その記事がデカデカと出た。

私の家の前に、通りひとつ隔てて「松之湯」という銭湯があったが、そこにでかけても、私の耳に、そういうウワサが這入ってくる。子供心に、私は口惜しかった。

その嫌疑で、祖父は、毎朝、未明、和服に尻をはしょった刑事《デカ》がやってきて、拘引されて行き、夕方には放免されるのだが、肩を落として帰ってくる。

検事局では、鬼をもって鳴った乙骨［半二］検事の峻烈な取調べをうけた。一ヶ月ほどつづき、無罪放免、冤罪はやっと晴れた。

表面の事件は、それだけのものであるが、内実は、それだけではなかった。

この事件を契機に、祖父の人生観が変わったのである。世間が馬鹿々々しくなったのである。祖父は、その事件の起こる前までは、角筈《つのはず》のホトケさまとまで云われていた好人物なのであった。ホトケさまが、たとえひとときとは云え後ろ指をさされるような憂き目を経験したのである。屈辱感は致し方ない。一種の自暴も加わっただろう。

祖父は九段富士見町の花街で馴れそめた芸妓と親しくなった。

一軒もたせ、富士見町の路次裏に、名も「紀の國」という軒燈《けんとう》のついた家に、入り浸った。小待合である。その帳場横の長火鉢の前に座って、お客のお銚子の燗番《かんばん》役におさまる体《てい》となった。

祖父が二号の家にいて、家に戻らないから、祖母の悋気《りんき》は、当然昂じた。ヒステリーで長い病床に臥した。

十一のときであった。「茂《しげ》や、ちょっとおいで……」と、その祖母の病床に孫の私はよばれた。

祖母は私の手をつかんで、「茂や、この仇《かたき》はきっととっておくれよ……」と云った。

早熟だった私は、すぐその意味がわかった。「大丈夫、ぼくが、必ずとりますから……」と祖母に誓った。

それから数年、家の中は、一種の暗雲の低迷であった。祖母の悋気は、留守の祖父に向けられぬまま、嫁である私の母に当たったりした。ある日、富士見町から電話がかかった。

「脳溢血で、厠《かわや》で彼女が斃《たお》れ、そのまま息を引きとった」という報らせであった。

私はさっそく、病床の祖母に報告した。

それをきいた翌日、祖母もまた、この世を去った。執念で生きていたのである。

前後するが、その前年の夏、私の十七のとき、私の母も死んでいる。二ヶ月ほど腸チフスを患っていたが、恢復《かいふく》し、名医吉光寺博士も来診されて、「こんど、反《かえ》って大丈夫になりますよ……」と保証して帰ってその一日隔《お》いた翌日である。

病床にいた祖母が起きあがってきて、衰弱した母の枕頭で、執拗に母をなじった。内容は省略するが、病気ゆえの嫁いびりであった。私はすぐ傍にいたから、そのことを知っている。母の容体が悪化し、数日後、母は死んだ。「脳なんとか症」という病名であった。

その時期、祖母も母もなく、私の家は女っ気がなくなって、ガラン洞《どう》のように成った。

ほてい屋百貨店進出

家のなかと云うものは、女っ気がないと、ガラン洞になる。そうなると、無暗《むやみ》と風が吹き抜ける。

母の亡くなった翌晩、通夜の客の大勢いるなかで、祖父と父は、大きな声で、云い争った。絶えてみない光景であった。

これは、若い日の私の勘だが、あきらかに祖父と父の狼狽を語っていた。当《あて》にしていた、頼りにしていたものが、居なくなってしまったからである。

中村屋の相馬黒光さんの随筆集『默移』〔女性時代社、一九三六年〕に、

――新宿に引越してきた当座、頼りになり、相談相手に乗ってくれるひとは、お向こうの紀伊國屋のお内儀さんだけだった――という文章が載っている。[5]

私の母というのは、寛厚で、慈悲ぶかく、叱言《こごと》も次元が違っていた。

ひと口に云えば、中江藤樹の母のような母親だった。生憎《あいにく》、私が藤樹になっていないから、この形容は無理かも知れないが……。

急ぎ足で、摘記するが、母は四十二歳、父は四十歳であった。

一年ほどし、父は後妻《あと》を貰った。こんどは三十二の若い女房である。私は二十歳《はたち》だったから、新しい母は、私と十しか年が違わない。

新しい母は、若かったせいもあるが、顔に化粧をし、裾のあたりから、紅《あか》いミヤコ腰巻が、

チラホラした。

夕餉《ゆうげ》の餉台《ちゃぶだい》では、新しい若い女房を迎えた晩酌の父の傍に、私が座っていると、何かオブザーバーみたいな立場になる。サマにならない。野暮な監視人だ。

当時、私は惣領のせいもあって、炭屋の帳場も担当していた。金銭登録器のないころだったから、金は自由だった。

その前後、私は花街の味を覚えた。金ですむことなら、両親のたのしみを奪いたくないと思った。たのしい夕餉の膳に、私は立ち会わないほうが、親孝行なのだ。

夕方ちかくなると、私はちかくの四谷荒木町の花街にでかけた。

酒も飲まず、芸もないから、ただ抱いて、寝て帰るだけであった。それが日参であった。毎夜、女は変わる。数年し、いつの間にか、たくさんの数になった。勢いの赴くところで、悲願などではない。

その挙句、二十七のとき、結婚したが、舌も肥え、眼も肥え、万端肥えてしまってからの若い素人女性だから、うまくいく道理はない。私自身の我儘《わがまま》もあった。

「固い鼻緒を我慢するこたあねえや……」と、私はそれを捨てた。多少は気のつよい女房にも責任はあったが。

後遺症というのではないが、爾来四十年、私は独身である。

話を端《は》しょって、短くしているのだが、これを要するに、祖父の事件が、因果のはじまりで、家ん中がガラン洞になり、それから親孝行、千人斬とつづいて、今日に到っている。元はと云えば、祖父というより、マスコミの暴力である。

この世には、表と裏がある。表面というものはつまらない。私の若い日の経験は、富士山は御殿場口ばかりとは限らない。吉田口からだって登れる。いや裏のほうが面白いぜ、とそんなことを私に訓えたのである。

前記のように、むかしは、新宿より四谷のほうが賑やかであった。

呉服屋も、「武蔵屋」「ほてい屋」の二大呉服店があった。

私の家は、ほてい屋さんの得意先であったから、私も幼時から、年始に行ったり、先方もきた。

新宿は火事が多く、そんなときほてい屋の番頭さん達は、十人ちかく揃って、揃いの法被《はっぴ》、揃いの赤い提灯をさげて、威勢よく見舞にきた。名物のようでもあった。

名刺ひとつの近火見舞だが、むかしは義理人情のしるしでもあったようだ。

大正の終わり、ほてい屋主人西條清兵衛氏が、私の父に会いにきたことがある。

西條さんが帰ったあと、父は私に相談した。「うちの地所に、百貨店を建てたいというんだがね……」

「だってぼくは本屋をやりたいもの」と私は抗議した。その後妥協案として、百貨店の四階全部を書店にしてもという話もあったが、私どもは、それを断わった。

武蔵屋が新築した。それへの対抗上ほてい屋の新宿進出も、曲折のあと、新宿車庫横の遊廓「新美濃」を買収して、めでたく、六階建てのビルが建った。宏壮な景観であった。大正十五

〔一九二六〕年である。

昭和十〔一九三五〕年伊勢丹と合併までつづいたが、合併は、不況のせいになっているが、社長西條さんが、家庭上のトラブルで縊死《いし》したのが原因である。初めから、黒眼鏡をかけた西條さんには、昏《くら》い翳《かげ》があった。

紀伊國屋書店開店

昭和二〔一九二七〕年一月二十二日、新宿市電終点に、紀伊國屋書店は開業した。私の数え歳二十二歳の春であった。

書店の夢は、私の七歳のときからであった。やっと素志を実現したのである。父の家業であった薪炭問屋も、盛業中であったので、惣領の私が転業することには、勿論、反対もあった。が、独りっ子同様、我儘に育った私には、そんなことは問題でなかった。

大正十五年の春三田〔慶應〕の専門部――後に高等部と成ったが――を卒《お》えると、しばらくし、伝手《つて》を求めて、銀座の尾張町にあった近藤書店に勤めた。勤めたと云うより、奉公にあがったのである。

朝、でかけて行き、木綿縞《じま》の筒袖、角帯、前かけ、当時の、本屋さんの丁稚《でっち》の恰好そのままで、店頭に起っていたのだが、あまり変哲はない。

定価をみて、本を包むだけでは、これまでも、新宿の近所の本屋にでかけ、手伝っていたからである。

正午ちかくなって、飯《めし》どきに成って、私は決心した。

奥の帳場にいた老御主人のところに行って、「色々有難うございましたが、だいたいわかりましたので……」とあいさつした。

つまり私の本屋奉公は、後にも先にも、この半日だけであった。

薪炭問屋の店は、大通りに面し、間口九間、奥行五十有余間ほどの細長い地所であった。

間口九間のうち、店が四間、納屋に通ずる横丁が二間、あとの三間は塀で、表側は椚薪が看板用に積まれ、裏側は、ポンプ井戸と、風呂場であった。

空地同様である。

「どうせ空いているんだから……」と私は父に云った。

おやじの地所だから、権利など要らないのである。

近所の大工に頼んで、間口三間、奥行六間、〆めて十八坪に、木造二階造りを建てた。この代金六千円也であった。

本の陳列場は、階下の十五坪だけで、階段下のクボミに事務所一つを置き、これが仕入部、その裏の二畳の部屋が、着替所兼食堂、それに一坪半の主人の部屋兼応接室があった。

階段を昇《あ》がると、画廊であった。

この画廊開設については、後述するが、私自身絵心なんて皆目ないほうだが、どうしてこういう思いつきになったのか、今もってわからない。

ところで、問題がひとつ起こった。当時、雑誌の組合には、距離制限というものがあって、三百歩以内の近距離では、雑誌が扱えないと云うのだ。

新宿終点には、大通りに老舗池田屋、文華堂があり、指差横丁——これは現在の富士銀行横の横丁である——には敬昌堂という本屋があった。

いずれもこの規約が抵触する。つまり新規開業は、雑誌が扱えない。さらに本屋の売上内容を分別すると、雑誌が八割、書籍が二割というのだ。

普通なら、ここで尻ごみするところだ。

ところが、私の場合は、そんなことどうでも良かった。

「本屋に成るんだ！」そういう念力みたいなものが、私を支配していた。

「沖の暗いに白帆が見える……」という俗謡があるが、私にとって、暗いも明るいもなかったのである。

店員を募集した。町内の鳶《とび》職の頭《かしら》に「家の息子をひとつ……」と頼まれて、それを小僧にし、それに女学校出の女店員二名、近藤書店の年寄りの古番頭を帳場に、それに私と計五人であった。

看板に、芝の宇野沢ステンドグラスの彩色のガラスを使ったのと、応接室の家具に、日本工藝の蔵田周忠《ちかただ》氏の作品のセットを配したのが、イササカ私の自慢であった。

開店をすると、雑誌の棚がないから、その代わりに、白揚社、共生閣、叢文閣のプロレタリア思潮風のパンフレットを堆高《うずたか》く積んだ。

私自身は三田の出身だったが、開店当時の仲間には、東大出身が多かった。美学の山際靖、ドイツ文学の伊藤緑良《ろくろう》、北條憲政などが集まった。

北條はドイツ文学の出身で朝日の社会部にいたが、兄貴風の肌合いがあって、社を終えた帰りの夕方など、店に立ち寄って、

「今日は売上げはどうだったネ……」などと、訊ねてくれた。ときにレジスターのボタンを押しながら手伝った。

「手伝ってくれるのはいいが、莨《たばこ》をふかしながらは困るネ……」と私が忠告した。

客には、竹久夢二、前田河広一郎、生物学の小泉丹《まこと》、金田一京助氏など多彩であった。

画廊のハシリ

書店の突きあたりに、階段があり、それを昇った十五坪のところを画廊にした。

今日でこそ、画廊の数は、雨後の筍のごとくだが、当時は、東京中、日本橋の丸善、銀座の資生堂だけであった。

照明も、今のように進んでいないときだったから、採光を考えて、天井は、写真屋さんの写場のような曇り硝子《ガラス》をはめた。

絵を吊るす壁には、細い材木の板を、何段かに並べ、その上を茶色のモスリンの巾《きれ》で蔽《おお》った。巾の上から釘をさしたりした。

展覧会場の中央には、大きな四角い卓子《テーブル》を置き、周囲に八つばかりの椅子を置いた。

卓上には、大きな画集を何冊か置いたが、せっかくのこのサービスも仇《あだ》で、ときおり、画集の一部分は、はがされて、持って行かれてしまったりした。

さて展覧会だが、開店当時、私はまだ若く、画壇に一人の知人もいなかった。

店の斜め前に、旧くからの店で、日之出屋洋品店があった。

階上が写真屋になっていた。御主人の成田隆吉さんは、芸術家的風貌の所有主《もちぬし》だったが、将棋を指していると、氏が東京美校の写真科出身であることがわかった。

私は画廊の構想を語り、洋画方面の知人は？　と訊ねた。

成田さんが快諾し、早速私を伴って、田端に住んでいた太平洋画会の柚木久太《ゆのきひさた》さんの家に行ってくれた。

それがきっかけで、順に下落合の牧野虎雄、満谷国四郎、三上知治、大久保の南薫造らの諸先生をお訪ねすることが出来た。

田辺至、高間惣七《そうしち》、安井曾太郎、と順に、歴訪した。

顔触れも揃い、かくてやっと「第一回洋画大家展」と銘うって、画廊びらきをした。

書店の階上が画廊というのは、奇特な演出のように思われた。めずらしがられた。

第二回目からは、こちらの企画はいらず、申込みだけで、催せた。

第二回目は「洋画四人展」で、木下孝則、同義謙《よしのり》、林倭衛《しずえ》、野口弥太郎の四氏であった。室料金の代わりに、孝則さんの六号の裸婦の油絵を貰ったが、何んの縁か、ほとんどの絵が戦災などで焼失し、散逸してしまったなかで、この絵だけは、私の家の応接間にある。

木下兄弟が一方のボス格であったが、私は二科系の人々や、一九三〇年協会の人々と仲良くなった。

里見勝蔵、前田寛治、小島善太郎、児島善三郎、野間仁根《ひとね》、中川紀元氏らであった。

中川紀元、東郷青児、阿部金剛らとは、ことのほか、親しくなった。

パリ帰りの、ヴラマンク張りの佐伯祐三の初めての個展もひらいた。美しい佐伯米子夫人にも、このとき初めて会った。

私の周囲は、文壇仲間との交際《つきあ》いもあったが、またその上に画壇仲間とのそれが加わった。賑やかで、たのしかった。

画壇仲間との交友が昂じて、昭和三〔一九二八〕年春には、「アルト」という美術随筆雑誌を、紀伊國屋から発行している。

最後のページに、五人の同人名を列記したが、木村荘八、中川紀元、林倭衛、今和次郎それに私だが、もっとも私以外の同人は、年齢も、私よりひと廻り上であったが、今はもう誰も生きていない。

この雑誌も、赤字つづきだったが、二年ほどつづいた。

だがお蔭で、私は洋画だけでなく、建築、彫刻、工芸、と色んな分野に、自分の眼を向けることができた。

画廊では「浅野孟府《もうふ》、岡本唐貴の二人展」、伊藤熹朔《きさく》の「舞台装置展」などもあった。レーニンやトロツキーの肖像を戯画したのや、大きな拳骨《げんこつ》のついた「プロレタリア展」も開かれた。

取締り規則の喧《やかま》しい頃だったから、そういう展覧会の会期中には、アゴヒモ姿の警官が、階段わきに起ったりした。

事情のわからぬ私の親爺が、そういう風景を心配そうに見ていた。

店頭の雑誌も、「戦旗」「文藝戦線」などは発売と同時に、しばしば発禁処分をうけた。大正のデモクラシーが終焉し、もっと激しい、尖鋭なものが、突き刺さってきたような時代であった。

雑誌「アルト」〔一九二九年五月号〕でも、初めて「形式主義について」という座談会を、中村屋の二階でひらいた。前田寛治、村山知義、渡辺吉治、中河與一《よいち》、今和次郎、谷川徹三の諸氏であった。

「座談会というのは、私は今日が始めてですよ……」

と、谷川さんが云ったのを、私は覚えている。

若き日の作家群

学歴と云っては可笑しいが、私は六歳のとき、淀橋浄水場横手にあった精華女学校附属の幼稚園に這入った。ついで早生まれだったから、七歳のとき、町立淀橋尋常小学校に入学した。学校は、柏木にあった。成子坂手前の加丸屋酒店の先の横町にあった。隣りが町役場だった。私の家から、草履袋をさげて、下駄をはいて、大踏切に架った陸橋を渡る。晴れた日には、富士が見えた。汽車の煤煙に顔が真黒になる。それが面白かった。

左手に赤煉瓦の煙草専売局。そして東宮御所のように見えた浄水場の門。そこを通ると、右に常圓寺、そのお寺の手前に、大きな焼芋屋、突如、浄水場側の門があいて、機関車がでてくる。青梅街道を横切る軌道が、大久保のほうに通じていた。

学校では、式典のときには、中庭を使った。正面中央が、ドームのように突きでて、そこがステージである。

校長先生、町長、助役と豪《えら》い人々が腰かけている。助役であった祖父の紋つき袴《はかま》姿もそこにあったのである。

一年生ながら、なんとなく私は肩身がひろかった。

十二社の熊野神社の祭礼には、白い鉢巻、白足袋で、神輿を担いだ。街の子供たちと一緒だった。

だが街の子供たちと一緒だと、どうしても行儀がわるくなる。言葉も下品になる。

そこで、二年から、母は私を大久保にあった私立の高千穂小学校に転入させた。

こんどは、四谷にあった和田屋という、学習院御用の洋服屋がきて、縁《ふち》にモールのついた洋服、帽子まで註文で、ランドセル、靴、服装が一変した。その小学の三年に、舟橋聖一が本郷の誠之《せいし》から転入した。女生徒を交え、四十人位のクラスだから、すぐ仲良くなった。舟橋の家は目白にあったが、まだ新大久保の駅がなかった頃だから、停車場は新宿に出る。学校の帰途、よく私の家にも立ち寄った。遊び場所がないから、炭の積んだ納屋である。真黒になった。

高千穂小学校を卒えると、一緒に同じ中学に進んだ。私は背は高くなかったが、野球、柔道、角力、ランニング、何んでも御座れで、つよかった。舟橋は最初、ひ弱な少年であったが、中学の中頃からは恢復し、野球部にも加わった。代々木練兵場、戸山ヶ原と、ネットのついた竹竿を担ぎながら、皆んなして、通った。

舟橋は三塁、私は二塁を守り、一級上の武内龍次さんは、これも二塁を守った。

武内さんは、秀才で、四年修了で、佐賀高校に入り、東大を出て〔中退〕、この間まで、アメリカ大使でいた。

私はスポーツ型だったが、四年の夏、母を失って、急に感傷の少年になった。文学傾向がつよくなった。

同級の舟橋と語らって、回覧雑誌――と云っても、お互いの原稿を綴ったものだが――「揺籃」「獅子吼《ししく》」などを出した。

舟橋は創作風に、私は評論風であった。

やがて中学を卒えると、舟橋は水戸高に、私は三田に、と岐れた。

三田に這入った私に、仲間はなかったが、舟橋は文科系で、土方定一らと「歩行者」という薄い同人誌を出して、時折、私に送ってきた。水戸高時代から戯曲《ドラマ》もかき、池谷信三郎、村山知義らと、劇団「心座」を結成した。髪を長くし、演出家気どりであった。

従来の行きがかりもあり、私が紀伊國屋の店を始めると、当然、舟橋からの話があった。「同人雑誌をネ……」と。

好きな道だから、私もすぐ腰をあげた。最初、雑誌名を「糧道時代」とした。その名で、封筒や印刷物までつくった。

ところが、親しかった画家の林倭衛が批評した。「糧道なんて、軍国調でおかしいよ……」林は画描きだったが、多少、思想癖があり、宮嶋資夫《すけお》、辻潤たちと、早くから交友があった。そこで、こんどは「文藝都市」とした〔一九二八年創刊〕。

主として、帝大系の「朱門」にいた、阿部知二、舟橋聖一、古沢安二郎が立案し、画策したのだが、関西の「辻馬車」からは崎山猷逸《ゆういつ》、同正毅《せいき》、「青空」からは飯島正、小田嶽夫、早稲田派からは、浅見淵《ふかし》、尾崎一雄、小島勗《つとむ》、ほかに詩人で、北川冬彦、蔵原伸二郎それに和田傳《つとう》、坪田譲治、梶井基次郎らも加わったように覚えている。プロレタリア派でない、新人の大同団結であった。

今日出海、井伏鱒二、雅川滉《つねかわひろし》〔成瀬正勝〕らは、すこしたってから、同人に成った。

この発表を、私は書店の階段の壁に、鋲《びょう》でとめて、同人名を、飲み物札のように並べた。へルメット姿の中河與一が、ステッキ持ちながら、この標示を、三十分もの長い間、食いいるように眺めていた。この創刊誌の表紙は阿部金剛が担当した。

身を粉にしての遊び癖

画廊と美術雑誌「アルト」と同人誌「文藝都市」のお蔭で、私の周囲には、色々の友人が増えてきた。

お金の有難さのわからない血気のころだから、商売のことなど、あまり念頭になかった。

東郷青児、阿部金剛の二人は、ことのほか、私とはウマが合った。夕方ちかくなると、二人の姿が、店頭にあらわれる。と私は金銭登録器から、若干《なにがし》かの金をつかみ出して、表にでかける。

四谷辺の花街も多かったが、そこここのダンスホールへもでかけた。

赤坂のフロリダ、水天宮のユニオン、京橋の米華《ベイカ》、それに地名のついたホールでは、和泉橋、九段、飯田橋等があった。

新宿にも二丁目裏に、国華ダンスホールというのが、二軒もできた。

阿部のアトリエは、早稲田南町にあったが、深更《しんこう》まで、藤田嗣治《つぐはる》やモンパルナスのはなしがつづいた。外国行の経験のない私には、そういう話がたまらない魅力だった。

東郷、阿部の二人展を、私の店の画廊で、開いたが、その折のポスターには、ダンディの二人の写真を並べた。

気障《きざ》には違いないが、スノッブの私は賛成した。文化学院の女生徒であった十六歳の三宅艶子《つやこ》さんがこの二人展にやってきた。

一緒に中村屋で、紅茶を飲んだ。砂糖のサジを、艶子さんの分を、故意に阿部に入れさせた。それがきっかけと成った。

二人の間に愛が芽生え、阿部は女房と離別《わかれ》、若い艶子さんをお嫁さんにした。

新宿の国華ダンスホールのほか、すこし後《おく》れて、帝都座ダンスホールもできた。

市電車庫前の遊廓「寺田」が、寺田タクシーになり、それが帝都タクシーに成り、そのあとが、帝都座になったのである。

現在の丸井新宿店の場所である。

昭和の初頭には、まだ酒場は少なかった。

武蔵野館横の「ミハト」、遊廓裏の「まるや」、それに新宿ホテル階下の「カフエーライオン」ぐらいしかなかった。

まるやは、いっとき画家連中の巣のような店であった。

野口弥太郎、上野山清貢《きよつぐ》、吉田卓《たかし》、林重義、内田巌、高畠達四郎、鈴木亜夫《つぎお》、小島善太郎らが出入りした。

中川紀元、古賀春江とも親交があったが、とりわけ紀元さんの、一種の脱俗さには、私は随分、影響をうけた。

この頃の私は、身を粉にして働くという言葉があるが、身を粉にして遊んでいたということになる。

弁明になるが、遊んだというよりも吸収癖だが、その若い日の慣例は、今につづいている。おだてられている道楽息子、と世間様は評価しているが、このころの濫費が、今日の自分を作り出したのだから、私自身には、一片の後悔もない。

ある日、「アサヒグラフ」をみていると、表紙に大きく「メーデー」の写真がでている。赤旗の下に、女性の顔が並んでいる。見た顔だ。あらためて確かめると、間違いなく、自分の店の東京女子大出の女子店員たちのそれだ。

「これは不味い……」

私は慌てて、馘首《くび》を宣言した。

と、それに抗して、共産党の本部から、代表が、私を訪れると云う。

店の事務室で、私が待っていると、その使者が、すでに顔見知りの藤森成吉さんであった。

「何んだ、貴方でしたか……」

もとより争論を好まない私は、作家である藤森さんでは、こちらも同志のような気持になってしまった。

「仕事は仕事、運動は運動でしょうからネ……」

お互いに、何やらわからないことを喋り合って、この抗争は、有耶無耶《うやむや》に解決した。

女子店員と云っても、いずれも主人である私と、さのみ年齢の違わない、東京女子大出の才媛のみであった。ドイツ語、フランス語もベラベラ喋る。

背の高い美女が、朝日の社会部にいた北條憲政の世話で、入店した。

私は自分で作ったようにみせて「働けど働けど……云々」の句をみせた。

彼女がすぐ云った。「啄木ですね……」

この美女は、やがて尾崎秀実《ほつみ》さんと結婚した。ベストセラーになった『愛情はふる星のごとく』［世界評論社、一九四六年］の女性である。

演劇ファンとしての芽生え

前述した通り、私は舟橋聖一とは、小学、中学を共にし、その後は水戸高と三田に分かれたが、水戸高卒業後、舟橋が東京に戻ると、また仲良くなった。

その頃の舟橋は、小説よりむしろ劇作家畑で、池谷信三郎、村山知義らと劇団「心座」を結成していた。

目白の彼の家の奥に、蔵があり、その蔵座敷を舞台稽古に使ったりしていた。

私も時折遊びにでかけたので、村山知義、河原崎長十郎、［市川］團次郎《だんじろう》などとも顔見知りになった。その縁で、女優の花柳はるみが村山と一緒に、武蔵野館の優待パスを借りに、私の店に寄ったりした。

ある日、昼間のことだが、花柳はるみが、早高生だった西村晋一と二人で、書店にやってきた。応接室の机の横に、新潮社の「世界文学全集」の宣伝法被が届いていた。

彼女がやおら、それを着込んだ。

襟に「世界文学全集」の文字がある、その半纏のまま、店頭に出た。

手にビラを持ち、お客にすすめた。果敢で、精悍《せいかん》な彼女の面目が躍如としていた。

これもある日のことだが、それまで面識もなかった土方與志《よし》さんがやってきた。

「さいきん、築地小劇場の入りが、あんまりないのでネ……」との相談であった。

私にも、少々の俠気はあった。私はさっそく、美術雑誌の「アルト」を通じて、ご交誼をいただいていた、建築の佐藤功一、洋画の石井柏亭、日本画の鏑木清方の三氏の名前を並べて、築小を総見する会というのを作った。

むろん切符は売れないから、身銭をきり、各方面に配ったのである。

今となるとウロ覚えだが、この前後、私はその舞台に出ていた、無名時代の瀧蓮子に惚れていたような気がする。

昭和三〔一九二八〕年十二月、現在の三越支店の場所にあった表通りの武蔵野館が、現在の武蔵野ビルのある裏通りに引越した。

新しい建築であった。これは当時、館の支配人であった角間啓二さんが、早大の建築科に在籍していた、学生の明石信道さんと懇意の間柄で、その設計監督を依頼したものである。ところが、これを請負った森田組との折合いが巧《うま》くいかない。監督が若いから、馬鹿にしたのであろう。工事が渋滞し、予定期間がすぎる。重役陣の一人であった、私の親爺なども、寄り合って、苦慮していた。

そのことが、私の耳に這入った。若い私の出る幕ではないと思いながら、私は単身、あるいは今和次郎さんと一緒だったかも知れないが、小石川にあった、佐藤功一先生邸を訪れた。

むろん佐藤先生は、建築界の大御所である。これこれしかじかと私は事情を述べた。先生が納得され、すぐ森田組に電話された。その電話に、森田組は神妙であった。紛争は、一挙に解決した。

両者の手打式を、映画館横の料亭「宝亭」で、催した。二十三の私としては、早熟な功名手柄であった。

それだけではすまないから、私は自分が大切にしていた、中川一政の油絵「静物」十号を、その後、先生のご自宅の玄関にお届けしたりした。

自慢ばなしがつづくが、その頃、二科会系の若い人々の仕事場がなかった。彫刻の藤川勇造さんが、そのことを私に訴えた。

私は思いついて、私の家の家作だった、柏木成子坂横にあった、鈴木写真館の立退きあとの写場を、そのアトリエとした。

親爺の許可を得て、数年間を無料で、お貸しした。

後日談だが、昭和三十九年三月、私は現在の場所に、紀伊國屋ビルを新築したのだが、ビルの四、五階を、ステージのあるホールにした。

ビル披露の記者会見で、訊かれた。

「書店とホールとは、どういう構想で?」

私は答えた。

「当節は、温泉場のホテルにも、プールがあるでしょう。まああんなもんです……」

だが本当を云えば、つまり実を吐くと、劇場ホールの夢は、私の十八の頃からである。

私はその頃の自分の日記に、

「舞台があって、きれいな女優さんが出てくる。私は、花束を、彼女に捧ぐる……、おやじが死んだら、実現しよう……云々」

とかいている。この日記の文字を、私の留守に、おやじが読んで、私に怒った。

「お前は、俺の死ぬのを待っているのか?」

中村屋

明治四十〔一九〇七〕年、中村屋は本郷春木町[1]から新宿に引越してきた。

山の手方面に、パン食の文化人が多いからというネライであった。

引越してきた当時は、私の家の真ん前であった。初代相馬愛蔵、黒光夫妻と店員としては、小僧二人であった。

私も幼いときだったから、直接に見聞きしたわけではないが、その小僧さんの一人が、パンを買いにくる。通り一つ隔てて、こちらからみていると、可笑しなことになる。

その買った袋を、小僧さんは路次裏に行って空にする。買物客のサクラである。

そんな苦労もあったのである。

餡《アン》パンが、今日でいう目玉商品であった。

高橋邦太郎さんの説によると、アンパンというのは、明治八年、銀座木村屋の創案によるものだそうだが、まるいパンの中にアンを入れ、表面の真ん中に、酸っぱい紫蘇《しそ》の葉のようなのがついている。

できたては、温かくて、何んとも云えずうまい。それが評判になった。しかも午后の三時には売りきれてしまう。

宵越しのパンは売らないのだ。そういう匠癖《ママ》は、老舗中村屋の伝統として、今に残っているものである。

当時の苦心談は、岩波版、相馬愛蔵著『一商人として』〔一九三八年〕の本で知られているから、ここでは詳述しないが、万端節約して、無駄や、よけいな冗費を省いて、商売ひとすじに励んだのである。

お祭りの折の祝い金も少なかったし、町内の交際《つきあ》いも少なかった。

正月の恒例の梯子《はしご》乗りでも、私の家の前では、若い鳶の者が、一番上まで昇って、背亀《せがめ》など危ない芸をするのだが、中村屋の前では、上がったと思うと、すぐ降りてくる。お祝儀が少ないからである。

火事で隣りまで燃えてきても、なぜか中村屋の屋根には纏《まとい》持ちが上がらない。纏が行けば、ホースのさきが、そちらに向くのだが、それがそうならないのである。

そのほか、広告費など、全然払わなかった。愛蔵氏のきびしい商人哲学のそれが、店是にもなっていたようである。

商品も、アンパン、ジャムパン、カステラ、それにキャラメル、チョコレートぐらいしかなかった。

大正時代の中村屋は、間口四間半ぐらいの低い木造二階建てであって、その間口も、向かって左の一間半は、人力車屋であった。

昭和二〔一九二七〕年、その人力車屋を改造して、喫茶部を設けた。

黒い紫檀《したん》の卓子《テーブル》、椅子が、重厚に光り、格調があった。

パン店の店先には、中村彝《つね》の十号ほどの「エロシェンコ像」が掲げてあり、店員の服装が、みなルパシカ風の服をきていたので、どこか、店全体に、異国情緒風なものが漂っていた。

喫茶部ができてから、暫《しばら》くし、こんどは、印度風カレーライスを売り出した。

たしか一円二十銭であった。

それまで、中村屋に寄食していた、長女相馬俊子さんの愛婿印度の革命志士ボースさんの発案に相違なかった。

カレーの味が違い、米も違っていた。さすがに、本場だと、巷間の好評を博した。

階下の喫茶部が繁昌したので、まもなくして、二階も大改造し、ようやくレストラン風になった。

中村彝、青木繁、萬《よろず》鉄五郎をはじめ、有名画家の画、荻原碌山《ろくざん》の彫刻、會津八一、頭山満の書等が、店内の隅々にあり、由緒あり気であり、典雅な雰囲気が感ぜられた。

喫茶部と云っても、当時は、駅前の「東京パン」の二階か、追分の明治製菓、二丁目の「白十字」を数えるぐらいしかなかった頃だから、中村屋は、当然、新宿の名物となった。

私も、店の疲れ休めに、この喫茶部へは、時折でかけた。

時折、みかける黒いソフト帽の、若い青年の三人組が、その日も声高に、文学論をぶっていた。

「横光利一がね……」

「いや横光の……」

と、お互いにさかんである。

黒いソフトだから、わからないが小田急沿線の成城高校の人達らしい。

その学校帰りの、中村屋らしいのである。

しばしば、顔を合わせるので、顔も覚えた。

後年わかったことだが、この三人とは、古谷綱武、大岡昇平、富永次郎の三氏であった。この横光一辺倒の議論から察しても、昭和初年には、後年のノーベル賞の川端康成は、まだ充分の脚光を浴びていなかったことになる。

警察沙汰とロシヤ友好

「中村屋物語」については、昭和四十九〔一九七四〕年に潤一郎賞を貰った臼井吉見さんの『安曇野』〔筑摩書房、一九六五―七四年〕に詳しいと思うが、全五巻の大部なので、私はまだ読んでいない。したがって、隣近所にいた私なりの印象をかくことにする。

前述した通り、中村屋の各部屋には、中村不折や頭山満の書が多いが、訊くところによると、相馬愛蔵さんと頭山さんとの仲は、そう昔からのものではなかったようだ。

これはすこし、昭和をさかのぼる話だが、あるとき、相馬さんが頭山さんに会った。

そのとき頭山さんは「印度の亡命革命家ボースさんをどうかくまおうか」と苦慮していた。

それをきいた相馬さんが俠気を出し、「ならば私が……」と買って出たのである。

「窮鳥フトコロに入れば……」という気持だけだったと相馬さんは述懐している。

このときは、時の外相石井光次郎さんが英国政府との約束で、ボース逮捕を焦ったのだが、ついに見つからなかった。

だが、次にロシヤの亡命詩人エロシェンコの場合には、事件に成った。

淀橋警察署は、深夜の十二時ちかく、土足のままの警官を、中村屋に踏みこませた。

理不尽だと愛蔵氏が怒り、家宅侵入罪で、署を相手に、告訴した。そのため署長が責を問われ、馘《くび》になった。

この頑として官憲の圧力に抗した中村屋事件は、当時の話題になった。

亡命の詩人エロシエンコが、何故中村屋を頼ったか、という裏には、愛蔵氏夫人黒光女史の力があずかって、大きい。

黒光女史は、ロシヤ語を良くした。早大の片上伸《のぶる》氏あたりから教わったらしい。

女史は、ロシヤ語が堪能の上に、文学好きでもあった。

自然、周囲にそういう人々が集まった。

秋田雨雀、神近市子、佐々木孝丸その他が集まり、そこで詩や芝居の朗読会などが始まるようになった。

「芝居もやろうではないか……」ということになった。

ちょうど、麹町平河町に某子爵邸の屋敷があった。その大きな洋館の洋室の半分ずつをしきって、舞台と観客席にした。

「土蔵劇場」と名づけて、公演をした。[6]

これは築地小劇場ができる前の、翻訳劇の嚆矢《こうし》と云っていい。

有島武郎さんも、観客の一人として、見にきたそうである。

芝居ばかりでなく、当時、有名だった音楽家も招いた。

バラライカの名手［アレキサンダー・］ドブロホトフ、ヴァイオリンのボリス・ラスという人々もいた。

映画館ムサシノの管弦楽団の指揮者も、一時、ロシヤ人であったこともある。

すぐれた民間外交の実をあげたと賞さるべきであろう。

芸術方面ばかりでなく、このロシヤ通は、商売の道にも、生かされている。

昭和六［一九三一］年、中村屋は、ロシヤから菓子の職人である、スタンレー・オホツキー氏を招いた。ロシヤチョコレートを売り出すためにである。高額の四千円の月給［実際は年俸］で、招へいしたのである。当時の四千円は、今日の数百万円にも、等しいのである。

これも評判となった。

この前後、私の父は、相馬愛蔵さんから、相談をうけたことがある。その相談を、父はまた私に相談したから覚えているのである。

愛蔵氏の長男安雄さんは、私より三つ程、年上であったが、子供のころは、尾張屋の原――現在の歌舞伎町――で、竹筒っぽのバットで野球などやった仲だが、成長につれ、軀《からだ》が立派になり、早中から早大に進み、柔道は六段ぐらいに成った。石黒敬七さんと同時期だったと思う。[7]早大を出ると、しばらくドイツのハイデルベルヒに留学していた。

それを機に、深川西光寺の渡辺海旭《かいぎょく》師の、弟子格だった、安民寺の友松円諦《えんたい》さんが、外国行きがきまり、それに同行して、安雄さんの妹の千香子さんもでかけることになった。

最初の計画では、千香子さんは、ブダペストの修道院に入るつもりであった。

この計画は、途中で駄目になったが、その外国滞在の息子や娘を迎えに、あとから愛蔵氏もでかけた。その時分は、船で南廻り、印度やカルカッタを経て、マルセイユにつくのである。その帰国後のその相馬さんの父への相談は、「新宿にも名物が欲しい、浅草の観音さまのようなのを作って、店《うち》でも雷おこしみたいのを作って……」云々であった。

私の家の地所は、大通りに向いているが、中村屋さんの地所は、現在の伊勢丹ガレージのところだったから、それを一緒にして、という相談であった。私は、将来、本屋をやりたいから、と私自身、愛蔵さんのところへ行き、それを断わった。

徒弟教育の範

大正二〔一九一三〕年、岩波茂雄は、書店創業に際し、同郷の先輩として、相馬愛蔵氏を訪ねている。その縁故もあり、相馬氏は、昭和十三〔一九三八〕年、岩波から『一商人として』を刊行し、郷関を出て、小売商開店の苦心、製品の研究、徒弟の待遇等についての配慮を、いろいろと語っている。

今の時世ではない。賃銀も、労働時間も、福利厚生も、誰もが口にしなかった時代に、つまり使いっぱなしですんだ時代に、いちはやく、そういうことに人一倍、気をつかったということは、経営の先覚者として、大いに敬意を表さなければならぬことである。

中村屋今日の隆昌の基盤は、いや秘密は、そういうところに、深く根ざしていると看なければなるまい。

愛蔵氏だけでなく、黒光女史にも著書が多い。昭和十一年『黙移』、十四年『広瀬川の畔《あぜ》』〔女性時代社〕、十五年『明治初期の三女性』〔厚生閣〕、十六年『夫婦教育』〔主婦之友社〕、十九年『穂高高原』〔女性時代社〕、また夫妻の共著として『晩霜』〔一九五二年〕、また黒光、安雄共著としての『アジアのめざめ』〔東西文明社、五三年〕は、印度の志士ボースさんの略伝を語っている。

夫妻ともに、キリスト教を信奉し、晩年は仏教に帰依した、簡素清廉で、一途だった生涯は、それらの書に歴々と語られていて、すべて今に生きる文章である。

先日、この稿を確かめるため、愛蔵氏の次女四方千香子さんと、中村屋の喫茶部で、紅茶を飲みながら、一時間ほど、昔ばなしをしたが、帰り際、「皆さんによろしく」と云おうとして、私は途まどった。

もう誰もいないのである。私の知っている人は、七十三歳の白髪の老女となった千香子さんひとりきりだったからである。

先代愛蔵、黒光夫妻なく、ボース夫妻なく、四方氏も昨年〔一九七四年〕亡くなっている。三代目雄二さんは、眉目秀麗の好個の青年実業家で、若きロータリヤンであったが、数年前、二億ほどの借財を残して、責を負って、家を出てしまった。今のところ所在がわからない。

愛蔵さんの著書のうちには、二代目、三代目への戒訓も這入っているが、ままならぬは憂き世と、観ずるしかないものであろう。

それはとにかく、昭和四十三年、中村屋は、新宿西口の小田急百貨店の会場をかりて、大きな展覧会をひらいた。

画、書、彫塑、写真を始め、老舗中村屋につながる、色々の資料も、数多くあった。

多くの回想が、私の感傷を誘ったせいもあるが、私は、その会場に這入って、思わず、四方《あたり》を見廻して溜息が出た。眩《まばゆ》いほどの丹精の見事さであった。

同時に、文化の灯は、中村屋からだったかと、ハッキリした証拠をみせつけられたような気もした。

その折、『相馬愛蔵・黒光のあゆみ』という記念小冊子をいただいたが、その冒頭に、この展覧会を、演出主宰した相馬雄二さんの、「ごあいさつ」が載っている。

摘記すると、

中村屋の創立者相馬愛蔵・黒光は、キリスト教的ヒューマニズムに貫かれた精神に基づき、「自主、独立、独創、創造」という強い信念と、「人と接するに愛情をもってし、事を行なうに真心をこめてなす」という情熱を生涯もち続けました。

その間、二人が心酔し、教えをうけた方々、また二人の人となりを愛し、その考え方、生き方に共鳴した方々は、芸術、思想、宗教、社会運動、民族解放運動、等々多方面にわたっております。

そして、そういう方々がよく中村屋に集まり、談合し、いつしか中村屋サロンなる呼び名が生まれました。

このたび、私どもは明治百年を記念し、愛蔵・黒光の永いあゆみの中から、二人の足跡と、サロンに集散した人々の業績をひろく紹介するため、この展覧会を計画いたしました。

これを機に私どもは、「己れの生業《なりわい》を通じて文化、国家に貢献する」という創立者の理念をふかく心に蘇らせ、「明日の社会のために、今日、何を為すべきか」という命題のもとに、本当においしい味づくりの新しい第一歩を踏み出して行く覚悟でございます。


とある。

同じ冊子に、当時商工会議所会頭であった足立正氏も「一商人 相馬愛蔵翁」の一文をよせているが、そのなかで、

まず最初に心に浮ぶのは、士魂商才というような言葉です。言葉は簡単だが極めて至難の道で、古来これを実践して成功した人は少なく、愛蔵氏の場合は、その限られ、選ばれた人の部類に属する。（中略）まことに敬服に価する。

と述べている。

新宿停車場の移転

わが新宿繁栄の一因として、大別すると関東大震災後と、戦災後の変貌が挙げられるが、そういう角度を別にすると、画期的な街の変化は、大正の末年、南の高台にあった新宿停車場が、背後を向いて、北向きになり、大拡張で、当時表通りにあった市電終点と結びついて、新しい駅が誕生した、そういうところにあったように思う。

そのとき、停車場は駅になったのである。

かつての新宿停車場は、むろん明治の建築だから、田舎田舎した建物で、それなりに、乗降客も、中央線の甲州くんだりから上京したオノボリサン体の恰好した人たちが多く、一種の風情はあった。

市電の終点は、中村屋前にあり、そこで電車は折返し運転になるのだが、その折返しには、運転手と車掌が、二人して、前方の金具の救助網を、後部の方に、つけ変えたりした。

そのさきが、「三日月」というソバやで、一間ほどの横丁をはさんで、高野果実店があった。四十坪ほどの店先で、戸板に、栗や柿の山を積んで、ひと山いくら、という値段がついていた。

この三日月と高野との間の横丁を、人呼んで「馬糞横丁」とか「ヌカルミ横丁」とか、云っていた。

この横丁には、両側に、薪炭の問屋が並んで居、そこに出入りする荷馬車が、ひっきりなしだったから、馬の糞、そして雨の降ったときなどは、轍の跡で、道は泥濘《ぬかるみ》に化したからである。

その横丁を曲がると、右側に炭問屋の同益商店、⌐万《かねまん》、荻島石材店があり、左角に、本郷バー――のちに須田町食堂になったが――そのとなり市嶋運送店、左側角に薪炭問屋、堀野、宇田川、大高、広田、とみんな炭問屋ばかりであった。

このうちの大高のおやじさんは、大高源次郎――大高源吾〔赤穂四十七士のひとり〕に似ているから覚えているのである――と云って、福島県出身で、頑固親爺だったが――これも妙な縁で、義秀（中山）に云わせると、親類筋だったそうだが――私が、書店開店のとき、でかけたら、私の顔をみるなり「いくら費《かか》った？」と訊ねた。

私は若かったから、正直に「たった六千円だけ、出して貰いました」と答えたら、いきなり雷のごとく怒った。

「たった、とは何んだ、罰あたり奴《め》、いまどき、六千円は大金だぞ！」とどやしつけられた記憶がある。

そのヌカルミ横丁の、つきあたりに、停車場の本屋《ほんおく》があった。
急勾配の階段があって、それを昇って、やっと、切符売場のある、広場に出た。
停車場風景というものは、なんとなく、たのしい。私は少年時、用もないのに、よくこの停車場にでかけた。

構内を、甲州街道口の出口にでると、高台だから、いっぺんに展望がきく。

晴れた日には、遠く雪をいただいた富士が見え、その下のあたりに、紫色に、丹沢山塊の尾根がつづいている。

新宿駅、昭和7(1932)年　「主婦之友」第16巻第9号附録絵葉書

高台の崖下には、新宿御苑につづく、神田上水の水が流れていたが、その水も、まだ青かった。眺望絶佳の停車場であった。

その南向きが、北向きになり、駅になり、その駅前広場のために、市電終点先の左側にあった、十数軒の店は取払われたのである。

故旧忘れ得べきの感慨もあり、一度、何かの随筆にかいたことがあるが、この取払われた店並みを列挙すると、角の高野を筆頭に、つぎが唐物屋、近江屋家具店、金魚屋、「鳥一」トリ店、宇田川酒店、小倉佃煮《つくだに》店、魚源、石炭商、たまりや玉子店、宿屋の山城屋という順序であった。

その次が、大陸橋、大踏切ということになる。

山城屋の旅客は、店先で、タライで草鞋《わらじ》のヒモを解いたりし、新国劇の舞台のような趣きもあった。

この並んだ店たちのうち、今に残っているのは、高野果実店が、現在の場所に移り、トリの鳥一、佃煮の小倉が、それぞれ西方寺あとに引越して、鳥一は洋品店になり、小倉はスポーツ専門店になり、盛業中である。

駅の移転を契機に、真ん前の中西運送店は、赤レンガの数棟の倉庫を壊して、四階建ての鉄筋ビルをつくった。ここに三越が出た。家賃五千円也は、当時の話題となった。

中西運送は、その後千駄ヶ谷に移ったが、初代慶助、二代目長次郎、三代目文吾の順序であったが、私と同時代の文吾君は、成蹊ラグビー部に籍をおき、濶達《かったつ》な青年であったが、惜しくも夭折した。現在は、銀座、新宿に洋品店田屋ナカニシとして著名である。

老舗高野

この稿に関係ないことでもあるが、私はさいきん軽荷主義というのを標榜している。重荷という言葉はあっても、軽荷という言葉はあまり使わないが、重荷を負うて遠き道を行くがごとし、というようなのに、私はあまり共鳴していない。

字面をみただけでも、疲れがくる。それに日本人は、軽荷を重荷と観ずる傾向がつよい。重荷を堪えて、というほうが悲壮感が加わって、恰好いいからであろう。

それはともかく、軽荷主義で行くと、生活は簡素になる。よけいなものは、いさぎよく身辺から切り捨ててしまうからだ。

むろん、怨恨、憎悪、嫉妬などというものもいらない。そして覚えておくものだけにする。喜んで忘れる主義だ。

弁解のようになるが、この稿に当たっても、記憶にあるものだけで、沢山だ、という心構えだから、必要とする参考資料も、あまり読んでいない。

感傷を交えての回想記だから、ところどころ間違いもある。途中ではあるが、この機会にすこし修正して置きたい。

最初のほうに触れた、高野果実店の創業は、明治三十年代としたのは、明治十八〔一八八五〕年の間違いであった。

中村屋の章で、明治四十年本郷春木町から新宿へは、春木町でなく森川町であった。

また前に、「新宿停車場移転」で、薪炭問屋大高源次郎とあるは、常次郎の記憶違いであった。

このことは杉並郷土史を研究している森泰樹さんからのお手紙でわかった。

それによると、堀の内熊野神社にある立派な狛犬一対に、大正十三〔一九二四〕年三月、新宿停車場前㊅薪炭問屋大高常次郎の奉納銘があるとのことであった。

ご注意を有難く戴いている次第だが、上記のような次第で、軽荷、簡素、加うるに無精もというわけで、今後も、誤りは多かろうと思うが、その辺はよろしくご諒恕《りょうじょ》を得たいと思っている。

昭和三十九〔一九六四〕年、新宿民衆駅が生まれた。その機会に、新宿駅長田久篤次氏は、自ら編集して、記念小冊子『新宿駅八十年のあゆみ』を刊行している。新宿駅の周辺の変遷推移を、簡潔に叙した文章を揃えた、この冊子の刊行は、氏の業績として、私は高く評価し、地元民として、深く御礼を申し上げたい。

この小冊子のなかに、高野果実店の現当主高野吉太郎氏が一文をよせている。それによると、

私共の先祖は越後長岡の出で安政年間に上京し芝金杉橋附近にて諸大名の御用商として

米穀問屋を営んで居りましたが、明治維新の世の変遷にともない只今の調布（当時の五宿）に移り、農業及養蚕の仕事に従事して居りました。明治十年今日では想像も及ばない草深き新宿に出て同十八年（中略）民衆駅前に（中略）⾣《やまき》果物問屋高野という看板を掲げて四十坪余りの店舗をかまえたのが私共の創業で御座居ます。其の后大正十年新宿駅の拡張の為現在地に移転をすると同時に時代の推移に鑑《かんが》み、フルーツパーラーを開設したので御座居まして、いみじくも明治十八年に新宿駅が開設されてより今年で八十年、私共が果物業を始めましてから丁度《ちょうど》八十周年とまったく新宿駅と共にあゆんで来た感が致します……云々。

とある。

ということで、老舗高野の歴史は古い。現在の社長吉太郎氏は、三代目だが、初代吉太郎さんは、私の祖父と同時代であった。

代々、吉太郎を襲名してるわけだが、襲名前の名は、二代目は芳之助、三代目は芳雄であった。店史によると高野果実店は、最初から果物専業になっているが、風聞では、果物も売っていたが、一方、「道具屋」もやっていたということである。

指差し横丁——これは現在の富士、住友両銀行の挾んでいる横丁で、昔、大久保に抜ける唯一の横丁であったため、あの横丁から、と人が指差したため、こういう呼称が生まれたのである——にあった、餅菓子の名舗「角桜」のおやじさんが、若いとき、三代目芳雄さんを、道具屋の芳ちゃんと呼んでいた、ということをきいている。

明治大正の頃の高野は、店頭は、果物こそ多かったが、籠ごとリンゴがあるような店で、八百屋然ともしていた。真中の柱に、学習院御用の大きな看板が目立った。

そういう関係で、乃木希典《まれすけ》夫人なぞも、ときおり、店先に立ち寄って居られた姿を、私は、知っている。

躍進タカノの国際感覚

乃木静子夫人の話をつづけると、夫人は、高野の店先に立ち寄ったばかりでなく、ご自分の外国生活の経験を生かされて、果物籠にかけるリボンの形まで、色々と指示されたそうである。つまりそれまでは、コマ結びで現実的であったのを、ふっくらと、ひろがりのあるように、装飾風にしたのである。果物と洋酒の詰め合わせ、そういう演出も、乃木夫人から初めて、訓えていただいたということである。

草創期に限らないが、何業にも、それぞれ創意工夫はあるものである。

高野が初めて、フルーツパーラーを、果物売場の隅に設けたのは、大正十三〔一九二四〕年だが、そのときは、フルーツと云っても、氷水瓜《こおりずいか》、それにミツマメがある程度であった[8]。

昭和十一〔一九三六〕年、高野は、初めて近代風の鉄筋ビル地下一階地上三階の新しいビルを建てた。

武蔵野館、三越、二幸しか、新宿終点にはそういうビルはなかった頃だったから、異彩を放った。

この建物には、キリンビールが這入り、地下には、おでんの一平、鰻の竹葉亭が店を出した。数は少ないが、今日の名店街のハシリのようなものであった。

だが、惜しくも昭和二十年五月二十五日の大空襲には罹災した。

焼跡の混乱裡に、店舗の一部は、尾津組の進出に、占有せられ、二代目吉太郎氏は、この解決に、多くの心労を費やされたことは、想像に難くない。

よけいなことだが、二代目吉太郎さんは、私の親爺のように酒呑みではなく、マジメ温厚な人柄であったが、風貌はちょっと、柳家金語楼師匠に似ていた。

戦時、戦後に渡っての難しい時期に、その頃、角筈界隈の町会長であった「三好野」の瀬野元良氏とともに、町内の治安、秩序に、挺身的尽力を惜しまなかった。そのことは、深く銘記し、地元民として敬意を表したいと思う。

そして二代目吉太郎氏の隠忍自重と不撓《ふとう》の努力は漸《よう》く《や》にして、三代目において開花した。

三代目吉太郎氏の、新しい脱皮は、従来の果物から、フルーツパーラー、食品、さらに婦人服飾の分野にまで、手が伸びた。

時代に適応というよりも、一種、さきどりの感覚でもあった。

高野には、早くから、社訓として「T・F・P精神」というのがあった。

この英字を説明すると、一見、高野フルーツの省略のようだが、そうではない。Tはスインキング（思考）のTであり、Fはフレッシュ（清新）のFであり、Pはパッション（情熱）のPなのである。

今日のタカノの経営には、その精神が十二分に生かされている。斬新なものへの意欲、追求が激しく、変身のそれも心得ている。

ここ数年間に、タカノは新宿の本社を拠点として、銀座、池袋、横浜、札幌と次々と店舗を増し、現在、全国に十三店舗がある。

ことに、私自身のさいきんの見聞では、新宿西口にみる住友ビル地下の店は、一つの場所に、婦人服飾、果物、喫茶を見事に融合させている。未来指向型の感覚の研究成果と看なければなるまい。

昭和四十四年四月には、謂《い》うところの「タカノ・フレッシュターミナル」ビルが完成した。ここにおいて、タカノは全く面目を一新した。スローガンも、一躍「世界の高野をめざして」ということになった。

中でも新しい建物の六階全部を占める「ワールドスナック」は特に大書していい、卓《すぐ》れたアイデアであると推賞したい。

さいきんは、隣りの中村屋にも、民族レストランの趣向はあるが、このタカノのスナックの景観構想には、遠く及ばない。

大きな広間を、島のように分けて、各コーナーに、インド、イタリア、スカンジナビア、ドイツ、メキシコ、ハンガリーと、各国の料理を配し、それぞれの国のコック長が並び起っている。中央にコーラル・クィーンの称ある珊瑚礁の島もある。

壁、棚、置物すべて異国情緒風なのに加え、右手舞台からは、生音楽が心地良い。JOQR［文化放送］の生中継を、毎日やっている、と云うのだ。客の大半が、ふるさと恋しい若い外人客というのも、たのしい風景である。眼の前に、無雑作に、メキシコのテキイラ、ハンガリーのワインがある。このスナックとは別だが、化粧品では、ロンドンのBIBAと独占契約もしているとのことだ。その独創、進取、ヴィジョンは、今や、「世界のタカノ」を目指して大きく前進している。

新宿の詩人たち

回想　　西條八十

酔白秋を
抱いてしみじみ尿《いばり》させた
あの横町はこのあたり、
秋の新宿　棄猫《すてねこ》が

うづくまつてる焼瓦《やけがわら》。

新宿旭町　　菊岡久利

家々がたてる物音や
道行く寒い人々の履物までが
あわたゞしく十二月を告げる
木賃宿街のたそがれ
部屋賃に狂奔して帰って見ると
相ひ宿の尺八屋は
わづかばかしの荷物を遺して
もう帰らなかつた
わびしさに宿を立ち出で
めし屋に来て見れば
界隈の浮浪者たちが
焼酎をやつてゐる
生活に錆び陽に焼け酒にやけた
赤い顔たちよ

彼等は満足気に
失業トラックの話に耳を傾ける
「だからよ、もう民間にや
ガソリンが失くなるんだ」
屈託なげな一団を見てゐると
羨ましくなる
追ひ払はれても追ひ払はれても
彼等は陸橋の下なぞで焚火をし
そこら中で野宿するのだ

バア「学校」校歌　　草野心平

一　バア学校のシンボルは。
時代おくれの大時計。
二十一世紀を告げる鐘。
さらばで御座る。
酒はぐいのみ。
ビールは泡ごと。

二　バア学校の常連は。
世にも稀《まれ》なる美男美女。
落第つづけの優等生。
しからばそうれ。
酒はぐいのみ。
ビールは泡ごと。

昭和の初年から四十有余年、新宿の街にいた詩人は少なくない。

なかで、とくべつに新宿臭のつよかった三人を選べば、西條、菊岡、草野の三氏だろう。西條八十《やそ》は、四十年あまりを柏木に住んでいた。晩年まで、若い日のパリ仕込みをそのままに、華美なシマ柄の背広を着こなしたダンディ振りは見事であった。美少女を擁しながらの漫歩姿は世間体も恐れない優游《ゆうゆう》さで、私はその姿に、非凡なものを感じた。

菊岡は、浅草から新宿に流れてきたほうだが、一時は、ムーランの座つき作者のような仕事もしていたが、ドスのきいた声音、屈強な面魂《つらだましい》と相俟《あいま》って、太い骨を感じさせた。惜しくも夭折したが、大器晩成型であったかも知れない。[9]

草野心平は、今に健在だが、戦前は歌舞伎町、終戦時はハーモニカ横丁奥の「火の車」、今は御苑前の「学校」と庶民居酒屋風をして、新宿への執着はつきない。俗に染まない悟入《ごにゅう》の心境が、老来にわかに四辺《あた》りをヘイゲイしている。

戦前のことだが、ムーラン横のレストラン「大山《だいせん》」で、詩集『蛙』〔三和書房、一九三八年〕の出版記念会が催された。谷川徹三、画家の庫田叕《くらたてつ》、大井廣介などが集まり、心平は自作を朗読した。たしか私と坂口安吾との出会いは、その夜のことではなかったかと思っている。

萩原朔太郎は、三越裏の天ぷらや「天兼」でしばしば顔を合わせた。いつも独りで、飲んでいた。黒いソフトを、かるくあみだにかぶり、銚子もつ手が、心持震えていた。眼に、異様の勁抜《けいばつ》が窺《うかが》えた。芥川や、佐伯祐三にも似ていた。

川路柳虹《りゅうこう》とは、大久保寄りの「うなぎや」の座敷で、何回か飲んだことがある。早熟の詩人倉橋弥一が一緒だった。晩年の柳虹は、柔和で、気軽く、色紙に字をかいたりしていた。村野四郎も、永く十二社の住人であった。北川冬彦も、還暦や古稀の祝いを、南口の料亭や、中村屋で催している。北園克衛も、戦前戦後を通じ、私とは浅からぬ関係だった。「レスプリヌーボー」〔一九三〇年創刊〕、「机」〔五二年創刊〕などの編集を手伝って貰った。百田宗治の椎の木社以来、伊藤整、春山行夫も、新宿組と指折っていいだろう。

現代模様として、寺山修司、関根弘、唐十郎もいる。詩人たちの直感は、いつも蠢《うご》めいていることの街の胎動が、地響きのそれにきこえるのかも知れない。

新宿の祭り

新宿の祭りにも、移り変わりがある。

むかし、私どものいる新宿終点は、府下豊多摩郡淀橋町字角筈と云った。それが今は、町名変更で、新宿区新宿三丁目何番地と変わってしまった。私自身は、角筈に六十年以上も暮し住んで、その呼称がもぎとられたのであるから、感傷としては、町名変更は、血も涙もない冷血漢に思える。

そういう次第で、淀橋警察署は新宿警察署になっているが、淀橋はかつては、角筈、柏木とわかれていた。

角筈の大部分は、十二社熊野神社の氏子であり、柏木の一部は、成子天神、一部は諏訪神社の氏子であった。

恒例熊野神社の祭礼は、九月二十日、二十一日の二日間である。

私も七、八歳の頃、一年だけ、この祭礼の神輿を担いだことがある。白足袋に、タスキ、鉢巻、小さいながら甲斐甲斐しく、近所の瓦《かわら》やの神輿を担がせて貰ったのだ。

「よろしくお願いします……」と、ピョコンとお辞儀をして、まあ仁義のようなものだが、そういう挨拶をして、担がせて貰った。

前の晩の宵祭りは、家の近くの横丁ぐらいを担いで居るから心配ないが、本祭りの夜は、遠い十二社まで行くのである。途中、運わるく、ほかの神輿にぶつかると、これはきまって喧嘩することになっているのである。こちらが弱ければ、打たれたり、その挙句、神輿の飾りなど、はぎとられてしまうのである。

だから遠出は、大人の神輿の背後について行くことになる。ところがペースが違うから、それも巧く行かなかった。

「来たぞ来たぞ！」と弱い神輿のこちらは、難を逃れて、横丁へ逃げこんだりした思い出がある。

大きなお祭りのなかった頃の、十二社のお祭りは、終点では中西運送店傍の「お神酒所」に、近所の旦那衆や若いもんが、揃いの浴衣で、飾られた神輿の前で、一杯やりながら、碁打ちや将棋差しなどに、打興じていた風景は、まったく今になつかしい。

その場所も、日本一最高の地価と算定されては、さいきんは、お祭り用の手頃のところもなくなっている。

新宿の大通りが賑やかになって、誰れ云い出すともなく、大通りとして、大木戸から新宿駅前までの商店が一緒になって統一装飾、共同演出で、「新宿祭り」をしようじゃないか、と動議がでてきたのが、昭和四、五〔一九二九、三〇〕年のことである。

新人会という団体があり、その音頭とり役の事務局に、新宿ホテルの支配人穴沢という人がいた。

福島会津の産であったが、如才なく、小廻りがきいた。その穴沢さんが先に起って、淀橋だけでなく、新宿一丁目、二丁目の町会に渡りをつけ、「新宿音頭」「ミス新宿」「仮装行列」などの催事案をつくった。

当時、私は仮装行列の審査をやったが、行列組のなかに、さすが宿場新宿の名残りをとどめて五組も六組も、「鈴木主水《もんど》と白糸」〔江戸内藤新宿の武士と遊女の情話〕が出てきて、面くらったことがある。

追分のほてい屋さきにあった三階建ての三福会館は、三階が味の店の演出で、名店街、しにせ街のハシリのようなものであったが、私たちは、その食堂の日本座敷で、新しい「新宿音頭」の踊りの振りつけなどもして貰った。そういう新宿祭りを、二、三年つづけたような記憶がある。

戦後になり、新宿は、街の景観を一変した。ビルもどんどん増え、軒先の提灯ぐらいでは、お祭りも盛りあがらない。

そこで生まれたのが、新しい新宿祭である。最初のお膳立ては、区内にある文化放送さんで、新宿音楽祭を主眼とした企画であった。

その実現のために、今日では、新宿にある西口の大企業、地元振興組合、百貨店等をふくめて、新宿ＰＲ委員会という会ができた。

私自身も、今年で八年目ぐらいになるが、委員長格として、奮闘している。

数年前から、イタリアのサンレモ市と、姉妹都市の約束をし、両方の毎年の優勝歌手を、交換しよう、という仕組みになっている。

テレビの普及、歌唱の流行で、音楽を通じての宣伝というものは、今や絶対である。

新宿大通り、昭和7(1932)年　「主婦之友」第16巻第9号附録絵葉書

扇ひろ子の「新宿ブルース」、藤圭子の「夢は夜ひらく」で、新宿の有名度も、いろいろと浸透しているが、新宿の文字の這入ったレコードを蒐集すると、五十以上もあるのである。

ことし三月には、私もサンレモに出かけ、新人の中条きよしや西川峰子と共に、あちらの舞台で、メッセージを読んできた。ちょっと失敗したが、これは「サンレモ木から落ちた」と自分では云っている。

ムーラン・ルージュ

昭和六［一九三一］年十二月三十一日、小劇場ムーラン・ルージュが開館した。

経営主は、佐々木千里氏であった。元戸山音楽学校の出身で、浅草時代は、そのため外山千里と名乗っていたようである。

静岡県御殿場の産であった。私の家の親類が御殿場にあったため、その紹介もあり、生前の私の親爺は、よくこの佐々木さんと、懇《ねんご》ろにしていた。

夕方の晩酌を終えると、父はよくこの小屋に遊びに行っていた。よく知らないが、顔で、木戸御免であったのだろう。

常打ちの軽演劇の芝居小屋が、出来たのは、新宿としては初めてのケースだったから、さしたる演しものはなかったが、ナカナカ人気があった。

劇中、黒い三角の大学帽をかむった男が出てきて、吐くムーラン哲学が評判でもあった。諷刺と皮肉で、世相を批判して、ソロソロ軍閥政治ファッショ化の時期だったから、それへの抵抗を示していた。

ほかに、若い娘子の、レビューが多少の呼びものであったのである。

私自身は、昭和六、七年は、放蕩の絶頂期で、下谷、新橋、赤坂と高級な料亭を、遊び歩いていた頃だから、夕刻からの貴重な時間を、場末の泥臭い土地で、過ごすわけにはいかなかった。

一年数回、窺《のぞ》いたぐらいである。

直接、見たわけではないが、話によると、観客席にも、色々の客があって、知名人も少なくなかったようである。

日露戦争の小説『肉弾』〔英文新誌社、一九〇六年〕の作者桜井忠温《ただよし》、菊池寛、志賀直哉、新居格《にいいたる》、谷川徹三など。

菊池寛さんは、その劇場《こや》帰りのひととき、私の店の横にあった、屋台の「亀井ずし」のノレンを排《お》して、トロなぞを握って貰っていた。

その姿を、私は観ている。すしの値段は、当時、マグロのトロで、三銭也であった。

劇場の屋上には、パリのそれを真似て「赤い風車」が廻っていた。

レビューという日本娘の、短い脚の足上げなど、それほど私には興味はなかったが、今考えると、ほかには麻雀、競馬、ゴルフも今日ほどでなく、ダンスホールしかない時代だったから、この劇場の人気も、だんだんと上昇してきた。

たしか戦中を経て昭和二十六年までつづいたから、新宿の風物詩として、今に人の口の端に、残るところとなったのである。

役者陣には、これも今考えると、多士済々で、私の顔見知りだけを列挙しても、三国周三、有馬是馬《これま》、藤尾純、左卜全《ぼくぜん》、有島一郎、益田喜頓《きいとん》、外崎恵美子、竹久千恵子、踊り子では、古川綾子、望月美恵子、明日待子、小柳ナナ子、姫宮接子などいた。

また座付作者としては、斎藤豊吉、小崎政房、伊馬春部、阿木翁助、菊岡久利《くり》、穂積純太郎らがいた。

そして、戦後は、森繁久彌、市村俊幸、矢田茂、楠トシエ、若水ヤヱ子、三木のり平、藤原釜足《かまたり》たちも、舞台をふんでいた。

役者、作者も、テレビ時代がきて、そのまま、それに移ってしまった感じである。

私自身の、ムーラン見物は、ほとんどが、戦後であった。

こういう劇場には、若い美しい踊り子がいた。名前を調べると、石井漠《ばく》門下の石井美笑子という。

親しくなった。だが美笑子ファンは、私ばかりではなかった。

仕方がない。みんなで後援会をつくることになった。会と云っても、四人だけであった。四人のサムライである。曰く、大宅壮一、高田保、塩入亀輔、それに私であった。

芝浦あたりの料亭で、一度、彼女を囲んで発会式を行ったりしたが、あとは永続きしなかった。

故人にわるいが、作家の北原武夫が、その後、石井美笑子とは仲よくなっていたようである。当時の望月美恵子、今の優子女史は、ムーランを卒業し、新派一座に加わった頃、結婚したのであるが、見合いは、ムーランにいた頃である。

私は竹久千恵子がすこしばかり好きだったので、彼女と一緒に、後輩の望月さんをお随伴《とも》にして、箱根の旅に出かけたことがあるが、それが縁で、望月さんを知った。

一方、「三田文學」にいた鈴木重雄さん——今は出版社の社長だが——が嫁さがしをしていた。

それじゃと、私はお節介ながら、近くの高野フルーツの二階で、お見合いをさせたのである。この話はうまく纏《まと》まり、私は橋渡し役として両人から感謝された。

武蔵野館界隈

現在の三越支店の場所にあった、武蔵野館が、裏通りの角に移ったのは、昭和三［一九二八］年十二月だ。

活弁は説明者となり、徳川夢声、山野一郎、住吉夢岳、牧野周一らが活躍した。

私たちは、名説明にきき惚れた時期である。説明者全盛時代でもあった。

ところが、一年も経たないうち、無声映画に代わるトーキーが這入ってきた。

最初は無声とトーキーと、半々ぐらいで、上映されていたが、昭和六年には、全部トーキーとなった。

説明者も楽団も要らなくなった。争議になった。ご時勢だから仕方がないとは思っていたのだろうが、夢声さんを始め、説明者、楽団の人々は、群となって、武蔵野館の担当重役を戸別訪問した。

桜井洋品店主桜井新治氏が、社長であったがラチが明かず、私の家では、炭問屋の店先には夢声さんたちが、膝詰《ひざづめ》談判よろしく、声荒げて、乗り込んできたりした。

山野一郎の「モヒカン族の娘」「キック・イン」、藤浪無鳴の「マダムX」の、説明のサワリの部分など、思わず恍惚となるようなそれであったから、芸術だと思った。トーキー進出によって、そういうものが、姿を消したことは、まことに惜しまれてならない。

解雇後の夢声は、先代柳家小さん〔三代目〕の家などに行って、話術を修業し、山野一郎は、一龍斎貞山《ていざん》師匠に通って、講談などに転向した。古川ロッパの「笑の王国」一座に加わったりもした。

歌舞伎町の繁華街が生まれないころの戦前の新宿は、現在の三越裏のカフェー街の一部とムーラン、武蔵野館の面した通りの界隈が、華やかさの中心地であった。

当時はムーラン前に東京会館もあった。

新宿にはめずらしく、瀟洒《しょうしゃ》で、上品な店で、私は、時折、金田一京助博士や今和次郎氏達とご一緒に、食事をしたりした。

ムーラン並びには、中国料理「大山」、日本座敷の大広間もあった料亭「宝亭」、喫茶の「フランス屋敷」、すこし離れて同じく喫茶の「エルテル」などがあった。小さい店ではあったが、エルテルには、文学的雰囲気もあり、石川達三さんの、第一回芥川賞受賞「蒼氓《そうぼう》」〔一九三五年〕の祝いの集いも、ここであり、海音寺潮五郎氏も駈けつけたりした。

新宿ホテル階下の、カフェー「ライオン」も、エプロンつけた女給さんが大勢いて、ちかい所沢の空色の徽章《きしょう》つけた航空隊の若い将校たちが、わが世の春らしく謳歌していた印象がある。ホテルの一部屋には広津和郎《かずお》がいた。

中村屋の大通りをへだてて、幸《さいわい》煎餅《せんべい》という店があり、その路次風の横丁に、「武蔵野茶廊」「フォルム」「バルザック」などの喫茶街があった。奥に這入って、酒場風の「ドレスデン」もあった。

十返肇《とがえりはじめ》、春山行夫、田村泰次郎らの元気だったころである。

ほかに、帝都座地下の「モナミ」、新宿二丁目の「白十字」、二丁目裏の「山小屋」、飲み屋の「樽平」を数えるぐらいであった。

歌舞伎町のそのころは、まだヒッソリしたもので、ほとんど、府立第五高女の周囲は、住宅街同様であった。

記憶にあるのでは尾張屋銀行裏に愛称「ユーカリのよっちゃん」こと、現在の歌手水島早苗さんが、近代風の酒場「ユーカリ」を経営していたことである。

昭和八年十月、私が雑誌「行動」を創刊し始めた頃、その頃一番人気だった横光利一氏が社に寄られたので、氏を案内して、このユーカリに誘ったことがある。

酒を飲まない横光さんが、一緒にきてくれたことを、随分私は光栄に思ったりした。

その頃の作家気質には、一種キビシイ、筋を枉《ま》げないところがあって、理由なく、席を一緒にしない、自分を持するところがあったのである。

月日はハッキリしないが、この前後、新宿二丁目の白十字で、林房雄氏が刑務所から出てきたお祝いの会があった。

歓迎会である。色々の人々がきていた。岡本かの子さんから電話があり、「あたし方向音痴なのよ……」と頼まれて、私はかの子女史と一緒に、その会に列席したが、その会に、芸術派の小林秀雄氏が出席して祝辞を述べたので、驚いたことがある。

転向したので、出獄したのかも知れないが、私たちの印象では、林房雄は、まだ歴とした左翼陣営の闘士と思っていたからである。こういう集まりが機縁となったらしく、その後、左右混淆の気配をみせ、雑誌「文學界」が、多数の同人を擁して、発刊されたが、どうも呉越同舟の嫌いがなくもなかった。

「行動」創刊

昭和八〔一九三三〕年十月、紀伊國屋から文芸雑誌「行動」が創刊された。

ちょうど同じ月、本郷の文圃堂《ぶんぽ》から「文學界」［当初は文化公論社より］、改造社から「文藝」が創刊された。

一斉に新しい雑誌が出たということはめずらしかった。文壇史的には、文芸復興期《ルネサンス》などと、大げさな呼称で、扱われている。

私は十七のとき、母を亡くし、感傷の少年になり、文学傾向になったので、書店創業の翌年、小学中学の同級だった舟橋聖一らと、「文藝都市」という同人誌を出したのが、一種のやみつきとなり、そういう仲間も増え、その雑誌は二年間で、潰してしまったが、またぞろ、動き出して、「文藝都市」「アルト」などの失敗を忘れて、阿部知二、舟橋らと語らって、この雑誌を創刊することになったのである。

こういう道楽は、舞台の味を覚えた役者のようなものであった。

雑誌名は、阿部知二がつけた。資金は、書店とは別に、株式会社紀伊國屋出版部とし、払込資本二万円也は、全部、私が出した。

役員に、舟橋、阿部、それに成瀬正勝、画家の野口弥太郎と名前をつらねた。

創刊がきまるとすぐ、当時東大ドイツ文学系の「カオス」という同人誌をやっていた伊藤緑良の推挽《すいばん》で、同じ独文出身の豊田三郎がきた。

豊田君は「赤い鳥」の編集を手伝ったこともある、僅《わず》かながらも、経験者であった。本名の姓は、森村で、森村桂さんのお父さんである。

私は、雑誌の表紙を、目白のお宅に伺って、安井曾太郎さんに描いて貰った。

編集人一人、会計一人、広告とり一人、最初の出発は三人だけで、私は私の社長室をあけて、それにあてた。

しばらくし、数ヶ月後、野口冨士男が、編集部に加わった。

いくらか、プロレタリア文学退潮期であったかもしれぬが、徐々として、評判になった。

その頃、フランスから帰りたての、小松清が、〔ラモン・〕フェルナンデスの行動主義を紹介した。

それに刺激されて、芸術派も、旧来の洞窟から脱して、街頭に出ねば、というような意気込みになった。

小松清、窪川鶴次郎も、準同人格となった。青野季吉《すえきち》さんまでが、片棒かついだ。号を追うて、雑誌のページ数も増えて、厚くなった。若い身空だから、足も弾む。天下とりのような錯覚さえおきてくる。収支の勘定など、どうでもよくなってくる。

行動主義ブームと云っても良い、いっときがあった。

特輯号《とくしゅう》では、舟橋聖一も「ダイヴィング」〔一九三五年〕を発表した。

一年ばかりして、文芸誌「行動」は、総合誌に転じた。

巻頭言を毎月、豊田三郎がかいたが、ナカナカ茫洋且つ気宇の大きいところもあって、世紀を画する、新しさもあった。

新人も登用した。今になると可笑しくなるが、外国帰りの林䜌《たかし》、河盛好蔵、それに亀井勝一郎などで、「座談会はこれが初めてで……」などと挨拶していた。

左右両翼の対決も、果敢にやった。

大森義太郎、向坂《さきさか》逸郎、武田麟太郎、小松清、阿部、舟橋と顔触れを揃えた。

私もその席に一緒にいたが、終始、武田が口を開かず、泰然としていた態度には、感心した。

収支などは念頭になかったが、それでも私は広告とりのひと役を買って、はるばる関西くんだりまで出かけた。

友人の有田ドラックの有田二郎の紹介で、道修町（大阪市）辺を歩いた。

武田長兵衛、田辺五兵衛、塩野義、桃谷順天館などの薬種問屋を廻った。

もっとも広告のとれた晩は、宗右衛門町あたりの料亭で、いっぱい飲《や》っていたのだから、万端、若気の到りである。

自分でかくのは可笑しいが、当時の私には、風雲児の趣きもあった。

銀座資生堂で、川端康成氏に会ったとき、横に堀辰雄がいた。堀さんだって、すでに新人として、有名だった。

なのに、川端さんは、私と堀さんとを会話させようとしないのである。

意地悪というより、そういうキビシサもあった。

太宰治は、「晩年」の原稿をふところにし、「行動」に載せたく、新宿のあたりをウロチョロしていたが、それが駄目とわかって、自分から自分の手で、その原稿を破りさったという挿話も、後日談として、私はきいている。出版部には、後半、十返肇も加わった。

俺だって昔は

「行動」についてはもう少し語って置きたい。この稿で、私の若い日の仕事などを摘記することは、すこしく埒外《らちがい》のことのように思われるが、これには私なりに、多少の理由はある。「行動」は、昭和八〔一九三三〕年十月の創刊で、二十四冊を出し、まる二年を経過し、廃刊になった雑誌だが、さいきん京都臨川書店の厚意で、復刻版が出た。四十年後に復刻されたということは、昭和文学史的に、いくらかの業績を残した、と云うことの証左ではあるまいか。あらためて、廃刊前、二、三冊の目次を拡げると、華麗絢爛、眼を奪う寄稿家の名がズラリ並んでいる。

当事者の私ですら、復刻版によって、初めて往事を知る有様だ。

ところで、前述したごとき、雑誌「行動」の関係者だが、これが年々少なくなってきている。名づけ親の阿部知二、編集長の豊田三郎、ほかに小松清、雅川滉、十返肇、みんな亡くなっている。残るは舟橋聖一だけ、あるいは野口冨士男を残すのみという寥々《りょうりょう》さだ。

文壇史として、昭和文学をさぐり、伊藤整、高見順、浅見淵、尾崎一雄、平野謙諸氏の著作物はあるが、「行動」についてとなると、僅かの数行が散見するばかりである。さらに加えれば、批評家の語り口にも、新潮系、文春系、あるいは鎌倉組、阿佐ヶ谷派、早稲田派というものがあって、一種の色づけは争えない。ときに偏向もある。ある部分は詳述されるが、今日につながらぬところは、思いきって切断されている。

どういう場合も、勝てば官軍の歴史になるのは、致し方ないが、これを是正するには、あんまり遠慮ばかりしていては、かえって嘘になるから、たとい一身上のことでも、遠慮しないで述べるべきだと、そういう考えが私に浮かんできたのである。

出版部は、「行動」と同時に、能動精神パンフレットと題し、シリーズものも刊行した。同人誌「あらくれ」〔一九三二年創刊〕、新刊紹介誌「レツエンゾ」〔三三年創刊〕も出した。「あらくれ」は、徳田秋声門下の人々の集まりのあらくれ会の機関誌であったが、秋声、宇野浩二、近松秋江をはじめ、秋声傘下の女流作家、小寺菊子、山川朱実、小金井素子、小城美知らが、編集を手伝った。

昭和七年に、私は結婚し、西荻窪に住んでいたが、二年ほどし、柏木に移り住んだ。明治の歌人高崎正風《まさかぜ》の邸跡で、古風ながら座敷も広かったので、新年の賀宴には友人知己を招いた。

秋声先生、上司小剣《かみつかさ》、武林夢想庵、河上徹太郎、それに女流の深尾須磨子、真杉静枝、宇野千代、窪川稲子〔佐多稲子〕、転向後の、水野成夫、浅野晃など、当時の私は弱冠三十足らずだったから、今、考えると豪勢な顔触れであった。

私は若く血気だったので、批評の上では、秋声作品を罵倒などしたが、それが縁で、かえって先生に可愛がられ、市内のダンスホール、玉の井の私娼窟《くつ》、また戦争時には、本郷白山の置屋の二階にも伺った。黒い一閑張り《いっかんば》の机上に、手をいれて真黒になった「縮図」の原稿があり、それを拝見したりした。

「原稿が欲しいんなら、一緒に行ってあげるよ……」と云って、(麻布)飯倉片町の島崎藤村の家に、連れて行って戴いたこともある。

この辺の余裕《ゆとり》は、時世の相違とは云え、忙しがっている現今の作家群とは根性において月とスッポンの差だ。

矢つき刀折れて「行動」廃刊のときは、無念であった。赤字のなかで、私は退職手当を、編集長の豊田君に、約束手形で支払ったりした。阿部、舟橋の両君は、やがて「文學界」の同人になった。

私は独りきりになり、文学的同志とは、いったい何んなんだろう、と思った。

金輪際、雑誌なんかはやるまいぞ、と決心した。だが、二年ほどすると、またぞろ首を擡《もた》げた。

前後するが「行動」創刊当時、尾崎士郎は、巻紙に達筆な字で、熱海の宿から、私に寄せた。

「仕事は、須《すべか》らく一流に位すべし……云々」とあった。

以来、もっともその前からでもあるが、尾崎、岡田三郎、榊山潤《さかきやま》らと親しくなった。

「文學界」同人は、発行所の関係もあり、いわば文春系であった。

こちらは、そこで新潮系で、同人を蒐《あつ》めた。中村武羅夫《むらお》、室生犀星、岡田三郎、尾崎士郎、楢崎勤、大鹿卓、榊山潤、尾崎一雄、伊藤整、丹羽文雄、福田清人、窪川鶴次郎、徳永直《すなお》、浅野晃、水野成夫、板垣直子、それに確か私自身も同人に加わったのではないかと思う。

雑誌名を「文學者」〔一九三九年創刊〕とし、表紙を海老原喜之助に頼み、月例会を、京橋の中央亭、赤坂の幸楽、新宿の高野などで開いた。

この時期、私は年来の友、舟橋とも、袂《たもと》をわかったわけだが、それらのこともあり、この雑誌も二年二十六冊出していながら、昭和文学には影が薄く取り扱われている。

威容伊勢丹の進出

昭和八〔一九三三〕年九月、伊勢丹が新宿に進出した。ほてい屋百貨店と並んで、地下二階、地上七階建てであった。清水組が担当した。

ようやく賑やかになってきた新宿の大通りに、また一段の偉観であった。

伊勢丹の歴史は、土屋喬雄著『二代 小菅丹治』上下〔伊勢丹、一九六九、七二年〕に詳述されているが、その中の一節を借用すると、

伊勢丹は明治十九〔一八八六〕年初代小菅丹治によって、二間間口の一小呉服店として創業されて以来、およそ二〇余年にして東都五大呉服店の一つとなり、大正五〔一九一六〕年初代逝去の後、二代小菅丹治がこれを継承して百貨店に転換・発展し、ここにいたるまで約五〇年、その半世紀の間に、これだけの大百貨店となったことは、その発展の急速さにおいてわが国の百貨店発達史上例を見ないところである。

「経営は人なり」という言葉が示すように、その原動力が初代、二代のすぐれた人柄、指導理念、才幹、根性にあったことは疑問の余地がない。もちろん初代丹治が妻花子、実弟細田半三郎、二代丹治が妻とき、義弟千代市といった立派な補佐役をもったことも、伊勢丹の急速な発展に大いに役立っている。初代丹治は、まれに見るすぐれた商人・経営者であったが、この伊勢丹を継承し、これを百貨店として発展させたのは二代丹治であった。彼が新宿進出を決心し、昭和八年これを成功させるまでの道程は、苦難の連続であった。しかし、丹治は懸命な努力と精進の末、百貨店化を成しとげ、さらにほてい屋買収後の増築完成によって、伊勢丹の百貨店業界における地位を不動のものとした……云々。

また開店五周年の昭和十四年八月には、二代丹治は、万感胸にせまる思いで、その感激を、次のような漢詩に表している。

閲肆五星霜
拡張猶休未
華客日雲来
厚眷以何酬
販業在忠実
勤倹是遠猷

以上のような次第で、僅かの歳月の間に、伊勢丹の急成長は、驚くばかりである。

新宿から市電万世橋《まんせいばし》行に乗って、松住町下車、左に折れたところに、越後屋風の紺ノレンの店があり、それが伊勢丹であることは、僅かに私も知っていたが、それが新宿に進出してきた途端、短日の間、こんな風に威容をほこる店になろうとは、誰しも予期しなかったことであろう。

丹治、千代市の両氏が、つとに新宿の将来を案じていた先見も、卓れているが、商売というものは、ただ人通りや、あるいは資金だけあれば、ということではない。

人の和や、労務管理、さらに伊勢丹の場合は、戦争中に始まり、終戦後の八年ちかく、進駐軍用にも、大切な売場面積の大半を、接収されている。そういう図らざる、障害困難を乗り越えて、今日に到っている。

このことは、大いなる偉業と讃えねばならない。

昭和八年六月現在の伊勢丹組織図を一覧すると、重役陣は監査役を除くと、僅か七名であるが、そのうち四人は丹治、千代市、正造、金重の小菅一族が占めているが、常務に富士紡からの林田操、取締役に地元代表として、安田與一の名がある。

この安田與一氏は、私の姻戚筋にあたるが、新宿駅前の元メリヤス問屋から、牛鳥割烹店になった安田さんだが、この人が土地買収などの、蔭の功労者であったため、重役陣に加えられたのである。

弁のたつ、機をみるに敏の、新宿に惜しい人物であったが、過労のため、脳卒中で、早く斃れた。現在の安與ビル、懐石料理「柿傳《かきでん》」の社長安田善一君の厳父である。

また、余計のことかも知れないが、伊勢丹開店当時の前後、私は、常務だった千代市氏に頼まれて当時の三越新宿支店長茂木作太郎氏を、紹介したことがある。

現在でこそ、日本一の伊勢丹だが、その頃は、三越の方が、格段に格が上であった。

それに茂木さんは、支店長級の大物で、評判も良かった人だから、千代市さんのほうから低姿勢で、こういう頼みを、若僧の私にしたのである。

私は、早速、四谷荒木町の待合「松利」の座敷に、ご両人のために、一席を設けたりした思い出もある。

初代、二代も豪かったが、現在の三代も、それに譲らない。

道義に貫かれた経営

伊勢丹が新宿の大通りに進出してから、既に四十余年になる。

この間、ここで詳述はできないが、隣地の買収、背後にあった丸物百貨店の再改築、あるいは伊勢丹会館、パーキングビルの建設、その他、数々の仕事について、近所にいる私どもには、必ずや何かと風聞が流れるものだが、伊勢丹の場合、絶えて私はそういうことをきいたことがない。

これは驚くべきことである。この事実は、この稿を誌《しる》すために、私は、伊勢丹物語の書を手にして、初めて知ったことだが、つまり、経営の根源に、一本の道義が貫かれていたからである。

二代丹治は、伊勢丹への入婿以前は、小田原の内野呉服店の、手代番頭であったが、その頃から、青淵《せいえん》渋沢栄一氏にふかく傾倒し、私淑していた。同時に「論語」を身につけていた。また晩年を、日蓮派の田中智学の門をたたき、自らの信念を獲《え》た。

その故に、二代丹治は、ただの実業家、経営者ではなかったのである。

『伊勢丹七十五年のあゆみ』〔一九六一年〕に収録されている、渋沢栄一の「余が処世主義」の談話から、引用すると、

近頃世間に「成功」という言葉が大いにもて囃《はや》され、金持になるのが処世の最大目的である様に説く人もある。即《すなわ》ち手段方法は何でもよい。金を溜めて成功しなくてはいかぬ、(中略)といったような傾向が見える。如何にも成功は美しい事柄には相違ないが、こんな調子で進めば、うっかりすると世人の識見を惑わしめ、方針を過《あやま》らせるようなきらいがありはせぬだろうか。現在社会で解釈されて居る成功の意味は、唯《ただ》自分の資産の増大を成し遂げるというだけのことで、其の手段が合理的であったか、其の経路が正当であったか、そんなことなどには一切お構いなしという風である。従って正直に懸命に商売をして一千万円儲けた人も成功であるし、賭博的なことをやって一千万円儲けた者も同じ成功である

として両者を一様に持て囃すが、余は成功の解釈をこんな風にするのは大不賛成である。真の成功とはそんなことではあるまい。道理に合って居るという立脚地から、国家社会に利益ある仕事をして一千万円の利益を得たというのなら、これ実に俯仰《ふぎょう》天地に愧《は》じざる行為で、余は斯くの如きものを真の成功と名づくるのである。

右は、青淵翁の事業哲学の一端だが、こういう根本理念を、二代丹治は体し、それはそのまま三代丹治（現社長）に承け継がれているのである。

伊勢丹は、昭和五〔一九三〇〕年株式会社組織に進展していらい、昭和三十五年に、満三十周年を迎えた。

「伊勢丹は、小菅一族だけのものではない。後継者をわしの眼の黒いうちに……」とかねて考えていた二代丹治は、この三十年を記念して、新しい会長制を設け、自分は退いて会長になり、若い嫡子利雄を社長とした。一見、盲目な世襲制にみえるけれども、苦慮の末の英断であった。

この折、叔父格の千代市氏は自ら進んで、副社長となり、補佐役を買って出た。

この辺が会社成長過程の難しい機微である。社の磐石の基礎が、こういう場合にかたまるのである。

私は小菅一族の人々と、深い親交があるわけではないが、前に述べたごとく、千代市氏とは、かねて昵懇《じっこん》であった。思慮の深い重厚な人柄で、こういう際の氏の分別が、今日の伊勢丹の大に、大きく貢献していることは言を俟《ま》たない。

すでに故人となった千代市氏であるが、晩年は、地元のためにもつくし、新宿経済会議所会頭、新宿地下街株式会社社長等の要職にもつかれた。

千代市氏の場合、特別の伝記もないが、二代、三代を補《たす》けて、形影伴う、ワキ役的役割は、けだし伊勢丹の守護神と仰ぐべき人であろう。

二代丹治、また千代市氏ともに、今は亡いが、今日の伊勢丹は、層一層の繁栄をほこっている。店祖の念願であった日本一百貨店の夢は、今や正に、名実とも実現している。

外柔内剛型の徳は三代丹治もこれを備え、経営の万全は第三者の眼にも、羨しいほどである。『伊勢丹七十五年のあゆみ』の巻末に、「道義的実業家小菅丹治」の章があるが、そのなかに、

パーキングビル完成、若い世代を対象とした商品政策、斬新なデザイン、卓抜した流行の選択、他店との競争に勝ち抜く創意工夫、創造的精神の横溢《おういつ》こそ伊勢丹の生命力である。

とあるが、ケダシその通りである。加えて国際的催しも多い。新宿という土地も伊勢丹の活況によって、どれだけ助かり、また、格調を高くしているかしれない。

時代感覚のひろがり

三越三百年［一九七二年］の記念に募集した社歌は、応募者数一万六千人を越えた。そのなかの当選作の第三章に、

道がある　明日がある
若い生命が　ここにある
人の和あつく　はつらつと
世界に伸びる　三越の
若い生命が　若い生命がここにある

というのがある。
この文には、三百年を看板とする、歴史や伝統の翳はない。明日の姿だけが示唆されている。私事で恐縮だが、私は十余年前、新宿に紀伊國屋ビルを建てたが、その折のお祝いに、友人の三上秀吉さんから、句を贈っていただいた。

空の無限に　風筒ぬけて　鯉のぼり

この句を、私はたいへん気に適《い》っている。

伸び伸びしたところが、当選作にも似ている。

新宿には現在、伊勢丹、三越、京王、小田急の四大百貨店が揃っており、加えて丸井、緑屋等があるが、先鞭《せんべん》はむろん三越である。

記録的に云えば、関東大震災後の大正十二〔一九二三〕年十月、新宿追分にマーケットが開設されたのが最初だが、大正十三年マーケットを分店と改称、翌大正十四年十月、新宿駅前、元中西運送店跡に鉄筋五階建てが落成した。これは現在の二幸の前身である。

ついで昭和五〔一九三〇〕年十月、現在の場所に移った。元は「扇屋」という旅籠屋《はたごや》――二等郵便局――武蔵野館――ついで三越となったのである。

他業者である私どもには、今日の三越の繁栄の起因がいずれにあるのかよくわからないが、素人眼にもつよく感ぜられることは、前述の歌詞にみられる経営感覚の若さであろう。

この若さは、磨かれた時代感覚が齎《もた》らしているものであろう。

この感覚のひろがりがマスコミ尊重、ヤング化、国際性催事等にあらわれているが、イササカ別のことになるが、さいきんの傾向として、企業あるいは商社の創業記念のパーティーなどでは、その社の社史、あるいは社長小伝等が配られるのが常例だが、その流布先はだいたい関係方面へだけの配布に制約されている。しかも内容はとかくして乾燥無味なものが多い。

せっかくの編さんが仇で充分の成果をあげていない。世人の眼にとまらないのだ。

三越の場合は如何かと、それを調べてみて私は驚いた。

社史風の創立（株式）五十周年記念の『三越のあゆみ』〔一九五四年〕という冊子のほかに、街頭の書店の店頭、つまり市販されているものが高橋潤二郎著『三越三百年の経営戦略』〔サンケイ出版、七二年〕、斎藤栄三郎著『流通界の革命児』〔読売新聞社〕、岡田茂著『創造する経営』〔実業之日本社、七三年〕、『三越三百年の商法』〔評言社〕、戸板康二著『元禄小袖からミニ・スカートまで』〔サンケイ出版、七二年〕等、読物風のものが五冊もあるということである。宣伝、水も漏らさない手配と云っていいだろう。特記したい宣伝力である。

ふだんマスコミへの関心が深くなければ、こういう状態、現実は生まれないものであろう。数年前からの若もの中心の、銀座支店の演出は、かなり度胆を抜く変容ぶりであったが、これが大成功を博したこともあってか、今日では、若ものたちの嗜好に投ずるというより、逆に彼らを指導しているような形勢さえ窺える。

経営の敢然さが、今日はこれだ、明日はこれだ、と訓えているようなところがある。伊勢丹の章でもちょっと触れたが、各百貨店の催事というものが、さいきん矢継早《やつぎばや》とも思える程、国際性を帯びてきたことはまことに瞠目に値する。

三越の一九六六年開催の「大ナポレオン展」をはじめとし、一九七〇年の「大ベルサイユ展」、ついで「ロワールのシャトウ物語展」〔七二年〕等の仕事は、その内容において、誇るべき圧巻であり、日仏友好親善にどれだけ役立ち、寄与大きいか知れない。

こういう催事を商売繁昌のための、一商人の才覚と軽視するようでは日本の文化は進まない。関係官庁はもっと応援してしかるべきだ。

私は近隣ゆえに、新宿支店長であった人々と数多くお会いしているが、手許《てもと》にある歴代支店長表を繰ると、昭和四年の初代茂木作太郎氏から数えると、すでに二十九代目になっている。なかで、茂木氏以外には、鈴木孝五郎、岩波東平氏らとは特に親交があった記憶がある。現在本社の重役陣では、取締役の長老格の瀬長良直氏と親しい。三田の先輩故に、現在、新宿三田会会長をして戴いている。

「沖縄三越」の開店は氏の尽力に負うところ大だったときいている。

三越屋上の「希望の鐘」

昨今は、新宿も多少落ちついてきたが、十五年ほど前までは、駅前広場や西口の空地には、若い人々や、学生たちが集まり、ときに不穏な空気も漂った。

町の繁栄は、治安秩序が保たれなければならない。と云って必ずしも取締強化だけが、唯一の方法ではない。

若い人たちの精神の姿勢を正すことが、第一である。

このことを心配し、街の有力者たちが集まって、新宿明朗推進会という会が生まれた。

音頭とりの会長役は、故清水長雄氏であった。

後章で触れることになろうが、氏は新宿警察防犯会長として、二十余年その要職にあり、同時に都会（議員）も長く、最長老格であった。

戦時、戦後を通じて、新宿への貢献度は大きい。

その氏の斡旋で、明朗推進会の第一の仕事として、青少年不良化防止の念願から「愛と希望と励まし」を与えるという目的で、有志の浄財を集め、昭和三十三〔一九五八〕年八月、三越新宿支店屋上に「希望の鐘」を設置した。

以来三越は、堂守《どうもり》の役をうけたまわって、今日まで一日五回（午前九時、十二時、午后三時、六時、十時）と一回も欠かしたことなく、守りつづけてきている。

新宿駅を中心に、周囲四キロに、鳴り響いている。午后十時には「少年よ家路に帰れ」の曲が流れる。

余談ながら、当時のことを云えば、私自身も、そのころ淀橋（現在は新宿だが）警察懇和会々長の役職にいた。

新しい鐘の呼称は、何んとすべきかの相談をうけた。一般に募集し、審査すべきだということになり、審査員には、知名度のある文化人をと云われて、私は友人の、と云っても先輩格だが、江戸川乱歩や、また同じ区内の牛込若松町に住んでいた音楽の服部良一氏に依頼した。

夏の暑い日の午后、署長室で、その応募の銓衡《せんこう》をしたわけだが、軽井沢にいた服部さんは、わざわざ、その朝、カアを駆って、東京に出かけてきてくれたりした。

その結果、「希望の鐘」と云う名称がきまった。

この鐘の設置を記念して、三越ホームソング「希望の鐘」が西條八十作詩、古関裕而《ゆうじ》作曲で作製された。

希望の鐘

一　帰れよき子よ　母待つ家に
都の夜風は　冷たく荒し
星から花が　降るように
うたう鐘よ　明るい鐘よ
あゝ東京の　希望の鐘よ

二　聞けばネオンの　花より花へ
あそびて塒《ねぐら》を　忘れし小鳥
しずかに想う　母の胸
やさし鐘よ　流れる鐘よ
あゝ東京の　希望の鐘よ

三　帰るよき子の　あと見送るは
更けゆく夜空の　月かげひとつ
尊き使命　なお歌う
愛の鐘よ　気高い鐘よ

よけいの説明かも知れぬが、この鐘は屋上に吊るさがっている鐘ではない。実際は、ビル地下五階電気室の増幅機から、伝わって屋上の拡声器に、流れ出ているのである。

一昨年、昭和四十八年八月は、設置以来、ちょうど十五周年に成った。

そこで都民一般にもアピールするため、祝賀の行事は、屋上においては記念式典、大通りでは、華やかなパレードを展開して、とり行われた。

むろん新宿警察署外部三団体も、これに参加した次第であるから、私どもも、式場では祝辞を述べ、パレードでは、オープンカアの上で、相原〔昭男〕店長とともに手を振ったりしたのである。

パレードは、三越ファッションシスターズの、美しい七人の女性はむろんだが、警視庁騎馬隊、ボーイスカウト鼓笛隊、婦人警察官の一行、新宿母の会の人たちも加わった。

式典では、青柳署長から、町の有志や功労者に、感謝状が贈られた。

正に華やかな町の盛典であった。折目正しい演出として、地元民として、深く敬意を表さなければならない。

さいきんは、百貨店大型店対地元商店の問題が、つづいているが、こういう形で、町の融和、一体化が図られるならば、それが一番望ましい。

店歴ほこる大通りの老舗

町の繁栄の柱として、百貨店、大型店の力も大切だが、それに加えて、明治、大正、昭和の長い期間を、生き抜いてきた老舗の存在も忘れることはできない。

ただ、しかし、変化自在の新宿だから、時代への適応性のため、商号こそ同じだが、商売の向きは、変わってしまったという店もあるのは当然である。

すこしく抜萃《ばっすい》風になるが、紀伊國屋ビルの並び、伊勢丹方向へ向かって左側から挙げると、「セイセイ堂」薬局がある。昔は盛成堂とかいた。明治四十〔一九〇七〕年からである。先々代は、塩崎熊吉さんである。新宿には意外に薬局は少ないが、いつも新しい店内陳列に、たえ間ない脱皮、精進のあとがうかがえる。

それからすこし先、三越の真ん前に、小野洋品店がある。さいきんは「ロペ」という看板だが、大正の初めからである。

そのとなりの「松田時計店」も、千葉の出身だが明治四十年からだから、ちかく七十年になる。昔は、□〇《かくまる》堂といった。今は三代目だが、戦時中は、店の裏を、小料理屋風の店に貸していた。私は一度だけ、初代の松田さんの存命のころ、シチズン時計の山田栄一さんと、顔をあわせて、おそくまで飲んだ記憶がある。

次は紺屋《こうや》のあかねや染物店だが、現在は、八階建ての「アカネビル」が建ち、階下はブティック、上のほうは、「とん通」「しゃぶしゃぶ」などの飲食店になっている。

伊勢丹さきには、「甲州屋文具店」がある。新宿きっての老舗で、地所持ちで、たしか私どもより旧い。

向こう側に渡ると、日活帝都座、池田屋書店、鈴源コーモリ店などがあったが、昨春の、クレジットの丸井の進出で、それぞれ姿を消した。

この横に、私の生家と同業の薪炭問屋大阪屋さんがあった。昭和の初年まで、大通りに薪が積んであったが、ご時勢にしたがい、昨今は洋酒店、そして現在は板塀がされて「喜多ビル」建設中である。高いビルが構想である。

つまり大阪屋さんが変じて、本名の喜多を名乗るという寸法なのだ。

角の服飾の「タカノ」はフルーツの高野さんの姻戚である。

三越傍に、小さく「おしゃれの子供服」オオミヤの看板がある。女主人、葉山テツさんのお店だが、昔は半襟の近江屋として有名だった。そのとなりに、以前は、お茶の「藪花軒」があった。永く続いた旧家で、今は歌舞伎町に引越したが、初代の関山さんは、裏手に「牡丹園」という庭をもっていて、立派な牡丹の栽培で知られ、新宿では、十二社大久保のつつじとともに、江戸風物詩の一つに数えられていた。

その藪花軒が、大通りからなくなったのは、語り草がひとつ減った想いで、残念である。

その横に「安藤金物店」がある。当主は安藤六重郎さんだが、私と町立淀橋尋常小学校一年生の同級生であった。

幼時は「ロクチャン」と呼んでいた。私はロクチャンと、草履袋をさげながら、学校に通ったのは、ついこの間のことのように思うが、お互いにすでに古稀である。

そのとなりの「桜井新盛堂」も古い。前章、武蔵野館のあたりで述べたが、先代の桜井新治さんが云い出しっぺで、映画館ムサシノは生まれたのである。だから、自分で、社長になった。

その横角の「しゅうまいの早川亭」も、大正の初期からである。陸橋のある大踏切のちかくで、最初は屋台を出していたが、ワラジのように大きい、七銭のカツレツで、有名になった。現在、新宿酒場組合理事長をしている伊藤鐘治郎さんも、かつては、この早川亭のコックさんだった。

茫々五十年、伊藤さんの統《す》べる「車屋」は、今では新宿名物であり、遠くグアム島にも、立派な店がある。

早川亭に並んで、日之出屋洋品店、松喜果物、近江屋家具店も、最後まで残っていたが、「三峰」「SUZUYA」の進出で、今はなくなった。

昭和四年［実際は大正十四年］、新宿駅東口の改変で、駅前広場ができたため、鳥一、小倉佃煮店は、二幸側に移った。

むかしの鳥一は、これも名を変えて「都里一ビル」を竣工中だが、当主の石川一代さんは私の小学同級で、級長だった。今は日本画家だ。佃煮の小倉さんは、「アルプス堂」として、スポーツ用品をやっている。和田洋品、梅田時計店も古く、梅田さんは、衆望を負って永く大通り商店会の会長をしている。「アオキのクツ」の青木さんも、テレビのコマーシャルで有名だが、先代は、煙草屋さんであった。花器茶道具の一色さんは、最近、近代風のビルをつくった。

ここも先代は、砂袋や煉瓦を売っていた。

この稿を書きながら私は、早急に、町の同窓会を開き、正確な卒業生名簿を作らなければならぬと思った。

新宿三田会の人々

今日でこそ、大きくひろがった新宿だが、私が三田を卒業した大正十五〔一九二六〕年の頃は、私の家のお向こうの中村屋の相馬安雄さんが早大を卒業しただけで、大学出はほかに誰もいなかった。

みんな小学乃至《ないし》中学どまりであった。

声をかける相手もいなかった。

先日、昭和五十〔一九七五〕年七月二十四日夕刻から、「新宿三田会」二十周年記念パーティーが、西口の京王プラザホテル四十二階の高尾の間で催された。ロータリークラブ方式の家族会で、夫人、令嬢、お孫さん達も加わって、百人ほど集まった。

福引景品もあって、賑やかな会であった。

五時からの開宴で、まだ窓外は明るい夏の宵で、大きな景観を瞰下《みお》ろして、清々《すがすが》しかった。

渡された小冊子の新しい会員名簿を繰って数えると、会員の現在高は、名誉会長、準会員を加えて、ちょうど五十名である。

冒頭、司会の紹介で、新しく会長になった赤塚盛（二幸出身）さんの、訓示風の、マジメな挨拶があった。

ついでここもと沖縄博で忙しい名誉会長の瀬長良直氏（三越）の、乾杯の音頭と祝辞。

瀬長氏が云った。

「ほんとうは二十周年と云うけど、私の記憶では戦後まもなく、三井銀行にいた若菜金次郎と一緒に、だから二十八年ぐらいだ」と。

しかしこれも、もっと本当を云うと、戦前からあったので、鈴木孝五郎（三越支店長）氏のいた頃もあったのだから、四十年ちかくなる。ただその頃は、思いつきで集まり、今のように組織的ではなかったのである。

瀬長氏は加えた。

「慶応の集まりは、全国に多いが、どの会に出ても、長幼の序列はあるが、不思議に断絶感はない。これはわれわれのいいところで……」

と、愛塾精神に言及された。

老来、いよいよ矍鑠《かくしやく》で、頼もしかった。

ついで、マイクは私の番になった。

司会は、

「田辺さんには、例によって、夜のおはなしを」と云った。

乾杯のビールを口にしただけで、外はまだ明るいのだ。それに部屋には、夫人、令嬢、幼い人たちもいるのである。

会のホゴシ役と云うのであろうが、指名が早すぎる。

私はそんな愚痴《いいわけ》をマイクの前で喋りながら、マジメ風なはなしを、ひとくさり、お終いにチョッピリ、持ち前の駄洒落を加えた。

さきごろ、私は親しい友人の梶山季之《としゆき》を失って落胆《がっかり》しているんですが、梶山は生前ポルノ作家として、あまり評判は良くなく、けれど死んでからは、稀有に人情に厚かったと、評判がいい。いったいどっちなのか。ああいうのは死んで、天国にいくか、地獄にいくか、わからない。そこで親しかったから電話してみた。ところが、本人が出て、日本にいるという。どうしてかと訊ねたら、めずらしく英語で答えて「メイド（冥土）・イン・ジャパンです……」

会場の隅ですこしばかり笑い声がきこえた。

私が役を果たし、マイクを離れると、この会の推進役であり、万端演出役である、吉川昴君（日吉堂印刷）が私の傍にきて云った。

「さきほど、瀬長さんが、断絶がないと云っていましたが、同時にすこし穏《おと》し過ぎるんじゃないでしょうか？」

「そりゃそうだ、冒険や革命がないもんね……」と私は相槌をうった。

それがきっかけで、今年の暮は、大いに、盛大にやろうではないか、ということになった。たとい会員は五十人でも、五百人ぐらいの集まりにしよう。「そうだ、そうだ」となった。私は「じゃ、石坂浩二や藤本真澄《さねずみ》や水原茂や武見太郎も加えようや……」と云った。

そうなると多彩だ。

多少、こちらも云い出しっぺだ。奔走しなければなるまいと思った。

なお別のことになるが、大正十五年卒の三田会というのもある。このほうは来年、卒業後五十年で、記念事業をすることになった。

十五年度卒には目玉商品に北炭「北海道炭礦《たんこう》汽船」の萩原吉太郎氏や高島屋の飯田慶三さんたちがいる。まず心配はあるまい。

附加するが新宿三田会のメンバーには、医学関係では田村一、松林久吉、矢野満雄の三博士、芙蓉観光の藤森健吉君、車屋の伊藤正徳君、田川の松川正照君、タカノの高野英彦君、玄海の矢野雄一君ら、若手の錚々《そうそう》がいる。なお、大兵潤達の馬場謹爾君は衆望を負って、今年は新宿区議会の議長になっている。

裏があるから表がある

下座があるから、上座がある。同じように裏があるから、表があるのである。

表通りや、大通りにある店だけが、店格があるとは云えない。

若い人たちのうごめく歌舞伎町が、昨今は新宿娯楽街のセンターとして代表的だが、歴史としては、まったく戦後に属し、昭和前半は、それに代わるものとしては、三越新宿裏のT字街、新宿三丁目裏、末廣亭付近のクラブ酒場などであった。

前章に摘記したように、三越横の通りの、甲州街道筋につき当たる道を、左側に質商山田屋善兵衛さんがあった故に、山善横丁と呼んでいたが、その山善さんのハス向かいの右側に、私の祖父の材木問屋紀伊國屋があった。

私はその祖父の家にいくために、幼時しばしばこの横丁を歩いた。

三越裏には、現在「船橋屋」の太文字の金看板よろしく、老舗天ぷらやの船橋屋がある。明治からの店で、最初はそばやさんであった。

この辺一帯の旧顔《ふるがお》であり、顔役でもある。店主の高橋勝芳さんは新宿東口振興組合理事長として、衆望を負っている。

そのとなりの銘菓の「もとはし」も古い。先代は薪炭問屋であった。いち早く、私同様、変わり身の早さで、菓子業に転じた。当主の本橋重吾さんは、双葉通り会長である。敢えて宣伝したいが、ここの特製羊羹《ようかん》「富貴泉」の風味は、京都の「雲龍」に優るとも、劣らない。推賞に価する。体裁といい新宿に過ぎた逸品である。

天ぷらの「綱八」（志村久蔵氏）も有名である。昔は魚やさんであった。生簀《いけす》にピチピチした魚鱗《ぎよりん》がはねて、鮮度もいいので、評判になった。新宿駅ビルにも支店がある。

甲陽館という宿屋であった丸山貞幸さんも、現在は、クラブ「シャンタン」ほか、二、三軒のクラブの経営者である。

変化するご時世に、無理に昔ばなしをする要もないが、この横丁には、かつて、お墓用の「卒塔婆《そとうば》」だけを売っていた店もあった。

また追分寄り、甲州街道に向かったところには、「銀世界」という、料亭があった。明治の終わり、今日でこそ広い新宿だが、これが唯一の日本料理の、日本座敷のある料亭であった。現在の大同信用金庫理事長松井修一郎さんの生家である。このあとに、松井ビルが建っている。うなぎの「吉田」の坂爪一郎氏も、私の幼時からの顔馴染みだ。山盛酒店の息子さんだが、今は町の元締格で、中央通りの会長である。

そしてこの辺は通りが多いのだが、武蔵野通りの会長は市嶋敬造さんだ。大きなパチンコ店、ゲームセンター、喫茶の「白十字」を経営《やっ》ているが、先代は旭組運送店、市嶋亀三郎氏で、ひとときは、映画館ムサシノの社長をしていた。心和《な》ぐ、胆《きも》の大きい人だったので、私は若いとき、この人から、私の親爺に内緒で、借金したことがある。

新宿名物として、この近所で、とりあげたく、それが残念なことに姿を消しているものに、すしの「亀井ずし」、天ぷらの「天兼」がある。もっとも、天兼は西口小田急ハルクのトナリに引越しただけだが。

戦後の産物としての、外国人フーテンの屯《たむ》ろした喫茶の「凮月堂」も、外国雑誌「ライフ」にも紹介されたほどで、新宿風物詩の一つであったが、今はない。

絵と音楽の好きだった横山五郎氏が、若い感受性で演出した、せっかくの店の雰囲気が、途中で、消えたことは、残念である。

湯沢ビルというのがある。テナントとして、一、二階に、国際的デザイナー森英恵さんの店がある。彼女の発祥の地である。

このビルのオーナーである湯沢さんの先代も、元を洗えば薪炭問屋であって、私の家とは遠い姻戚関係になる。先代湯沢新二さんは、数年前亡くなったが、野村専太郎さんとは、小学以来の同級生で、一緒に在郷軍人会の世話役で、戦時中は銃後の一切をとりしきっていたが、一方片手に、喫茶店「エルテル」などを経営していた。機関誌「ひろば」を出している国民懇話会理事長の湯沢光行君の令兄であった。光行君は、しばらくライオンズクラブの会長などもしていたが、両人とも、草深い新宿からの育ちだから、湯沢兄弟というのは、私にも兄弟のようなものであった。

新宿駅ビル隣りの安與ビルの当主安田善一君も、私の姻戚筋である。機をみるに敏で、ハヤトリ精神旺盛で、活気がある。今は懐石料理「柿傳」の経営者だが、府立四中—浦和—東大美学の出身で、川端康成、中島健蔵さん達の知遇を得、独自の見識で、自分の道を歩いている。新宿の未来図なんかも、常々考えている御仁である。

末廣亭と花園神社

末廣亭は明治の終わり、大阪の浪曲師末廣亭清風という人が、初めてこの小屋を設けた。

だから最初の十年間は、ほぼ浪曲だけの常打ち席亭であった。

それから、いろ物が加わった。場所も、その頃は、現在の伊勢丹横の明治通りの中程にあった。天ぷらやと煙草やの間の、狭い横丁の突き当たりで、素人芝居や琵琶もかかった。

菓子の中村屋の裏に、焼芋やがあったが、そこの伜《せがれ》さんが、新宿駅の駅員になり、ホームで如露《じょろ》で水を撒いていたが、暫くの間に、大阪に行き、永田錦心《きんしん》の門下に入り、出世し、錦をかざって、東京に戻り、立派な紋服姿で、ひとかどの琵琶師となり、大館洲水と名乗った。三波春夫風の美男子で、声も朗々と美しかった。その大館さんが、この末廣に出た。私は幼かったが、その彼を応援するつもりで、しばしば出かけた。

落語は、ほとんど、四谷の「喜よし」まででかけた。

清風氏の嫡子二代目の秦弥之助さんは、こういう経営に、あまり乗気でなかった。

昭和の初め、区画整理で、現在の東海横丁に移った。戦災で焼失した。そのあとを、現在の席亭主人北村銀次郎さんが継いだのである。終戦直後、借地だった地所を、この辺一帯の大地主苗村商事から、坪七千円で、百五十坪買いとった。その英断が、今日に倖《さいわ》いしてるわけだが、その陰に、五代目［柳亭］左楽師匠の骨折りも、随分あったということである。

さいきんは、落語が、若い人達に親しまれ、テレビで宣伝され、日曜演芸会の夜などは、三百七十の定席が一杯になる。司会は、［桂］米丸から、［月の家］円鏡に移り、そそっかしく賑やかである。

余談だが、席亭主の北村さんは、明治っ子の、江戸っ子の侠気で、すでに八十六歳の高齢だが、老来いよいよ元気である。花柳流の名とりで、昨年は国立劇場で「船弁慶」を踊った。お酉《とり》さまと云えば、昔は、というよりこの間までは、四谷須賀神社のそれであった。幼かった頃の私は、祖父や父につれられて、新宿よりも数倍も賑やかな、そのお祭りにでかけた。甘い「きりざんしょ」の袋を買って貰い、帰りにはきまって「松喜」か「三河屋」の牛肉に立ち寄った。松喜の霜フリが特別美味しかった印象がある。

そのお酉さまが、ここ数年は、花園神社のほうに移り、人出も多い。

「花園神社縁起」から、その由緒をたずねると、

花園神社は、古来新宿の総鎮守として、内藤新宿に於ける最も重要な位置を占め来たった神社である。徳川氏武蔵国入国以前の御鎮座にして、大和国吉野山より御勧請《ごかんじょう》せられたと伝えられる。寛永年中以前の社地は現在の株式会社伊勢丹の地域にあり、東西六十五間、南北七十五間に亘《わた》った神域であった。朝倉筑後守此《こ》の地に下屋敷を拝領されるに及び、神社をも下屋敷の内に囲い込まれたので、その由《よし》を御訴えに及び、現在の社地を代地に拝領したと伝えられる。当社地が寛永以後三百数十年の星霜を経たと思考せしむるものに境内銀杏の神木があり、三百年以上の樹齢を経たと推定される……云々。

以上のように、古い歴史のある神社だが、明治大正の頃の境内は、鬱蒼とした大木が茂り、夏場など、喧《うるさ》いほどの蝉しぐれであった。

戦災で焼失し、南向きだった正面鳥居は、現在もそのままだが、今は東向きが明治通りに面しているので、表玄関風になっている。

したがって、朱塗りの社殿も、東向きに変わった。社殿の横に、花園神社会館という鉄筋建ての社務所がある。鳥居横に、結婚式場の看板も出ている。朱塗りの神灯の間に「雷電稲荷神社」もある。

東向きの鳥居内には、鋳工村田整珉《せいみん》作の一対の、見事な彫刻唐獅子像がある。文政四〔一八二一〕年の作で、新宿区文化財として指定され、保護されている。

現在五千世帯の氏子を擁しているが、氏子総代は都会議員の丸山茂氏である。

社殿前の広場で、数年前、前衛芝居の唐十郎さんが、大きなテントを張って、芝居をし、大当たりした。この興行は、数回重なったが、氏子側からの意見が出て、サイケ調の若い男女の群や習俗が、神社境内に適当でないという抗議が出て、神社側は、この興行を断わった。その折、私は唐十郎さんに頼まれて、総代の丸山さんに懸け合いに行ったことがある。

この夏の八月十五、六日は、境内で、盆踊りもある。社殿の柱の千社札には「纏絵師寿」「江戸緑川」「深川むら川」丸花菱定紋入りの「滝八」とか「立川談志」「内藤陳」などの名があった。若い宮司の学者肌の片山文彦さんは「この町では神社仏閣が主役にならないので」と嘆じていた。

空襲前後（上）

戦争が激しくなった昭和十九〔一九四四〕年の夏、私の父、鉄太郎は亡くなった。亡くなる一週間ほど前、親戚の法要で、静岡県御殿場にでかけた。帰ってきて、父は私に云った。

「彼地《あっち》で夢声（徳川）に遇ったんだよ、偶然だったんだけどね。それから近所の魚屋でマグロのドテを買ってきて、一杯飲《や》ったんだ。面白かったよ……」

私の父と夢声さんとは、武蔵野館当時からの酒友であった。配給が少なくなり、飲む酒もなかった。それが田舎で、バッタリ会い、意気投合しお互いに地酒をあおったらしい。

だが、元気に報告した父だったが、翌日から足腰が痛むと云って、寝ついた。本人の口から聞かなかったので、知らなかったが、其後《そのご》、夢声さんから洩れたのだが、父は大酒して酔っぱらい、料亭の梯子段から滑り落ちたんだそうである。

寝ついてから六日後の昼、父は枕許《まくらもと》に私を呼んで、

「もうお終いだから、酒をくれ」と言った。

コップに一杯の冷たい清酒をひと呼吸《いき》に飲むとそのあと、すぐ眼をとじた。それが終焉であった。

周囲がザワザワしていて、人手もなく、用意もできぬまま、寺は牛込にあったが、炭の納屋

の奥にあった隠居所で葬儀をした。

廊下の縁側の端に起って、私は弔問客に挨拶をした。

参列者の中に戦災で、負傷されない前の元気な小泉信三先生の姿をお見かけし、私は深い感銘を抱いた。

その頃私自身、小学生だった子供達三人を、学校疎開にあずけ、ただ一人、書店つづきの狭い部屋に起居していた。

書店の店頭も、品不足で、棚も空いていた。私は自分の書斎の蔵書の中から、毎日何十冊ととり出して店に並べた。

書店人として、それが義務だと思った。

品物がなく、人手もないから夕刻六時には店を閉めた。

ある宵、閉店後、生憎の停電で、私はローソクを点けて、自分の部屋にいた。

その部屋に、背の高い男が二人「今晩は」と云って顔を出した。

薄明りの中で、その顔をよくみると鎌倉在住の高見順と中山義秀であった。

「なんだい、こんな時間に?」

私は訊ねた。

事情を訊くと、今度、鎌倉で作家達が集まって、貸本屋を始めたんだそうである。

ついては、本の包紙が欲しいので、頒《わ》けて貰えまいか、と云うことであった。

「そんなことか、あれば頒けるよ。なければ仕様がない」と私は云って、私はローソクを持ちながら、二人を階段下の倉庫に案内した。倖い、包装紙の山はうず高くあった。住み込みの手伝い女が一人、私の傍にいたが、あいにくその時は留守だったので、鎌倉からの遠来の客に、煎じ茶一つ出せなかった。

書店の常連のお客様に、法博［法学博士］の藤田嗣雄《つぐお》さんがいた。画家の嗣治さんの令兄である。

ある昼、めずらしく、藤田さんは、金森徳次郎先生と一緒だった。ご両人とも鉄甲《てつかぶと》のヒモでアゴをしめていた。

金森さんは当時、赤坂の国会図書館長であったと記憶する。

私はお二人を、店につづいた奥の私の書斎に招じ、書店作製の原稿用紙の数冊を、お土産にとお渡しした。マッチ一個、鉛筆一本も大切だった時期であった。

昼間だったが、突如空襲警報のサイレンが鳴りひびいた。

私たち三人は、慌てて、店の裏に掘ってあった防空壕にもぐった。呼吸《いき》を殺して、警報解除をまった。

這いつくばったまま、お互いに、顔を見合わし、苦笑していたのである。

終戦後、ロータリークラブが復活し、昭和二十三年、東京南ロータリークラブが初めて誕生したが、初代会長は金森さんであった。私もチャーターメンバーで参加していたので、時折、お顔を合わせた。

「防空壕もご一緒でしたネ」と、私達は、当時のことを回想した。

当時の私は、不思議に生きていたいという執念はなかった。私の周囲に祖父母も両親もなく、二人の弟達は、陸軍で応召し、その上私には女房もいなかったから、やけ糞ではないが、どうなってもいい、という気持であった。家財を疎開させる分別もなかった。

私はこの土地に生まれ、この土地で育った。私にとって、新宿以外に、死に場所はなかったからであろう。

空襲前後（下）

戦争が激しくなって店に働く人々が少なくなった。男手は私以外に六十を過ぎた帳簿係の老支配人だけとなり、ほかに、七、八人の女子店員がいた。品物が少ないので夕刻には店を閉めた。みんな通いだから、夕刻から、広い店の中に、人っ子一人居ず、店につづいた裏口の住居に、主人の私一人が宿直をしているだけとなった。

それに女子店員の一人が、台所用に、私の傍に寝起きしていた。

ある日、突然予告なしにその女の子がいなくなった。理由がわからない。どこへ移ったのか、と案じていると、二日ほどしてから彼女から電話があった。

「東松原の堀田さんという家に、お手伝いにきています」ということであった。

こちらも、独りでは困るのである。

そこで、私は意を決し、電話では埒《らち》があかないから、自分自身で、出かけることにした。東松原に出かけ刺《し》を通じ堀田さんに会った。意外や、住友銀行の堀田庄三さんであった。

女中奪還の訪問とは、平常時にない図だが、堀田さんの方も、奥さんはじめ家族の人々が軽井沢に疎開していて、女中難だったのである。しかしともあれ、こちらには実績があるから、交渉は成功し、私は所期通り、その女中さんを取戻すことができた。

昭和二十〔一九四五〕年に這入ると、敗戦の報ばかりが耳に這入った。

空襲も頻度を増した。いつこちらも、罹災するかも知れなかった。

私は、火事装束用の、家にあった刺子半纏、皮のゲートルを身につけたまま、寝床に横になっていた。

銀座尾張町に爆弾が投下され、付近一帯の爆風禍が伝えられてから、まもなくして、三月十日、新宿では初めてであったが、歌舞伎町一帯がやられた。みんな灰燼《かいじん》になった。焼跡の原っぱになったから、こちらが焼けるときは、ここへ避難すればいいな、と思った。

ついで、五月二十五日夜半、大空襲はついにやってきた。

執拗に、編隊機が、畳みかけるように襲ってきて、粉をまくように、焼夷弾の雨をふらした。火焔《かえん》で、四辺は昼のように明るかった。あいにく、その夜四国の友人の夫人が、幼児二人をつれて、わが家に泊っていた。

家財などを運び出す余裕はなかった。私は大切な書類だけの一束と印鑑などを腹掛けの袋の中におさめ、あとは納屋にあったリヤカー一台を引っぱり出し、それに寝具用のフトンの数枚を積み、その上に、幼児たち二人を縛るようにして乗っけ、夫人、お手伝いさんの二人をつれ、木造家屋のわが家を出た。

近所では、武蔵野館だけが、鉄筋コンクリートだ。その屋根の下に、私たちは移った。

光った槍のように、空から、眼の前に焼夷弾がくる。

そんなに畏怖感はなかった。死も感じなかった。雨の降りしきる今川義元の、桶狭間の戦いを、絵でみたことがあるが、焼夷弾の雨が、そのときの雨のように覚えた。

しばらく来襲機の途絶えた間隙《かんげき》を縫って、私たちは、かねて考えていた歌舞伎町方面へと移った。

「桃の湯」という銭湯の前に大きな防空壕があった。屈強である。私たちは、その壕にくぐった。

私ひとり、時々壕を出て、周囲を見廻した。わが店のほうを見やると、正に炎上中であった。時間はわからなかったが、暁方、三時に近かった頃かと思われた。

罹災の折の、万一に備え、私は、杉並荻窪にある商家の二階の八畳の間を借りていた。防空壕の外に置いておいた一台のリヤカーは、その朝に既に盗まれていた。

私は、女性二人、それに幼児二人の手をとって、中野の坂をのぼり、高円寺から荻窪へと指した。

途中、ところどころで、生臭い焼死体に出会った。

私たちは、無事、荻窪の借りてある部屋に辿りついた。寝具の若干は、預けておいたので、さしあたりは、不自由はなかった。

数日後、私はひとり新宿の焼跡にでかけた。新宿駅をはじめ、見事に何もなくなっていた。わが土地にあった、数本のケヤキの大木が、無残に、横になっていた。

金庫だけが、助かっていたが、ウッカリ開けることもできない。

罹災後、老支配人をはじめ、どの使用人達も、顔を出さなかった。安否もわからない。

私は焼跡にひとり起って、本屋商売も、これで終わりだな、と思った。

ハーモニカ横丁（上）

五月二十五日の罹災後、私は荻窪の借家から、一日隔《お》きぐらいに新宿の焼跡にでかけた。戦局の帰趨はどうなるのかわからない。

私はひとり焼跡に起って、私の十七のとき亡くなった母親の言葉を思い出していた。

「お汝《まえ》は、商売人には向かないよ、そんなに本が好きなら、好きなだけ本を買って、読んでいればいいじゃないか……」

母親は、私の顔をみるたんび、そういう忠告を私にしていたのである。

この際、廃めてしまうか、それとも、と私は思案の日々であった。

ある日、元店員の一人が、戦地から戻ってきた。そして云った。

「店を廃めるなんて、惜しいですよ、遠いシベリヤでも、軍隊の仲間たちは、店の名を知っていましたからね……」

その言葉で、やっと私は決心した。

八月十五日、詔勅を、荻窪の家できいた。

そのあと、私は今度こそ、こちとらの舞台になるのだと思った。

私は復興を急いだ。ちょうど、父の遺した三千坪ほどの地所が、京王沿線の千歳仙川にあった。その山林の一部に、戦時中軍が防空壕をしつらえていた。それがそのままになっていた。バラック一つ建てるにも資材難のときだったから、私はその防空壕を解体させ、荷馬車を向けて、角材を新宿に運んだ。

間口二間、奥行三間ほどの小さなバラックだったが、それでも終戦の年の十月には、近所にさきがけて、書店を再開することができた。仙花紙ばかりの本や雑誌であったが、飛ぶように売れ、毎日が忙しかった。

ある午后、その店先に、旧知の田村泰次郎があらわれた。みると国民帽で、背に、軽いリュックを背負っている。数年ぶりの対面である。私は彼の手を握った。

「元気で、良かったネ……」

「ウム田舎にいても、食えそうもないから、別段見当はつかないけど、上京してきたんだよ……」と彼が云った。三重県四日市の故郷からやってきたのである。

後日談だが、その田村が、それから一年たつかたたないうちに、小説『肉体の門』〔風雪社、一

航空機
總

戦災で焼け残った聚楽と武蔵野館、昭和20(1945)年9月30日　撮影・影山光洋

九四七年」を発表した。

終戦後の有楽町界隈に取材して、売笑婦たちの生態を描いたものだが、鮮烈な勁《つよ》さがあった。これが売れに売れて、大ベストセラーになった。芝居にも脚色された。新宿帝都座に上演され、満員客止の盛況であった。

売笑婦のひとりが、仲間のリンチをうけ、半裸のまま宙吊りにされる場面がある。客席に背を向けているから、乳房のあたりは見えない。私は、わざわざ作者の田村を楽屋裏にたずね、楽屋の袖《そで》から、彼女の姿態を盗みみたりした。

前後するが、終戦ちかい頃、私は女中を一人置き、杉並三谷町の借家住いだったが、付近に中島飛行場があるので、時折、大きい爆弾の破裂音がする。それが怖ろしく、若い女中はある日突然、茨城の田舎へ帰ってしまった。

一人きりであった。朝起きて、食料のない日もあった。私は小半径《こはんみち》離れている、五日市街道にあった、祖母方の親戚筋にあたる百姓家にでかけ、ズックの鞄に、馬鈴薯、トマト、南瓜《かぼちゃ》、茄子などを詰めこんで、それを担ぎ担ぎして、家に帰る。それからひとり炊事の用意をした。

ある午后、旧知の蘆原英了《あしはらえいりょう》君がやってきた。ちょうど、小さい乾燥海老が残っていた。私はフライパンでその海老を揚げた。

「極上の海老フライだよ……」

「めずらしいですよ、とても美味い……」と、英了さんが云ってくれた。好きな莨は、トーモロコシの毛を、紙に巻きながら吸っていた。

終戦の歳の師走ちかくなると、新宿駅東口のあたりには、スダレやベニヤ板で囲んだ、飲み屋の屋台が並び、長い椅子などを配して、店屋風の構えにした。

焼酎だけだったのが、日本酒のビンも並ぶようになった。

中央沿線の阿佐ヶ谷あたりの作家たちや、遠く鎌倉派の連中も、顔を出した。

櫛《くし》の歯のように並んだ店を、人々はいつの間にか、ハーモニカ横丁と呼ぶようになった。元気だった頃の上林暁《かんばやしあかつき》、シャンソンを唱っていた編集長時代の池島信平、青野季吉、梅崎春生、保高徳蔵《やすたか》、坂口安吾、高見順、みんな集まったのである。話題はパンちゃんの生態、戦争未亡人のやりくり、顔役の脅喝《きようかつ》、ショバ代、区画整理、借金苦と、世相の万華鏡《からくり》であった。

獅子文六さんが新聞小説「自由学校」〔一九五〇年〕をかいていた。

朝日の学芸部にいた扇谷正造さんが担当記者であった。ある日、電話がきて、ハーモニカ横丁を取材したいと云う。私は御両人を伴って、土地の顔役面で、街の裏側を案内したことがある。

ハーモニカ横丁（下）

ハーモニカ横丁時代という一時期は、今日において回想すると、私自身にとって、短い期間ではあったが、何んとも云えぬ一時期であった。

かつて数年前、私は「海」という雑誌の特集で「ハーモニカ横丁」という題名の五十枚ほど

の小説を発表したことがあるが〔一九七一年七月号〕、その中の一節を引用すると、

翌朝、壕を這い出たときは、新宿は、思いきりよく、全部焼けていた。

廃墟というより、自分自身の周囲になにも無くなっていた感じであった。

すべてが焼失し、人間だけが残っていた。

それも裸の人間だけが残っていた。

激しい洗礼が、一夜にして一切の過去を払拭した。

私は大地をふみ、両手を拡げ、大きく呼吸して、自分が裸になったことを感じた。

一種の爽快感さえ加わった。

その爽快さは、みんなが平等になった、ということだったかも知れない。

これからは装う必要もなければ、気どることも、気兼ねすることも、威張ることも、威張られることも、全部なくなったのだ。

それは敗戦による虚脱感ではなかった。住み良い世の中になるなあ、という実感であった。

あきらかにある変革が、私の内部に起こっていた。

それは短い期間であったが、私の凡庸な生涯のなかでは、特記すべき生の意識であった……云々。

とそんな文章がある。つまり裸一貫になったという意識が、私に一種の自由と解放感を与えたのである。

私はその頃、疎開先の荻窪の借家から、順に居を変えて、下目黒四丁目、田園調布二丁目、そして再び下目黒三丁目と、元競馬場裏の陋屋《ろうおく》に住んでいた。

付近には知人もない。永く住み慣れた新宿と較べると、異郷の地であった。

バラック建ての書店は、品物が少ないから、夕刻時には店を閉めた。そのあと、見知らぬ土地の目黒に、私は私の身体を運ぶわけにはいかなかった。

新宿に、少しでも長く居たいのである。

私が初めて、ハーモニカ横丁界隈に出没するようになったキッカケは、詩人の江口榛一《しんいち》に誘われて「梅崎春生がいるよ」と云われて、武蔵野館裏のスダレで囲った、床几《しょうぎ》風の腰かけのある「魔子の店」というのにでかけたのが最初である。

狭い店だから、腰かけて飲んでいても、路次を歩いている通行人が、背中にぶつかったりするのである。

小柄ながら、魔子は、二十二、三のなかなかの美少女であった。

若い日の藤原審爾《しんじ》も、この店によくきていた。彼女が好きだったのだ。

ある夜、偶然、早仕舞いで、彼女と藤原と私とで、中央線の新宿駅ホームに起っていたが、電車がきて、方角違いだから藤原だけが乗った。

別れの手を振っていたら、扉のガラスの窓に、藤原の眼から、大粒の涙がはふり落ちたのには、驚いた。

純情には違いないが、ひどく仰山なものだと思った。

前記の小説の中で、この横丁に蝟集《いしゅう》した人々の名を、百人ちかくリスト風に挙げているが、重複するから、そのなかの物故者だけを拾ってみると、

十返肇、伊藤整、長谷健、高見順、火野葦平《あしへい》、吹田順助、梅崎春生、豊田三郎、江戸川乱歩、青野季吉、浜本浩、亀井勝一郎、内田吐夢《とむ》、池島信平、塩田良平、成瀬正勝、辰野隆《ゆたか》、浅見淵、丸岡明、谷崎精二、田中英光、坂口安吾、古田晁《あきら》、立野信之、野上彰、木山捷平《しょうへい》……と大勢いる。

あれから三十年ちかいから、致し方ないが、会者定離の感慨が、しきりにする。

戦前の私は、それほど酒は好きでなかったが、この特飲街での毎夜が、私を酒飲みにしたのである。

一夜、私はパンちゃんを買った。

素人風の、おとなしそうな二十七、八の女であった。連れこまれる場所は、旭町界隈かと覚悟していたが、歌舞伎町のちょっとした小料理屋の一室であった。

意外、股《また》のあたりに刺青《いれずみ》があった。

酔いもあり、私はそれにはり合うつもりで、迂濶《うかつ》に「俺も新宿じァ、ちったあ人に知られた親分さ、尾津も安田も知ってらあね……」てなことをすべらした。とたんに女はおとなしくなった。だがそのあとがいけなかった。

みんな隠語の連続であった。

私は薄気味わるくなった。そしてそのあと中華の出入りなどに出っくわし、私は這々《ほうほう》の体で、逃げ帰ったことがある。だが、よく云えばこの時期は私が自分を曝《さら》して動じなかった時代でもあった。

飲み屋の女侠たち

新宿駅東口の焼跡に、いち早く、復興の第一歩を印したのは「五十鈴」（藤田けい）である。秩序のない、物騒な朝夕であった。

朝、店の戸を開けると、眼の前に、ドスに刺されたままの恰好で、血塗《ちまみ》れの若い男が、斃れていた、というのである。

尾津、安田、野原と何々組の出入りも多かった。深夜、ハジキの音を何回となくきいた、ということである。

私は、毎夜の「ハーモニカ横丁」廻りの皮きりをだいたい「五十鈴」にきめていた。

最初の店は、奥に小座敷があり、そこに青野季吉、それに妙な取合わせだが、黒紋付きを羽織った、漫画の那須良輔などもいたことがある。終戦後のバラックだから燭光《しよつこう》も暗い。便所がちかく、饐《す》えたような臭いもする。古材の柱の釘に、破れた饅頭笠《まんじゆうがさ》、ヒビのいった一升徳利がかかっていた。

その最初の小屋から、しばらくし、新しい店に移った。コの字形のカウンターを囲んで、色々の人が集まった。

劇場ムーラン裏でもあったので、彼女の面倒見もよかったからそういう劇場関係の人達も多かった。

無名のころの、有吉佐和子、水上勉、それに私の記憶では、森繁久彌、中村勘三郎、江戸川乱歩さん達もいた。

女将のおけいさんの性格は、濶達で、キップが良い。戦前、満州辺をわたり歩いていたこともあって、度胸も滅法だった。

「社長さん、妾《わた》し背中に刺青があるのよ」酔ったとき、そんなことも口走った。

近所の「みち草」のマダムも「あのひと、白粉彫《おしろいぼ》りが自慢らしいのよ」と云っていたが、あとからわかったが、どうもこれは彼女の洒落だったらしい。

事実「みち草」のマダムは、おけいさんと、一緒の風呂に這入ったから、それが嘘だとわかったのである。おけいさんは、付近一帯の元締格だったから、マダム達の会もつくった。

麗人会は、無尽《むじん》、乙女会は、親睦旅行を目的にした。

巷間、彼女との仲を噂されていた劇作家Nさんの令嬢の結婚には、一切の仕度を彼女ひとりで賄《まかな》った、というのが、ナカナカ出来ないことと美談として伝えられている。

「五十鈴」から離れて、ハーモニカ横丁角には、「みち草」（小林梅）があった。

このひとも横浜《ハマ》育ちで歯切れがいい。酒で、いくらかダラシなかった、木山捷平などいくたびか、どやしつけられていた。

巌谷大四も、お梅さんには、恩を着ている。「勘定をとらない日も、あったからね」

三年ほど前、そういう連中が集まって、「みち草」二十五周年記念を、花園神社横「東京大飯店」で催した。私も片棒かつぎ、大広間の片側に、東宝の道具方に頼んで、往年の横丁風景を再現したりした。

当夜巌谷君が、一同を代表し、感謝状を彼女に捧げた。

お梅さんは、根っからの竹久夢二ファンで、現在の店は、常圓寺横に移っているが、その壁に、夢二の版画が、かかっている。林房雄さんが、わざわざ届けてくれたんだそうである。さいきんは、時ならぬ夢二ブームだが、テレビの竹脇無我の夢二〔NET「夢二慕情」一九七五年〕をみて、お梅さんが云った。

「本物と少し違うけど、仕方がないわね」

「利佳」(安藤りか)は、現在は歌舞伎町の路次裏にある。りかさんは、新橋花街の出身だから、イササカ新宿では、泥中の蓮《はちす》の嫌いだが、このひとも、この土地に溶けあって、昨年、〔昭和〕四十九年で二十五年。お祝いを、千駄ヶ谷の東郷会館で催した。

客筋はもともと国文学系で、故成瀬正勝、守随《しゅずい》憲治、吉田精一、暉峻《てるおか》康隆、和歌森太郎のお歴々だったが、このお祝いの会は、同窓会長として、ドイツ文学の相良守峯《さがらもりお》が選ばれた。

狭い店で、とぐろを巻いての歳月だから、互いに還暦の肩をたたきあい、往時を回想し、歓つきぬ宵であった。

このほか、今年、二十五周年の会をもったひとに「ノアノア」の若槻菊枝さんがいる。これは厚生年金会館で催され、女史の自著の出版物〔『太陽がいっぱい』金剛出版〕も配られた。新劇関係の客筋が多く、パーティーには、戸板康二、青江舜二郎、小松方正らの顔も見えた。マダムの趣味の広さが手伝って、ここは、前三者の「五十鈴」「みち草」「利佳」の、少しく旧態依然なのに反し、サイケ調の若い連中もよってくる。ゴーゴー踊りの、音楽もあり、近代調だ。

ほかに旧い店では、歌舞伎町に酒場風な「ナルシス」がある。ちょうど、坂口安吾が通いつめた酒場「ちとせ」の跡あたりだ。

歌舞伎町由来

最初は鬱蒼とした山林であった。それが、九州大村藩の城主大村子爵の所有地だったところから、私達は大村の山と呼んでいた。明治の終わり、それが伐採されて、原っぱになった。やがて大正になり、尾張屋銀行峯島茂兵衛氏の所有に帰したため、私達は大村の原を、こんどは尾張屋の原と呼ぶようになった。正規の町名は、淀橋町角筈であったが、付近一帯を尾張屋町とも呼んでいたのである。

その原っぱの奥に、塀に囲まれた大きな邸《やしき》があり、それが仁田原《にたはら》〔重行〕大将の家であった。私は、小学、中学を、近くの東大久保にあった高千穂学校に在籍していたが、この学校は名も高千穂で、八紘一宇の精神であったから毎年の陸軍大観兵式には、参観の名で、生徒達は、代々木練兵場まで出かけるのを恒例としていた。その大観兵式の総指揮が仁田原大将であった。ある日、原っぱで遊んでいたとき、私は、大将が馬丁一人をつれて、邸を出ていく姿に出くわした。子供ながら、馬上の英姿とは、こういうものだと思った。その原っぱ一帯が、今日の歌舞伎町に成ったのである。

芳賀善次郎著『新宿の今昔』〔紀伊國屋書店、一九七〇年〕によると、

新宿に歌舞伎町が生まれたのは、昭和二十三〔一九四八〕年四月一日である。東大久保三丁目と角筈一丁目の一部がこの町名を名のったのである。

この付近は、震災前から住宅地化し、大正九〔一九二〇〕年にはコマ劇場を中心に府立第五高等女学校があった。靖国通りに面して西武新宿駅から広場にかけては都バスの車庫であった。新宿一帯が戦災で一面の焼野原となり、第五高女は実習農場だった中野区富士見町に移った。

戦火のくすぶる昭和二十年八月十八日、当時角筈一丁目北町会長だった故鈴木喜兵衛(鈴鹿産業会長)は、復興協力会を組織して会長となり、このあたり一帯を銀座と浅草の良

さを取り入れた庶民的な娯楽センターにしたいと構想し、歌舞伎劇場、映画館四、演芸場二、ダンスホール一を建設する計画を立てた。

まず区画整理を行ない、二十二年十二月までは整理が一応ついたので、当時の都建設局長石川栄耀《ひであき》によって歌舞伎町と命名されたのであった。

鈴木喜兵衛は、この地を現在のように発展させた大恩人であるが、その苦労と経緯を『歌舞伎町』［大我堂、一九五五年］という本にまとめている……云々。

以上のような経過が、今日の歌舞伎町の発端である。

戦後の混迷期に、町民一致して、心を協《あわ》せ、区画整理につぐ、明日の復興を志したことを、今に想像しても、大きな難事業であったに違いない。この間、鈴木喜兵衛氏が、進駐軍幹部に進言した、文章などを読むと、「正直者が馬鹿をみて、何が日本の復興ぞ」と訴え、その概や、ケダシ国士的憂患である。

加えて述べたいが、この意味から、鈴木喜兵衛氏の存在は、今日の歌舞伎町からみれば大恩人であるばかりでなく、生みの親であり、救世主でもあろう。

なお、町名を歌舞伎町と変更した以後の展開を詳述すると、歌舞伎町建設計画は沙汰止み、日米合弁の六階建て国際百貨店も、青写真目論見までできたが、芦田内閣更迭で、株式募集は中止された。

だが都市復興の一助として、当時各地で開催された博覧会ブームに乗って、昭和二十五年四

靖国通りを走る都電、昭和30年代

月二日から、六月三十日まで、歌舞伎町を中心として、東京産業文化平和博覧会を開催した。だが、この開催は、六千万円の赤字となった。けれどこのときの建物が、いい塩梅に、復興のきっかけになった。

会場の産業館は、東急所属のスケートリンク、二号館はオデオン座、三号館は新宿劇場、四号館はグランドオデオン座、子供館、証券館、野外劇場あとは、東宝コマ劇場などに変わった。かくして、歌舞伎町建設の初期の目的は、徐々として達成されたのである。

娯楽施設で一番早かったのは、昭和二十六年開館の地球座であるが、この座名も、前記の石川栄耀氏が名づけ親である。

また交通緩和のため、都電が二幸前の終点を、裏の靖国通りに変更されたことも、歌舞伎町有力者の、大きな運動があったからであろう。その都電線の変更や都バス車庫あとに、高田馬場から西武線が延長されたことも、今日歌舞伎町の繁華の大きな要因になっていると思われる。

歌舞伎町と藤森氏

春の叙勲で、歌舞伎町の藤森作次郎氏が、勲四等瑞宝章をいただいたので、それを記念し、且つ祝賀し、去る七月二十一日夕刻から、京王プラザホテルにおいて、そういう会が催された。参会者千名に及ぶ盛会であった。

来賓として、田中栄一、今里広記、土田國保《くにやす》警視総監、その他警視庁上層幹部の人々、歴代新宿署長など、沢山揃った。

天下の新宿として、勲四等の叙勲で、大仰過ぎるようだが、真相は、叙勲をサカナに、氏から平素お世話になっている人々が、これを機会に、感謝の意を表そうと思ったからである。

藤森氏は、各方面と交際が多く、並べると二十六団体もあるが、それをしぼって、警察関係の六団体の名を発起人とした。

祝辞の冒頭、私は発起人代表として、マイクの前に起った。前章、「歌舞伎町由来」で、その創設の功労者として鈴木喜兵衛さんを讃えたが、鈴木さん没後の歌舞伎町の今日あるは、万端、纏《まと》め役の、藤森氏の功績に負うところが多い。

さらに最近は、地下街駐車場（サブナード）の建設もある。

それらの業績を述べたあと、歌舞伎町だけでなく、さらに大きく新宿として、氏の存在は新宿の守護神である、と述べた。

歌舞伎町全体の土地面積は三万一千坪である。その全体の八割は峯島氏の所有だが、あと、地主、借地人、それに中国、韓国の人々が借地権をもっていた。

地主にも、土着派と新しい人々がいた。

終戦後、そういう人々が各自、自分を主張したのだから堪まらない。表に出た訴訟沙汰が十一件もあったというのだ。

復興協力会長であった鈴木喜兵衛氏も、ほとんど手を焼いていたのである。この前後、藤森氏が登場したのである。

「団結あっての街づくりだ」と氏は主張した。その趣旨から、鈴木氏の亡き後、氏は率先して、歌舞伎町振興会をつくり、その会長に就任した。以来二十八年になる。

現在、会の名は正式には歌舞伎町商店街振興組合というのだが、同じように新宿駅をめぐって、大通り、西口、東口、南口とそれぞれ、振興組合があるが、それに較べて、歌舞伎町が、一番歴史も長く、結束も固い。

終戦直後、最初の構想がそうだったから、藤森氏はじめ有力者は、歌舞伎座建設を目論見、まず松竹の大谷竹次郎氏に働きかけた。

だが、大谷氏の返事は、

「歌舞伎芝居は、新宿という土地じゃ、駄目ですネ……」と素気《そっけ》なかった。

大谷さんは、現在は三越駐車場になっているところにあった松竹座（第一劇場）の苦い経験があったからである。

止むなく東宝の小林一三氏を訪れた。が小林氏も首をかしげた。

「大阪千日前のコマを先にしたいしね。それに、これから建てるものとして何か新しい様式が欲しいしね。それには一度外国見物をしてくるか……」てなことで、ナカナカ腰をあげない。

大きな劇場がないと、街としては目鼻がつかない。

粘りづよい藤森氏たちが粘った。

歌舞伎町、昭和37(1962)年　新宿歴史博物館蔵

それに動かされ、小林一三さんが云った。

「劇場《コヤ》も大切だが、街作りも先にやってくれ……」

そういう応酬があって、やっとコマ劇場が出きあがったのである。

オープン披露は、昭和三十一〔一九五六〕年四月〔開館は十二月〕だったが、当日は、かつて新宿になかったような、朝野の名士が、三千人も集まった。

その晴れの舞台で、小林さんのあいさつもあったが、その中で小林さんは云った。

「いろいろお話をしてるうち、歌舞伎町という町の、団結力のつよいのに、驚いた。ことにここには、藤森作次郎さんという、論旨整ったリーダーがいる……云々」

と、賞めそやした。

この小林氏の言は、現在も藤森氏にふかい感銘として残っている。

なお、コマ劇場開場しばらくは、昼間は一杯になるが、夜間は、客足なく、からっきしであった。物騒な街、暴力の街のウワサがたたったのである。だからその根絶にも、街をあげて、並々ならぬ苦心が払われた。

現在、この土地の世帯数は千二百軒余である。

うち七割が飲食店である。大別すると、パチンコ十、麻雀十、サウナ二、トルコ二、その他がキャバレー、バーの類《たぐ》いだが、休憩室というのもある。茶一つ出ない、休憩だけの部屋というのである。

銀行も多い。太陽神戸銀行、大和、三菱信託、横浜、徳陽相互、幸福相互、西日本相互、東

京相互とある。大きい娯楽ビルは主に韓国、台湾の人々の所有である。

駅のソバの丸井

「マルイは駅のソバ」この標語は日本全国、津々浦々、知らない人はない。怖るべき足跡である。

私と、丸井会長の故青井忠治氏との縁は、フレンド・ナショナルという団体が、とりもっている。終戦まもなく、多分昭和二十四、五〔一九四九、五〇〕年頃のことだが、日本ナショナル金銭登録機（NCR）の社長、後藤達也氏が、考えてつくった団体である。得意先である、全国のユーザーに働きかけ、新しい小売商の指針として、流通業界の啓蒙と育成を目的とし、百貨店を除く小売商たちを集めたのである。

月一回の例会や研修会をもった。まだまだ外国旅行の少ない頃、会員中の有志を募って、NCR本社のあるアメリカ・デュトン〔オハイオ州デイトン〕工場見学、セミナー、ショッピングセンター、スーパー等を見物させた。

後藤氏のこの先見は、今日の日本の流通業界に、寄与するところ少なくないが、あらためて、大きくその功績を讃えたいところだ。

会員中の一人であった、青井氏も、この旅行に参加している。昭和二十七年九月にでかけているが、ほかにも赤札堂グループの小泉一兵衛、イワキ眼鏡店の岩城二郎、山崎パンの山崎、不二家の藤井、鈴屋の鈴木義雄、スーパーの紀ノ国屋の増井［徳男］の諸氏など、多数が、この旅行にでかけている。

そして、各人それぞれに、それぞれの立場で、吸収し、開眼している。

この旅行の挿話に、青井さんの迷い子ばなしがある。

ある日、ある街角で、一行にはぐれ、青井さんだけひとりになった。西も東も見当つかぬ。言葉は通じない。

だが、青井さんは叫んだ。タクシーをつかまえて「ナイヤガラ！　ナイヤガラ！」

青井さんは、日程のうちにナイヤガラ瀑布《ばくふ》見物の一行があったことを思い出したからだ。

無事、それだけで通じ、やっと皆んなと会うことが出来た、ということだった。

富山の田舎からでてきて、愛媛出身の人ばかりいる、新宿二丁目にあった家具商丸二商会に這入ったのは、大正十一［一九二二］年だが、だから本社こそ現在の中野だが、ソモソモの始めは、新宿にワラジをぬいだのである。辛酸苦労も新宿が始まりだ。

昭和六年、中野で、独立、創業である。

だが、以来数えると、まだ四十五年に過ぎない同じ小売商として、私などからみると、この伸展ぶりは、とても人間業と思えない。悪いが学歴だって、あるわけではない。不撓不屈の商魂と云っても、限度というものがあるのである。

現在、資本金四十五億、年商千五百億というのだから驚く。

木下藤吉郎―関白秀吉を想起する。

社内報「まるい」のある個所に、会長の言葉として「商人と屏風は曲らなくては立たない」とあるが、滋味ふかい。

私は青井さんとは、上記の如く、二十数年の交友だが、現社長忠雄さんとも、同じくらいの長さの交際《つきあ》いである。

「駅のソバも飽きたからね、ソロソロうどんにしたら……」なんてことも云う仲である。

銀座はもとより、六本木、新宿あたりの夜でも顔を合わす。明敏、庶民肌、そしてずばぬけている時代感覚は、みものだが、加えて昨今は、渋い落着きもある。

昨年国際誌「タイム」で、「次代の国際社会の指導者と目される若手実力者」を選んだが、日本代表として、皇太子殿下、不破哲三、石原慎太郎、河野洋平の諸氏とともに青井忠雄の名も這入っている。

友人の一人として、私も喜んだが、このときは、青井さんのことよりも、さすがアメリカのマスコミだと、あらためて、出版社に敬意を表したものである。

「クレジット風雲録」については、紙数に限りがあり、充分述べられないのは、残念だが、私自身、私なりに、現在の社長忠雄さんに感服しているところがあるから、それだけをつけ加えたい。

それは、昨年の開店と併せて、新宿には、丸井ビルは二つあるが、近い場所だから、紛わしい。

だが、テレビ、新聞紙等のコマーシャルには「紀伊國屋並びのマルイ」また「伊勢丹前のマルイ」と標示してある。

私の店の名があるので、嬉しく云うのではないが、他店を推したてての裁量は、ナカナカ尋常の人でできることではない。

生意気な云い分だが、かくて社長もすっかり大人である。社運の隆昌は当然の成行きである。

新宿PR委員会

昭和三十六〔一九六一〕年頃のことだ。新宿の長老浜野茂さんが主唱して、新宿駅ビル建設の構想が発表された。

ところが、駅ビルの建設だけでなく、それが峻工の暁は、高島屋百貨店が進出するという、そういう評判が流れた。

そこで従来からあることだが、地元商人側がこれに反対した。

どの土地でも同じことだが、百貨店、大型店の進出は、結果としては、かえって客足を増すことになるのだが、そのことがわかっていても、売上げをそちらにさらわれるという算盤ばかりを、ハジく。自分で自分の首をしめる進出阻止運動に傾くのである。

駅ビルの建設の折も、そういう事態が生じたのである。

その折、浜野さんは、「わが土地新宿のために」の信念で、失礼だが老軀に鞭《むち》うたれ、いくたびかの説明会を開かれ、漸くにして、難関を突破され、昭和三十九年やっと新しい駅ビルが出来あがったのである。このことは頭のさがる御努力であったと、今も私は感銘している。

そんな情況が契機となって、云ってみれば百貨店と地元小売商との間に、一種の溝、対立感情が根ざしたようであった。

狭い町中で、反目や対立は、町の繁栄のマイナスだ。そこで有志が動き、百貨店と地元商人と一体になるような団体を作っては、ということになり、新宿PR委員会というのが生まれた。その会ができてから、私は推されて委員長をつとめさせて戴いている。

現在の会員は、個人商店、企業の二十八社ほどと、それに駅を中心にした、東口、西口、北口、大通り、歌舞伎町、その他の六振興組合によって構成されている。

町の繁栄と平和と宣伝を目的とし、この会は存在する。月一回の例会、タウン誌並びに会報の発行、恒例として、秋には新宿祭という催事を行い、パレード行進、新人歌手登竜のための音楽祭などを行っている。

こういう催事ごとに、担当が決められ、それぞれ知恵を合わせていると、不思議に、お互いの顔も覚え、気心も知れてきて、たいへんに楽しいのだ。

金で買えない、有難さだ。

新宿音楽祭が、祭りの目玉商品であるから、これについて少し詳述すると、この祭りも今年で八回目となった。

会が生まれて二年目から、遠くイタリアのサンレモの音楽祭と、仲よく結んで、姉妹音楽都市と契《ちか》い合わせた。互いにメッセージの交換などをしてきたが、昨年からは、コンクールの優勝歌手、金賞受賞者二名をお互いに招待し合うことに決めた。

月並ながら、音楽を通じて、日伊両国の友好親善のひと役を買って、ということなのである。

そんな次第で今春三月には、昨年の秋の受賞者、中条きよし、西川峰子の両君がサンレモにでかけた。

それを機に、委員長である私も、その地にでかけた。

これまで南仏の海岸べりは、一度もでかけたことがなかったからである。

みんなとは、彼地で落ち合うことにし、私ひとりでかけた。

道順なので、パリで、二、三日過ごし、それからニースまで飛行便であった。

ニースの空港から、タクシーを頼んで、二時間ちかく、コートダジュールの海岸を走った。

風光はよく、モンテカルロの街などを過ぎる。タクシーとは云いながら、ベンツの新車で、快適であった。だが快適だから、眠くもなる。私は無暗《むやみ》と莨をふかして、眠りをおさえていた。

運転手氏は白髪な老爺だが、柔和で、品が良かった。座席横に、フランスの小説本など置いてあった。

そこまでは良かったが、やっとサンレモのホテル前に到着したところで、私が腰をあげると、私の尻よこに、親指大の焼焦げのあとがあった。莨の火が粗相したのである。新車の座席の皮が、ポックリ穴があいていた。

一瞬、柔和そうだった老爺は変じて、烈火のごとくなった。大声の叱咤だった。むろんイタリア語だからわからない。

私は陳謝し、二百フランほどの弁償金を払った。どうも独り旅は、私に適しない。

今年の音楽祭の金賞は、十月十六日厚生年金会館ホールで、細川たかし、岩崎宏美の二君が受賞した。別のことだが、この十月十日発売で、新宿のタウン誌として「ＳＴＥＰ ＩＮ 新宿」というのも発行した。諸外国のタウン誌を参照し、新機軸をだしたつもりである。

新宿駅九十年

昭和五十［一九七五］年という年は、妙に区切りのいい年である。

果物の高野が、創業九十年だし、新宿駅も九十年、そして新宿警察署も百年である。

私の幼い頃、明治の終わりの新宿停車場は、本駅は、現在の南口、甲州街道沿いに面していた。

甲武線の電車は、代々木からくると、いったん甲州街道口で停まり、また発車して、つぎは、青梅街道口で停まった。

つまり二つの停車場があったのである。大踏切に、架った大陸橋を左に降りると青梅街道口の停車場であった。

大陸橋のさきの左側が、赤煉瓦の煙草専売局だったから、夕刻時には、白いエプロン姿の女工さんが、三々五々、束髪、桃割れ、銀杏返し、いろんな髪型で、門を出てきて、この停車場に集まった。

ラッシュアワーのはしりのような風景であった。

その時分は、甲武線と云っても電車は中野までしか行かない。私は、杉並区大宮前に親類があったが、その親類に、年始の折などでかけるには、煙のでている汽車に乗って、荻窪駅で降り、それから畑の間の道を通って、その家に行った。

余談風になるが、私は大久保の高千穂小学校に通っていたが、同級生の舟橋聖一君は、家が目白にあったが、まだ新大久保の駅がなかったので、新宿まで乗ってきたのである。

いまの原宿の駅は、若い風俗で、たいへんな混雑ぶりだが、原宿からも通っていた友達もいたので、時折私も彼の家に遊びに行ったが、その頃の原宿駅は、乗降客はまばらで、学生パスなど、改札口でいちいち見せたりしなかった。

新宿の本駅は、木造の平家で、田舎田舎した情緒があった。

待合室には、毛布にくるまった人達が寝《やす》んでいて、出口ちかくにいた客待ちの人力車などあり、いかにも明治風俗調の風景であった。

私の学校の遠足は、たいがいこの停車場で集合し、帰りにはここで解散した。

昭和四年前後［実際は大正十四年］、初めて新宿の本駅は、表の大通りに、顔を向けた。

こんどは二階もあり、白い壁で、新しかった。階段が、中央左手にあり、それを上ると「精養軒」があった。

当時としては駅の構内に、レストランがある、ということはめずらしかった。それに食堂というよりも、精養軒だから、もっと格調があった。

ボタンのある白い服を着た、キチンとしたボーイさんも居た。

私は、生意気だったので、学生であったが、時折、ここを利用した。

これまた余談だが、ボーイ長のA君は、私より八つ位年上だったが、眉濃く男っ振りもいい好男子であった。

私の家の横に、現在のクレジット丸井の場所に、その頃、一膳めしやから昇格した、「梅田家」という料亭があり、白首女が五、六人いたが、そのなかのひとり、ひと際目につく、背丈もある、エリ足のあたり思わずドキッとする凄艶《せいえん》の美しさの漂った妲己《だっき》のお百に似た姐さんがいた。

意外や精養軒のボーイ長のA君が、彼女に目をつけ足繁くこの梅田家に通った。

精養軒はハイカラで、梅田家は明治調なのにと、私は不思議に思ったが、男女の仲というものは微妙で、やがて結ばれて、二人の姿はなくなった。

後年、私は銀座裏でA君をみかけたら、「この横丁で、ビフテキをやってますんで……」と彼が云った。

「奥さんは元気ですか……」と私が訊ねたら、「もうすっかり、お婆さんですよ……」とA君はテレた風に答えた。

新宿駅は、明治十八〔一八八五〕年三月一日、品川―赤羽間の発足が最初だが、昨今の一日平均乗降客は、六十七万人で、乗り換え客をふくめると百二十万人ということだ。世界一のマンモス駅である。

ちょうど、今から十年前、新宿駅生まれて八十年、現在の新宿民衆駅は完成したのである。当時の駅長田久篤次氏は、奇特の人で、忙しい公務の傍ら、これを記念し、『新宿駅八十年のあゆみ』という、立派な小冊子をつくった。この功績は大きい。

表紙に「蒸気車往復繁栄之圖《ず》」の絵模様を配し、すぐ開けると堀江恭一氏蔵、角筈村文化三〔一八〇六〕年の絵図なども載っている。

その他、広重画く内藤新宿の馬の絵の写真もあり、内藤新宿の殿様、内藤頼博氏の「江戸のころの新宿」など誌《しる》されている。浜野茂、田中五平氏らの回想、歴代駅長の思い出も語られている。

十二社熊野神社

新宿の繁華街に近いので、前章で、花園神社のことに触れたが、実は私のところの辺は、十二社熊野神社の氏子に属する。

伝説によると、応永十〔一四〇三〕年、この神社は、鈴木九郎という武士によって建立されたということになっている。

その後、神社の境内横の池や滝によって有名になった。名所江戸百景のなかに広重描く「十二社の池」というのもある。

亡くなった私の父の話では、私の茂一という名は、ここの神主さんにつけて貰ったものだという。

滝は、昔の絵図などみると、熊野の滝と称して、立派で荘厳にみえるが、私の幼時、明治末年の記憶では、女滝、男滝といって、二本の滝はあったが、薄暗い崖に懸かっているだけで、滝壺といっても、申訳け程度で、風情のあるものではなかった。

ただ池畔のほうは、赤い緋毛《ひもう》せん敷いたさじきの床があり、池には、真鯉緋鯉が沢山に泳いでいて、麩《ふ》をちぎってやると、パクパクと出てきて、面白かった。

明治の頃は、亀戸天神、向島の土堤、王子の滝なんかと一緒に、人々の物見遊山の場所だったのである。

その尾をひいて、昭和の中頃までは、池をめぐって、多くの料亭もあり、十二社花街として知られていた。

だが数年前からは、池も埋められ、今はもう往時を偲ぶよすがは、何ひとつ残っていない。惜しい気がする。

私の若い日の遊興は、ちかくの四谷荒木町が主であったが、ときに、これも近かったから、このあたりをウロチョロした。

昭和十［一九三五年］年頃、それがどういうキッカケだったかは忘れたが、林房雄と武田麟太郎

十二社の池、昭和6(1931)年　新宿歴史博物館蔵

と私の三人で、この池畔のある料亭で遊んだ。

「ケンチ（中島健蔵）を呼ぼう、たしかこの近くだから……」と林が云った。

電話一本で、すぐ中島健蔵さんがやってきた。

林が、襖《ふすま》一つ隔てた隣室で、何かしている。若い姐さんをつかまえての痴戯らしい。

「俺が見てやる……」と武田麟太郎が云い、部屋の床の間から、碁盤を運んできて、重ねて、その上に乗り、上の欄間から隣室を覗いた。武田の独得のアゴが、その欄間にひっかかっているように見えた。

私は、突如近づいて、台にしていた碁盤をはずしたりしたことがある。

昼日中から、酒を飲み、夕刻は、一同して荒木町にいき、さらに赤坂の料亭まででかけた。赤坂では、売り出し始めの閨秀《けいしゅう》作家岡本かの子女史まで加わって、賑やかだった一夜であった。

余談になるが、十二社の森にちかい淀橋に、黒須という柔道の町道場があった。師範はたしか五段位だった。ちょっと懇意にもしていたので、体格のよい、そこの娘さんも、私の店の店員として、通っていたことがある。

今年の初め、尾上辰之助さんの結婚披露宴が、帝国ホテルであり、私も招かれて、あるテーブルについたが、隣りに商工会議所の永野重雄さんが居られ、談たまたま、新宿今昔になったら、永野さんが云われた。

「私も若いとき、あの黒須の道場に通ったもんでしたよ」と。

この間、亡くなった詩人の村野四郎氏も、家は十二社にあった。

前後するが、池の風趣もよかったが、南のハシに桜山とよぶ、盛り時には桜の花が、いっぱい咲いた山もあった。

その山からは、浄水場にそそぐ神田上水の、青い水をたたえた土堤つづきが眺められ、その景観も、遠く紫色の秩父の山もみえて、ナカナカ良かった。

角筈から十二社にいくには、近道は、現在の新宿警察署さきの狭い横丁を左に折れ、浄水場の職員官舎沿いの道を行ったのだが、その狭い横丁に這入る角に、高さ五尺余、四角の石柱があった。

彫られた字に、「コレヨリ左へ三丁余、十二社ニ至ル」とあり、裏に寄進、和泉屋次郎吉とあった。

説明するまでもないが、ネズミ小僧も、こういう奇特な行為もしていたのである。

この石柱は、戦災の折、近所の酒店加丸屋のご主人、岩本阿三郎さんが、自分の庭に運んだ。自慢そうに、私にみせてくれたことがある。

戦後の十二社は、この地域の顔役だった池田仲次郎氏が、天然温泉などを画し、繁栄策をはかったが充分実らずじまいであった。

現在の熊野神社の氏子総代は、町の長老、野村専太郎さんにお骨折り戴いている。

京王グループ勢の躍進

さいきんの京王グループ勢の躍進は凄まじい。もっとも京王電鉄が足を新宿にふみ入れたのは、大正四〔一九一五〕年であるから、小田急、西武、伊勢丹よりも、もっと旧い。いち早く、着眼し、構想したのだから、当然の成行きである。

最初は、新宿―調布間で、ちょうど現在の伊勢丹の追分の大通り、明治通りが終点で、チンチン電車風の箱で、後ろに無蓋《むがい》貨車に多摩川の砂利を積んだ貨車が連結していた。すこしたって、調布から左に曲る、鮎漁向きの多摩川原行きなどができた。

多摩川原行きの終点ちかくには、二、三の料亭もあって、とった鮎をそのまま、おすしにした、その鮎ずしの味が忘れられない。

その昔、東海道線山北の駅の「鮎ずし」も風味があったが、この河原のすしのほうが、小型ながら、美味しかった。

沿線の国領の駅からも下車して、鮎漁にでかけた。

追分の終点は、駅などではなく、小さい待合室風の小屋があっただけである。

その京王電鉄が、やがて、四谷よりに、現在の東映の場所に移り、甲州街道にでる勾配が原因で、現在の西口に移転したのである。

終戦ちかい昭和二十〔一九四五〕年六月であった。

以来、小田急、京王の両電鉄と国鉄、帝都高速度交通営団（地下鉄）の四社協定で、共同駅ビルの建設が企画されたが、戦後西口付近に簇生《そうせい》した飲食店街の、換地問題などもあり、難航した。

そこで、四社協定はご破算になり、京王電鉄単独で、地下鉄、京王ビル建設が、進められた。ビルを建てるなら、百貨店をと、百貨店事業への進出が決まったのである。

昭和三十六年三月十日、資本金二千五百万円で株式会社京王百貨店は設立された。

かくて京王駅ビルは、地下二階、地上八階、塔屋四階、敷地七五五九平方メートル、延建築面積八万平方メートルの大ターミナルビルとなり、当時は東洋一を呼称したのである。

まだ西口付近一帯は、東口にくらぶれば雲泥で、未開発途上の街並であった。

その場所に、この構想を実現したのは、経営首脳部の大きな英断であった。

開業に際しては、高島屋との業務提携もあった。

最初は、改造工事の都合上、地下一階等の一部から開場したが、全館開館は昭和三十九年十一月一日であった。

初日の売上げは、約七千万円だったと伝えられている。

それから数えると、十二年目だが、その後は店舗内の売場増設も加わって、売上げ比は、年々驚くべき数字を示して伸びた。

さいきんの五ヶ年計画の数字をみると、昭和四十八年度は年間売上げ四百六十八億となっているが、昭和五十三年度は千三百五十三億と計上されている。

現在の新宿は、西口に加えて南口の展開が期待されている。その実現も間近い。となると、

新宿駅
西口
さくらフイルム

開発前の新宿駅西口、昭和34(1959)年ごろ　新宿副都心建設公社作成絵葉書　新宿歴史博物館蔵

いよいよ屈強の拠点となり前途の洋々は、誰の眼にもわかる。

この百貨店の繁昌に加え、数年前［一九七一年］は、京王プラザホテルが開店した。

地階三階から、四十七階のスカイラウンジまで、それに展望台を加える四十九階である。

最初の超高層ビルであった。

サービス設備の全容を拾うと、宿泊客室数千五十七、宿泊可能客数二千人、大宴会場一室、カクテルパーティー三千人、国際会議場二千人、ディナーレセプション千五百人、中小宴会場十一室、トップバンケットルーム十二室、結婚式場二室、レストラン十一ヶ所、バー・ラウンジ九ヶ所、駐車場収容能力八百台、エレベーター十三基、エスカレーター六基となっている。

新しい明日に対処した、間然するところなき設備である。

西口の展開にさきがけての、この京王プラザの出現は、全東京人のホコリであるとともに、私ども地元民は、それにも増して、肩身のひろい思いをした。

微力な私どもが、「新宿の町はこれからは国際化だ」と豪語することができるようになったのも、このビルのお蔭である。

ホテル刊行のパンフレット「セールスガイド」に明日の新宿という一章があるが、その末尾に、

そこには新鮮な市民生活が、音楽が、詩が、ファッションが生まれ、そして新しい文化を招来する二一世紀のまちが現出します。そして京王プラザホテルはこのまちづくりのパ

イオニアとしての誇りを持っているのです。

とある。自負や良し。私も共ども京王グループ勢の一層の、いや破天荒の隆昌を願ってやまないものだ。

小田急四方山ばなし

小田急の前身は、東京高速鉄道と云われているが、私の記憶では、ほんとうは箱根登山電鉄ではなかったかと思われる。

冒頭から余談になるが、私の属している東京南ロータリークラブの元老格である佐久間長吉郎さんは、元は秀英舎印刷の御曹子だが、一高、東大を終えた大正の中頃、初めての就職先は、この箱根登山電鉄であった。

「鞄をさげて、切符をきって歩いたもんなんだよ……」と、車掌さん時代を省みて、私に語ってくれたことがある。

私は大正十五〔一九二六〕年に三田を卒えたが、その同期同級に足立俊郎君というのがいた。学校を卒えると、すぐ箱根登山電鉄に入社した。同じように、車掌の経験を私に語っていた。登山電鉄の本社は、小田原駅前にあったので、私はよく箱根への往復の途次、彼を訪ねた。

私と違って人柄がマジメで、閑暇を得ては油絵などに凝っていたが、折角、その社の専務取締役にまで昇進しながら、十五年ほど前、亡くなってしまった。惜しいことをした。劇作家の北条秀司氏なども、その頃はこの社に籍を置いていた。

足立の葬儀は、小田原で行われたが、私はわざわざ新宿から駆けつけて、弔辞を読んだ。その会場で、安藤楢六《ならろく》氏にもお眼にかかったように覚えている。

箱根は東京の離れ座敷と云うが、新宿からは、小田原も便利なので、私もかなりの頻度、小田原の花街には遊びに出かけた。

ちょうど、御殿場に、私より年嵩《かさ》の従兄がいたので、電話で連絡し、小田原で落ち合ったりした。

清遊の思い出としては、箱根からの帰るさい、今は亡き高見順、島木健作、それに新田潤、川崎長太郎らと、小田原の海岸あたりを、ブラブラしたことがある。

土地者の川崎の案内で、北村透谷だったか、牧野信一だったかは、忘れたが、皆んなして、その墓まいりもした。

川崎だけが、帽子をとり、インバネスを脱いで、丁寧に墓石に向かって、お辞儀をしたのが印象的であった。

だから、恐らく、墓は牧野信一だったかも知れない。

それはとにかく、これも余談になるが、十年ほど前、文化学院長西村伊作さんが、千駄ヶ谷の自宅で亡くなられ、その折、私はいち早く駆けつけ、先生の最後の大往生のお顔をみたが、この腕白だった自由主義者が、意外にも白髪がきれいで、神々しいまでの品格がうかがえたのには驚いた。

その折、遺族の方に伺ったが、臨終の最後に、ふだんの愛誦歌「箱根の山は天下の嶮《けん》……」を歌ったそうであった。

生前の先生と対比して、面白かった。

小田急電鉄の新宿―小田原間の開通は、昭和二〔一九二七〕年四月一日である。

昭和四年頃、西條八十作詞の「東京行進曲」のレコードが、一世を風靡したが、その一節に「いっそ小田急で逃げましょか」というのがある。

この文句は、草創期の小田急の喧伝に役立った。

会社は、お礼として、作者に小田急の株を呈上したということもきいている。

これもよけいなことだが、私がかつて西條さんにお眼にかかったとき、西條さんが云った。

「実はネ、あの文句は、あるハプニングがあってね、そのとき万事窮すで私達はベッドの下にもぐりこんだ。

そのベッドの下で、彼女がぼくの耳に囁《ささや》いたんだ。

いっそ小田急で、逃げましょか……」と。

ご本人の口から洩れたのであるから、間違いではあるまい。

電車の中で、熱い紅茶やサンドイッチが食べられるという仕掛けも、当時としてはめずらしかった。

かくて、近郊沿線の発展、町田あたりの繁昌とともに、小田急電鉄は益々好調であった。その余勢を駆って、元煙草専売局あと、東京建物所有地に、百貨店経営の構想をたて、初代社長に安藤楢六氏が就任し、昭和三十七年十一月三日文化の日に、初めて営業を開始した。それが現在の別館である。

つづいて新館がつくられ、昭和四十二年十一月二十三日には、全館が開店した。だから、旧館、新館を加えると、売場面積五万四千平方メートル、一店の面積では、全国一を誇るようになった。

また、荷扱、配送の商品倉庫を一本化し、昭和四十九年九月には、地上七階建ての、立派な小田急センターも完成した。京王線初台駅の近くにある。企業規模の拡大とともに、多店舗化にも着手し、昭和五十一年春には、町田店開業が予定されている。

サブナードの若ものたち

街に人が溢れ、カアがひしめき、そのカアさえ停まる場所がない。駅東口には、伊勢丹駐車場があるだけであった。

当節、駐車場の用意がなかったら、買物客の数も減るのである。どうすればよいか。といって、地所もない。地上にはないのである。そこで思いついたのが、地下駐車場の創設である。

その構想を抱き、勇断もって、その実現化を図ったのは、歌舞伎町藤森作次郎氏である。新宿大通りがメインであったその頃、それに歌舞伎町を結びつけることも、一つの課題であった。町の繁栄のために、人の流れは重要である。一石二鳥、都電通りの下を、候補地とした。最初の計画は、駐車を目的としたから地下一階を駐車場に、同二階を商店街とした。

だがそれでは、客誘致には邪魔になる。次の段階では、一階、二階を置きかえることにした。地上は交通量の多い場所である。工事中の通行止は両側商店街に影響するところ少なくない。難題苦情の生まれることは当然である。予期しない障害もあって、工事の遅延も予想される。

街づくりの不退転の熱意がなければ、こういう難事業にはとりかかれないのである。それを藤森氏は敢えてした。新宿史に残る偉業として、私は氏の功績を讃えたいと思う。よけいのことだが、街中の意見というものは、いつの場合も正に各人各説であって、蟹は甲羅にしたがって、穴を掘ると云うが、概して、個を云って、全体を考える眼がない。町全体の繁栄が、自分に通ずるということを忘れ勝ちだ。そのことを、さいきんの私はヒシと感じている。

忍苦辛抱成って、藤森構想は「新宿地下駐車場株式会社」として、昭和四十三〔一九六八〕年五月十三日、設立された。

初代社長に、地元代表の意味もあり、伊勢丹会長小菅千代市氏を迎えた。

構造は、鉄骨鉄筋コンクリート造り、地下二階建て、規模は三〇七八九・四六平方メートル、地下一階は商店街、地下二階は駐車場、機械室、その他、設計監理は三菱地所、建築工事は清水建設、フジタ工業、前田建設、小田急建設の四社が請負った。

設立当初から、実に五年の歳月を要し、昭和四十八年九月、やっと完成し、開店したのである。

開店前、惜しくも小菅千代市氏は他界し、代わりに、関西系の実力派植田俊雄氏が、社長就任をしている。

地下街、地下駐車場の呼称を一般に募集し「新宿サブナード」と名づけた。

竣工記念のパンフレットには「サブナードは、新しい都心を象徴する、サブウェイプロムナード。人の流れ、車の流れを、立体的に整理し、新宿の夢を大きくひろげます」の唱い文句がのっている。

巻頭に真鍋博さんの「歩行文明」という寄稿もある。

　文明は、歩く生活のなかから生まれてきた。歩くから人と出会い、コミュニケーションをもつ、会話がはじまるし、情報をうるし、経済活動もはじまる。文学も、絵画も、詩や歌も歩く生活のなかから創り出されてきた。しかし現代の道路は、人々から歩くことを奪ってしまっている……云々。

駐車場は三百四十四台のキャパシティ。商店街は選びぬかれた、新宿のセンス溢れる百店、それはＡＢＣの三ナードに岐れている。

自慢ではないが、この地下街の出現は、銀座にも池袋にも渋谷にもなかったのだ。階段を降りると、大きな街があった。若い仲間は、物めずらしくもあり、自分達の散歩道とした。新宿に新しい人気が加わった。

そして三年目、今年十月二十一日は、かねて懸案だった、メトロプロムナードとつながるサブナード四丁目が誕生した。一方、西武新宿駅にもつながる新しい道も開けた。専門店も百二十軒と並び、妍《けん》を競う景観となった。夕方時には、四方八方から、若ものたちが、なだれ込むようにして群れてくる。

この一角で、文化放送が、毎土曜の夕、ゲストと若い仲間との対話という企画をつづけていて、好評である。過ぐる日、老来ながら私も招かれて、ゲスト出演の芦野宏、小野栄一君らと、ステージの上で唱を歌ったり悪ノリして、踊ったりもした。

果物高野の九十年の会にも、金子信雄、ディック・ミネ氏等と唱を歌ったが、若い人々の間に伍すると云うことは、ケダシ若返りの投薬である。世間は不況だが、好きなときに散歩したり、唱を歌ったりすることができるのは、有難いことだ。

宿場新宿の名残り

稿を加えてきて、たとい昭和五十〔一九七五〕年であっても、新宿の遊廓について触れないのは、いささか偏重であると感じたので、昔語りを加えることにした。

明治の末年、私の幼かった頃は、新宿駅付近には、すしやは一軒しかなかった。

その一軒は、新宿追分、現在の伊勢丹の斜め向かいにあって、いまの追分だんごの西寄りにあった。私の母はすしが好きで、夜食代わりに、二十銭ぐらいのすしを、子供の私に買いに行かせた。そういう走り使いに、女中や、小僧もいたが、秘密に私を使いにした。雇人に対する気兼であった。

「宝ずし」と云った。その宝ずしの先に横丁があり、その横丁の突きあたりに「球つき」があった。これも撞球場は、一軒だけであった。私の家は炭問屋を営業していたのであるが、私の親爺は、小学を終えるか終えないで、神田佐久間河岸の炭屋の小僧になり、少年から青年時にかけ、かなり刻苦精励した模様があったが、私の知っている三十代には、心臓肥大症も手伝って、あまり商売熱心ではなかった。時間があると、この撞球場にいり浸っていた。私はしばしば母の指示で、父を迎えに行った。この撞球場の常連は、土地柄、近所の遊廓の主人が多かった。私も自然と顔見知りに成った。子供で頭を撫《な》ぜられるのだから馴染まないわけにはいかない。

そして誘われた。「お正月には、遊びにお出でよ……」

まったく幼時の記憶だが、こういう次第で、私はお正月のある日、女郎屋の奥座敷の広間に遊びに行ったことがある。

お煎餅や大福餅を貰った。余興に、お女郎衆の隠し芸大会というか、お芝居の「道行き」のような場面もあった。

いい環境とは云えない。云いわけではないが、土地柄、そういう環境に生い育って、今日の私があるのである。宜《むべ》なる哉《かな》と云いたい。

追分――（厳密に云えば現在の丸井店あたり）――大木戸まで、両側に、二階三階の層楼が並んでいた。家の両角に、酒造場の酒樽のような大きな用水桶が二つ置かれ、柳の木に舟板塀の風情もあった。

新宿二丁目の太宗寺の「おえんまさま」が、新宿の名物であったが、その正月の十六日には、一日に何回も、でかけた。

両側に縁日の露店が賑やかであった。人混みの雑沓にまぎれて、私は子供心の好奇も手伝って、大人の外套のかげにかくれながら、夜のお女郎屋の店先を見聞した。

花魁さんが、台のようなところに座って並び、くわえた長煙管を、嫖客《ひょうかく》の前にさしだしている。毒々しい化粧であったが、艶なものだ、と思った。

この表通りにあった両側の遊廓が、風紀上云々の廉《かど》で、裏手の牛やの原の一廓《いっかく》に移り始めたのは、大正十〔一九二二〕年前後である。

新宿史によると、この大挙移転は、かなり難航したが、ときの新宿警察の名署長本堂氏の英断によって、つまり本堂署長が、その原の所有主の三井財団の要所との膝詰交渉によって、辛くも実現化を図ったということであった。

この原には、十数頭の牛が、いつも放牧されていたが、耕牧舎が経営していた。

これは芥川龍之介の実父が経営していたということである。

かつて、東宝の秦豊吉さんが私にむかって云ったことがある。

「若いころの、学生時代の芥川は、たしかあの辺の二階にいたことがあるんだよ……」と。

遊廓のことを、当時は貸座敷と呼んでいたが、この移転は、昭和四年頃に、すっかりすんで、建物も洋風を交えたりするものもあって、近代的風趣を加え、ひと繁昌した。昭和初年は、私も二十代の若い盛りだったから、若い日の東郷青児さんと二人だけで、登楼したことがある。

二人分が、代金は五円也ですんだ。相い部屋で、ひとつ部屋で、間に仕切り風に、屛風が立てられたりしていた。

足のほうは、両方から見えるのである。

遊廓の付近には、カフェー、飲食店が多く、カフェー街は、大きなラッパのような蓄音器があった。

平林たい子、林芙美子さん達の、女給時代でもあった。

終戦後、しばらくし、この赤線区域と称した一廓も、姿を消したが、その当時の前後の明暗は、吉行淳之介氏の「原色の街」〔一九五一年〕という小説に、彩色されている。

この辺の大改造も、現在、色々と目されているが、ナカナカうまくいかない。後遺症風に、ヌード劇場、ヌードスタジオ、トルコ、スナック酒場が、依然としてつづいている。今に消えぬ名残りと云うべきか。

新宿警察百年（上）

治安あっての盛り場の繁昌である。私の数少ない外国旅行の経験にしても、日本の治安の有難さを、しみじみと感ずる。

新宿警察署が生まれたのは、明治八［一八七五］年十二月二日であるから、ちょうど百年になる。隣りの四谷署も同じで、四谷の方は、さきごろ記念式典を催した。新宿は、年が明けて、来春匆々《そうそう》、催すことになっている。

記録によると、最初の警察署の位置は、豊島郡新宿二丁目太宗寺横丁であった。

管轄地域は、角筈、柏木はもとよりだが、渋谷、高井戸辺まで這入り、その町村数の合計は二十六ヶ町、九十五ヶ村であり、この時期においても、もっとも広範な地域を管轄している。

また面白いことには、今考えると想像もつかないが、新宿署長が、遙か遠い西南の役や、萩の乱にも、参加し、出征しているのである。ついで明治二十七年、太宗寺にあった庁舎はとりつぶされ、新しい庁舎が、内藤新宿町大字添地十一番地に建てられた。この場所は、現在の伊勢丹駐車場に位する。

私の家は炭屋だったから、数棟の納屋があり、細長い地所で、一番奥に、祖父の隠居所の邸があったが、その家から、間に一軒置いて、この添地の警察があった。私は幼児、祖父の家に泊ったりしたとき、深夜、竹刀の割れる音、悲鳴のような声も一再ならず聞いた。

ほかならぬ、警察の拷問折檻《せっかん》の、それであったのである。

新宿警察の明治期における事件として、萩の乱、西南の役、専念寺殺人〔一八九二年〕、日比谷騒擾《そうじょう》、淀橋小学校の惨事〔一九〇三年、暴風雨により校舎倒壊〕、青物商一家惨殺〔一〇年〕、出歯亀等が挙げられるが、以下挿話風のものだけ、二、三をとりあげて置きたい。

日比谷騒擾事件というのは、別に焼打事件とも云われた。

これも幼時、私は小さい耳に、何人かの人から、そのときの模様を、断片的にきかされている。「危ないから、大戸を全部降ろして、その大戸に巡査のサーベルが刺さってね……」などときいていたのである。

この事件は、私の生まれた明治三十八年におきた。日露戦争がわが国の勝利となって、その講和会議がひらかれた。わが国の代表は、外務大臣小村寿太郎であったが、戦勝国として日本は、十二項目の要求を出したが、ロシヤ側はその中の二項目である、領土の割譲と戦費の弁償については、つよく反対した。

会を重ねたが、会議は進展せず、国民は日本外交の弱腰をなじった。

國民新聞を主宰していた、徳富蘇峰だけが、ひとり政府側を支持した。

ついに国民感情は爆発し、同年九月五日午后一時から、小川平吉ほか七名の屈辱的条約阻止委員会が主催して、日比谷公園で、決起大会が開かれた。大会終了後、群集は示威行進をつづけ、大挙して國民新聞社を襲撃した。

群衆の数は、三万にも及んだという。それらが、口々に警察の不法を罵り、絶叫し、さらにステッキを振り上げ、投石するものもいた。二重橋前では、騎馬巡査までが、群集のために、殴られ、けられるの憂き目にあった。

この暴徒的騒ぎは、翌日まで及び、翌六日には、それは郡部まで拡大された。その日午后七時二十分頃、暴徒は牛込方向から、四谷にきた。追分巡査派出所が焼かれた。そして新宿署から、十間と離れていない、大通りの薪炭店大阪屋（現在の伊勢丹前丸井の西隣）の店前の積んであった薪を、高々と路上につみ上げ、火を放った。

署員は抜刀して、薪火の雨をかいくぐり、群集と対し、大乱闘と成った。現場付近は血の海であったという。

これが焼打事件のあらましである。

これも有名になった、昭和の阿部定事件の起こる前のはなしだが、痴漢の別名として、「出歯亀」が流行ったことがある。

明治四十一年三月二十二日夜、西大久保五十四番地、銭湯「藤の湯」前の空地で、美人の扼殺《やくさつ》死体が発見された。

所持品から、下谷電話局長幸田恭（三十二歳）の妻ゑん子（二十八歳）と判明したが、犯行後十日に及んでも犯人が不明であった。

専従員の聞き込みを総合すると「昨年十一月以来、その付近に痴漢が出没し、婦人五名が汚辱をうけそうになった。犯人は五分刈りで、労務者風で、ごつい固い手であった」と。

当時、戸山ヶ原には百人もの乞食が巣食っていたが、それらも残らず洗われた。

そしてある聞き込みから、亀太郎という好色漢が、度々、藤の湯の女風呂を覗いているという情報が這入り、それがきっかけで捕まった。本名池田亀太郎。ひどく出っ歯だったところから、この呼称が生まれたのである。

新宿警察百年（中）

大正期に入ると、デモクラシー思想の抬頭《たいとう》で、警察の仕事も、その方面に拡がっている。主要事件は十数件あるが、その中の二、三を拾ってみると、東京市電気局のストライキというのがある。

資料から大要を、抜萃《ばっすい》すると――

大正八〔一九一九〕年末から、東京市電気局の電車従業員で結成している交通労働組合は、八時間制と日給制度及び年功加俸の要求を出して、当局と交渉していた。

これに対して電気局では、交渉委員は当局の指名したものに限ると条件をつけたため、大正九年二月二十五日夜、新宿車庫では、組合の代表が車庫内で集会を開き、操車係が運転を命じたが、応ずるものは、誰もいなかった。さらに自動車従業員幹部百余名は、同午後八時より新宿角筈クラブで集会を開いた。交通労働本部からも幹部が参加し、協議の結果、次の項目を決議し、十時半、解散。

一　要求を貫徹する。
一　ストに突入した場合、支部長を逮捕されないように。
一　ストを行った場合、早稲田劇場に集まり、示威運動を行うこと。

その後、二十八日になって、電気局の提案をのみ妥結したが、四月になっても、当局が実施しない。組合はついに四月二十五日早朝より従業員六千人がストに突入。

当局は善後策を練ったが、再三のストは絶対に許すべからず、と首謀者を処分する方針で臨み、また新宿―築地間などの主要路線は監督、監督代理が電車を運転した。

警視庁は、電車ストを重大視し、新宿、三田、巣鴨などの車庫を管轄する警察に対し、非番員を召集して、警戒に当たるよう指示した。以上がアラマシである。

大正九年は、私の中学時代だから、私の記憶にもある。私の家は市電終点で、ちょうど乗降の停留場前にあった。中村屋の前に引込線があり、そこでチンチン電車は方向換えのため、前方の救助網を、運転手、車掌氏仲良く運んで、後方につけたりした。

乗務員の交代する溜り場もあった。大正三年、角筈―万世橋間が初めて通じたが、溜り場は現在のオリンピックビルの横手にもあった。乗客との切符をめぐっての悶着は、毎日のようにあった。撲《な》ぐる、けるの喧嘩であった。溜り場には仲間がいるから、乗務員の方も気がつよかった。

正月のある日、初荷帰りの私の店の酔った馬方が、この乗務員たちと喧嘩をし、二、三十人、大通りの街頭で立ち廻り、私の祖父が、仲裁にわけて這入ったりしたことがある。

近所で、毎日顔を合わせていたから、私もこの連中は知っていた。優秀生は、帽子に黒のモールの線が這入っていた。中学生の私には、当時のストライキは、革命であり、謀叛《むほん》であった。あの人のいい運転手や車掌さん達が、どうしてそんなことを、するんだろう、と思ったりしていた。

つぎに大きな事柄としては大正十二年九月一日の関東の大震災がある。新宿は倖い、罹災を免れたが、そのため、市内の罹災者を引きとった。一日の夕方から続々郡部へ流れてきた。戸山ヶ原、淀橋浄水場内、明治神宮境内その他の広場に収容した数は、約三千名にのぼった。二日からはますます多く、総計七万の避難者が他の区から移ってきたが、大半は民家に寄宿した。九月二日午后十時、今回の火災は朝鮮人及び社会主義者の放火によるというデマが拡がった。そのため自警団が結成され、暴力行為者の取締検挙及び凶器の押収にのり出した。

私の家にも下谷方面の親類縁故筋が、数十人寝泊りしていた。炭のつんだ納屋にも寝起きしていた。現在の千駄ヶ谷旭町、その頃の南町だが、そこは木賃宿が多く、ふだんも朝鮮の人達が大勢いた。ふだんの差別視を、こういう機会に報復されるのではないかと、日本人は、必要以上に、警戒心を持ち、デマ説も流れたのである。十九の若僧の私も、刺子半纏の火事装束に、物々しく日本刀を腰に挾んで警戒に当たったりした。

後日談だが、昨年、ソウルの講演会に友人の森敦さんがでかけたが、講演後、聴衆の一人が起って、森さんに向かい「貴方は関東大震災における日本人のとった態度をどう思うか」と質《たず》ねたが、それに対し森さんが答える前に、他の聴衆の一人が起って、「そういう質問は適切でない……」と否定し、他の聴衆もこれに同調し、最初の質問者は、そのまま引っ込んだという話をきいている。

大正十二年九月十六日、無政府主義者の巨頭大杉栄は、柏木の自宅近くにて、東京憲兵隊に誘致され、渋谷憲兵隊長甘粕正彦憲兵大尉らによって暗殺された。当時、淀橋署の松元〔伝蔵〕、滋野〔三七郎〕両警部が、これに協力したかのごとき浮説が流れたが、その後、陸軍側の取調べで、証拠不充分で不起訴になっている。後年、滋野警部は、中村屋に奉職し、私とは顔馴染みであった。

新宿警察百年（下）

昭和前半においては、世はデモクラシー思想から、漸次、軍国主義に傾きつつあった。その色が濃厚になった。

したがって取締りも厳しくなった。思想犯に対しては、特高警察が主としてこれに当たった。俗に云う特高係員は、当時の警察官の中でもエリートコースの人達であった。彼等の仕事は、左翼、右翼の労働運動に関すること、治安維持法違反に関すること、外事警察に関すること、その他思想関係に関すること等であり、その取締りに当たるには、担当事務について高度の知識と人一倍の体力が必要であった。そのため、寸暇を惜しんで柔剣道を実践し、体力の充実を図るとともに、毒には毒をもって制するの喩《たと》えのごとく、取締りに当たるには没収した本はもちろん、それ以外の思想関係、社会主義関係等の書籍もむさぼり読んだ。この特高係の活躍は、戦争中のわが国治安の重要な一翼をになっていた。

しかしその特高係も昭和二十〔一九四五〕年十月の連合国最高司令部の命令によって廃止され、係員は全員公職を追放された。

その際、退職金等は全く支給されず、一時は路頭に迷うこともあったという。

昭和初年、著名大学教授がマルクス理論に傾き、昭和六年頃からは、労農派主宰の日本経済研究所員、向坂逸郎、大森義太郎らの教授も加え、マルクス主義的傾向をますます濃くして、いわゆる労農派教授グループを形成した。時を経るに従い、教授連は労農派と密接な関係をもち、資金を送るなどの援助を強力に推進した。

昭和十二年以降は、教授が実質的労農派の外部団体となり、経済問題に限らず、政治にも言及し、労農派の理論指導を担当していった。警視庁ではこれら教授を、合法性を装った、新装共産党員とみなし、一斉検挙にのり出した。

昭和十三年二月一日午前六時半を期し、警視庁はじめ、京都、大阪、奈良、岩手などの他府県の警察が、手入れを行った。

淀橋区百人町三ノ三八五に居住していた、東京帝国大学教授、大内兵衛《ひょうえ》は当署に留置された。有沢広巳、美濃部亮吉、阿部勇、脇村義太郎等著名大学教授も、それぞれ住所地の警察に留置された。

以上が新宿警察署の資料記録にある。この記録に名は出ていないが、三木清、戸坂潤氏らも、この前後、こういう渦中の人であったのである。

昭和八年、私は、紀伊國屋から「行動」という雑誌を創刊したが、この雑誌の座談会でも、昭和十年頃、大森、向坂、戸坂、それに武田麟太郎、舟橋聖一等の顔触れを揃えたことがある。

終戦後、西口広場における、新宿駅付近の急進分子の火炎ビン騒ぎ、あるいはフーテン族の群等にも触れたいが、余白がないので省略するが、淀橋もひろくなり、昭和四十五年一月一日、淀橋町は西新宿となった。

そこで昭和四十四年、新庁舎の落成を機に住民代表の要望書を添え、都議会の議決を得て、署名は「淀橋警察署」から「新宿警察署」に変更された。

新宿署にも、他署と同じく、外郭三団体というのがある。

昭和二十一年十一月、交通安全協会が生まれた。同協会は設立後、新宿の平穏と繁栄に、数々の業績を残し、今日に到っている。

会長名を順にあげると、初代丸山幸一、二代井口常政、三代唐沢春雄、四代小杉和助、五代藤森作次郎の諸氏である。

新宿防犯協会も昭和二十一年に生まれている。初代会長は、先年物故された、元都議会議長清水長雄さんであった。在任年数を調べると、実に二十五年の長さであった。

現在は、二代会長に桑原一正氏がなっている。

一番おそく、警察懇話会というのが、昭和二十七年四月に、藤森作次郎氏を初代会長として生まれている。

その後、藤森氏が、交通安全協会に移ったあと、副会長であった、不肖私が二代目会長となっている。これも計算すると、昭和三十年からだからすでに二十年になる。

勤続年限は長い。こういう役には不適格と、先刻、自分ながら承知しているから、自縄自縛《じじょうじばく》だと、苦笑しながら、つとめている。

むろんまだ勲章の余栄はない。新宿御苑は近いけれども、ああいうのは近所交際《つきあ》いというわけにもいかないらしく、お招きをうけたこともない。さきごろその愚痴を、あるパーティーで、勲一等の入江相政さんに洩らした。なんとなく打診したのである。

（警察史については現七十代目署長広川義之氏のお力を借りた。）

屠蘇気分

正月は恒例で、最初の方は伊豆高原の会社の寮で暮し、四日から大阪にいき二泊した。七日始めて出社した。年始にでかける習慣がないので、訪客も少なく、私は自分の部屋でボンヤリとしていた。

そこへ秘書が刺を通じてきた。「石川一代《かずよ》」とある。見慣れない名前だ。そして一瞬とまどったが、思い出した。石川さんは、［一九七六年］現在、二幸の並びに都里一ビルを新築中だが、その御主人である。というより明治四十四［一九一一］年春、私は町立淀橋尋常小学校に入学したが、その折の同級生である。私と同年配だ。石川さんの家は、昭和四年［実際は大正十四年］の駅前取払いで、換地し、二幸側に移ったわけだが、元は鳥やで、鶏卵なども売り、店名も「鳥一」と云っていたのである。

ということで、石川さんと私は、七十年もの間、新宿駅前に住んでいるのだが、ふだんは滅多に顔を合わせない。

それは石川さんは幼にして日本画をよくし、その方面へ進んでいたということもあった。私も訪ねないし、先方も私を訪ねてきたことはない。

「めずらしいネ、元気かい……」私は声をかけた。石川さんの顔は、チョッピリ赤く、酒気をふくんでいる。

「今、大通りの商店会の新年会に出てネ。その帰りなんですよ……」

声も大きい。元気である。やがて石川さんは持参の風呂敷から、何やらとり出した。みると、立派な色紙である。

「これを差し上げようと思って、持ってきたんですよ……」

色紙には、定礎吟として、つぎの言葉があった。

都心争日月　七十二春風
駅路慈恩礎　新粧報故翁

その横に、また歌もあった。

こきこゆる　ゐきろのはるのにひやかた　うふゐのあともまなかひにみて　都里一

としてある。

私は感心して、「貴方は絵ばかりでなく、こういうものもつくるの……」と云った。

と、石川さんは、何気ない風に云った。

「高田真治先生でもいらっしゃれば、みて貰うんですがネ……」

私は慌てた。「高田先生、貴方知ってんの……」

「ええ、むろん先日湯島聖堂のお葬式も伺いましたよ……」

それがきっかけで、色々の話になった。高田先生は、私の高千穂中学二年のときに、東大を出て、初めて赴任された。指折ると先生が二十四ぐらいのときだ。着任最初は紋つき袴のいでたちで、鉄ブチの眼鏡をかけていた。鼻の高い白皙《はくせき》の風容だった。作文と漢文を教えて戴いたが、いち早く私たちは先生のニックネームを、漱石にあやかって「坊ちゃん」とした。

石川さんが何故、漢学の素養がということは神田の東洋商業で教鞭をとる傍ら、時間があったので、湯島の聖堂にでかけたというのだ。石川さんの口から、塩谷温《しおのやおん》、前川研堂の名がでた。私は驚いた。

私も前川先生には、三田の予科のとき、漢文を訓えて戴いたことがあるからだ。たしか当時、前川先生は、府立一中の先生もかねていたのではないか。

私は少しばかりシンミリした。

「高田先生も前川先生も、今のご時世に一番大切な人である筈《はず》なんですがネ……」

名利を追わない、両先生の風丰《ふうぼう》が、ふと私の眼前にきた。

石川さんは、屠蘇《とそ》気分なのか、いい気持らしくて、ナカナカ腰をあげない。

私も、昔ばなしは、たのしいから、色々のことを喋った。

石川さんが云った。

「埼玉銀行のソバに、胡桃下稲荷というのがありましたネ。あれは今、十二社の境内へ移っちゃったんですよ……」

「ああ、あれですか。あれはネ、元は古山紋次郎という石材問屋の庭先にあって、古山さん個人のものだったですよ……」

と私は説明した。

石川さんは、今度のビルは、

「僅か十五坪しか敷地がないんですがネ……」と釈明した。

「いやどんな坪数でも、昔の人がいてくれないと心細いですよ。頑張りましょう……」

私は、力づよく、石川さんの手を握った。

予期しなかった年頭匆々の、石川さんの訪問は、多分に屠蘇気分ではあったが、思わぬ旧師の名前など出て、たのしいひとときであった。もっともこの日、午后三時から飲み始め、ナベプロほか二、三のパーティーを梯子し、深夜まで飲んでしまった。今年こそ、こういうことではいけないと相変わらず遅まきながら自戒している。

学校への道順

前稿で私は、明治四十四年四月、町立淀橋尋常小学校に入学した、とかいたが、実は、この町立の学校には、一年しか在籍しなかった。二年からは、大久保にあった私立高千穂小学校に転入した。

「茂《しげ》は、この頃、言葉が汚くなりましたからネ……」と母親が父に相談したのである。街の子供たちとの交流で、自然とその感化をうけるということが、ハッキリしたからである。

私立の高千穂校は、当時、良家名門の子弟が多かった。草履袋をさげて、下駄履きで通っていたのが、靴になり、帽子も洋服も、学校出入りの洋服屋、四谷の和田屋の註文品であった。洋服は、フチをモールで、学習院まがいであった。ランドセルを背負って、すっかり私は坊ちゃんになった。月謝も町立では十銭であったが、こんどは五円であった。

同じクラスは、男女混成で、四十人位であったが、みんな家がいいのである。明治、大正年間の大富豪、陸海ならば将官級。例を私のクラスだけで挙げても、渋沢栄一、森村市左衛門、小池国三、下坂藤太郎、岡田啓介、百武三郎とそういった工合である。因《ちな》みに、私は二年からの転入だったが、三年からは、舟橋聖一が、本郷の誠之から、転入してきた。

私はこの学校に、つづいている中学まで在籍したので、都合十年間もいたわけである。ここの教育、というより見聞が、随分と私の人間形成には影響している。

ひと口に云えば、私はこの学校で僻《ひが》む心を覚えた。ということは良く云えば、地位や名誉への反撥で庶民的性向に大きく傾いた、と云っていい。

角筈の生家から、子供の足で、大久保の学校まで、カレコレ三十分以上かかる。帰り路などは、ブラブラと遊びながら、帰るのだから、一時間以上である。

普通のコースだと、途中、花園神社横の、花園小学校の校門前を通り、新田裏の電停から、大久保に向かうのだが、この道が危ない。

町立の学校の生徒達にとって、何んと云っても、背嚢《はいのう》しょった、坊ちゃん風の私たちの恰好が口惜しいのだ。むろん、こちらも二、三人だが、先方の方が、人数が多いのである。

いきなり、こちらの姿をみると、先方が叫ぶようにして、大きな声を出す。

「高千穂学校良い学校！　あがってみたらボロ学校！」

それを繰り返すのだ。ドンドン逃げるより手はないのだ。なまじ抵抗した場合、悪いのに出遭うと、帽子の徽章まではぎとられてしまうのである。

そういう憂き目に、再三あったのである。

だから、こちらもそれを避けて、すこし廻り道だが、歌舞伎町（その頃はこういう呼称はなかった）横の裏通りから鬼王神社の横に出て大久保通りに這入ったのである。

この学校への道順に、左右に、ナカナカ名士邸が多かった。

同じ角筈だが、現在の歌舞伎町の隅に、通りの右手に岡田啓介邸があった、簡素な邸宅であった。清福な生涯を語っていた。お嬢さんが同級生で、たしか玉子さんと云ったから、私も、一、二度、お邪魔した思い出がある。

その先に天野という醸酒工場があり、その前を通ると、なんとも云えぬ臭いにおいがした。坂があり、左手に、菊地（外交官？）、安楽兼道邸があった。右に室町（公卿）、北大路（子爵）邸がつづいた。

北大路君は、学習院中であったが、私の友人の西大路が学習院に転入したので、その西大路の紹介で、友人となり、この坂のあたりで、徒競走《ランニング》を競ったことがある。

その先に與倉少将邸——與倉さんは、熊本城の谷干城《たにたてき》の折の、雄であった。そして右手には小倉さん——これも海軍の将官だったと記憶する。

この通りを真直ぐだと鬼王神社に出るが、左手には文人の戸川秋骨、あるいは島崎藤村もここらあたりに住んでいたのである。

小倉邸の横に、横丁があるので、そこを曲がると、大久保通りへ出るよりはいくらか早い。そこから新田裏からの通りに出る。北島多一邸——のちに床次《とこなみ》竹二郎邸になったが——は、この辺では、かなり敷地の広い邸だった。

広い庭が、スロープさえしていた。北島君も、クラスこそ違ったが、高千穂だったから、時折、遊びに行った。

それを過ぎると左手平沼騏一郎《きいちろう》邸。近所に掛下というのがいて、平沼さんは伯父さんだと云うので、このお邸にも行った。掛下君の家の前は橋健三邸。邸というほどの大きさではなかったが、文名高い三島由紀夫さんのご母堂の実家である。それから、大きい杜《もり》もあった前田侯爵のお屋敷。さきごろパーティーで酒井美意子さん〔前田利為の長女〕にお眼にかかり昔語りをした。

夢のあとさき

前田の屋敷は、一万坪もあろうかと思われる広さであった。表門は、大久保通りに面していたが、そのほかに横手門、裏門とあった。裏門前は、ひろい田圃《たんぼ》であった。

大正三〔一九一四〕年、角筈—万世橋間の市電が、初めて開通したときは、線路がこの田圃を横ぎったから逃げおくれた青蛙が、レール上に何十匹も轢かれていた。ここに停留場があり、

尾張屋敷跡、大正5(1916)年　新宿歴史博物館蔵

「前田甫」と呼んでいた。正確には「前田の田圃」だろうと、子供心に私は思った。

この田圃のさきに湿地帯の一角があり、荷馬車の馬や馬方たちの住家があった。暗く、灰色で、冷たかった。だから、この辺一帯を人呼んで「北海道」と云っていた。

この北海道の坂を上ると、富久町につづいて、市ヶ谷監獄あとになるのである。

私は学校への道順、めずらしくもあったので、時折、横手門から這入って、表門に抜けた。広いから誰にもとがめられない。

庭の横手に道場があり、加賀藩の若い学生たちが、竹刀をふりあげて、剣道をやっていた。納会のときには、紅白試合もあり、その催しも見物したことがあったが、殿様の当主の前田利為侯爵は、陸軍の軍服のまま、中央に座し、だがその肩章が、尉官のそれであったことを覚えている。

前田邸の表門前には、日石〔日本石油〕の橋本圭三郎邸があった。門を這入って、坂があり、広かった。この邸の裏手は、高千穂学校に隣接していた。

この橋本家には、きれいなお嬢さんが二人、私が中学のとき、小学に在学していた。校庭が同じなので、印象があった、というより上は百合子、下は梅子さんと云った。そういう名前まで、五十年後の今日記憶しているのは、実は少しく脱線するが、私の家の地所が千葉県長生郡一の宮海岸にあり、これが約二万坪、ある事情から大正のなかば、親爺が買ったのだが、これも登記簿の記録にあるが、三万円足らずだったから、坪、一円五十銭位であった。

松林が景勝のため、保安林に指定され、ひろい敷地だったから、お隣りさんに、橋本圭三郎さん、加藤友三郎、斎藤実と、首相、元勲らの別荘があった。

私の十代の終わりから、二十代の夏は、毎年のように、この岸岸にでかけたので、この土地には、私の青春の明暗がいろいろとあって、馴染み深い。

大正十一年春、私は中学を卒え、三田に入学したが、同級の舟橋聖一は水戸高に入学した。仲が良かったから、離れ難い。初めての夏を、二人だけでこの一の宮にでかけた。

テント生活というのが、まだハシリの頃で、上高地（長野県）あたりで流行っていたのだが、私は新宿二丁目にあった武シート店からとり寄せて、二坪ほどの新しいテントを買った。そのときの値段は、十五円か百五十円であった。

テントのなかで、私はいくぶん素直で、蘆花やトルストイを読んでいたが、舟橋は、花袋、実篤、潤一郎を読んでいた。

しばらくし、父は二間ばかりの家を建てたが、虚栄坊《みえぼう》の私は、別荘として、気に入らない。友達も招くことができない。

昭和二［一九二七］年、私は書店を独立して始めたから、金は自在だ。私は勝手に自分の金だからと云うので、五十坪の洋館風の家を建てた。ロビイではダンスもできる。建築費、三千円であった。

それでも、土地は親父の名義である。多少の遠慮もあって、新築工事を頼んでから、事後承諾の嫌いはあるが、親爺の諒解を得なければならぬ。頑固だから、難しい場合もある。ある朝、親爺の湯治先の、来の宮（静岡県）の水口園《みなぐち》に、突如訪ねると、朝だと云うのに、父の前に、長火鉢をはさんで、芸妓風の女性がいる。突然の訪問というものは、工合がいいものである。私の持参の青写真も理屈なくオーケーであった。

この洋館をつくってから、私は若気もあって、海岸文化の開発につとめた。

新宿駅前、二幸ができる前は、赤レンガの数棟の倉庫の続いた中西運送店があったが、そこの長男の文吾君は、私より二つほど年下であったが、暁星、成城、成蹊、法政と学び、銀座で田屋ナカニシの名で、洋品店を開業した。若い日は、ダンス、ゴルフ、ドライブと、ダンディのプレイボーイであった。

法政では、野球部の若林忠志、そして外野の武田、一塁の加藤などと、仲が良かった。だから、中西文吾とその一党で、法政野球部の人達も、この一の宮の海岸の別荘にはやってきた。町の野球チームと試合もやった。若林が投手で、私が二塁を守った。

赤坂のフロリダのダンサー達も、大挙してやってきたから賑やかであった。

一の宮と火事のはなし

前稿で、千葉県一の宮海岸のことに触れたが、その折の「さしえ」をみて、私は驚いた。御正伸《みしょう》さん描く一の宮橋が、五十年前のそれとソックリである。往時をホーフツとさせるのだ。イササカ楽屋ばなしになるが、驚いたから、私は御正さんに電話した。するとやっぱり、御正さんは五十年前の一の宮を知っていたのである。宜なる哉であった。

もっとも新聞のさしえでは、一の宮橋となっていたが、正確には木嶋橋で、その後、コンクリートになってから、一の宮橋と呼んでいるのかも知れない。熱心な読者氏からも、そういう注意があったので、ここに誌《しる》しておく。

昭和に這入ってから、船尾にエンジンなどとりつけて、風情は薄れたが、大正のころは停車場ちかくの鉄橋下から船が出て、海岸まで、船頭さんが棹《さお》で、静かに水をきって、両岸にヨシやアシの草があって、潮来《いたこ》（茨城県）を想わせる水郷風景であった。かと思うと、海岸ちかくなると、亭々とした松の木が聳《そび》え、大きく風景は展がって、鳥取砂丘を想わせる、九十九里の悠久の砂丘があった。

私の若い日の感傷だが、私はその頃、よく西條八十の詩を愛誦していた。

砂丘にて［「夕顔」］

去年遊んだ砂山で
去年遊んだ子をおもふ
わかれる僕は船の上
送るその子は山の上
船の姿が消えるまで

白い帽子を振つてたが
けふ砂山に来て見れば
さびしい波の音ばかり
あれほど固い約束を
忘れたものか　死んだのか
ふと見わたせば磯かげに
白い帽子が呼ぶやうな
駈《か》けて下りれば　夕顔の
花がしょんぼり咲いていた。

この最後は、夕顔だったか、白い龍胆《りんどう》だったかハッキリしない。
太平洋に面していたので、九十九里浜は丈余の浪だったが、川のほうは、悠《とお》い流れだったから、夏には明大水泳部もきていた。俳優になった鈴木伝明さんの姿もみかけた。

さてペンを新宿に戻すが、新宿は大正から昭和にかけ、火事が多かった。「火事は牛込、牛のキンタマ丸焼けだ」などという俗謡もあったが、新宿のほうが多かった。
戦災で、私の家は焼けたが、それまでに、私の記憶では、私の家の周囲は、ほとんど火災に見舞われていた。したがって、私は母から訓戒されて、小さい時から、火事の躾《しつ》けというものを身につけていた。

ジャンジャンと半鐘の音がすると、私は起き出で、寝間衣を、ふだん着に着かえる。それから台所に行き、柄杓《ひしやく》で冷たい水をグイと飲んで心を落ちつかせる。それから座布団もって店の帳場の前の火鉢の横に座る。前に円いお盆をおく。火事見舞の客の名刺がその上におかれる。私は長男だったから、その応接でそこを一歩も離れない。火事はたいがい小一時間でおさまるのだが、おさまってから、やっと私は外へ出る。白い煙だ。私はついぞ、真盛りの赤い火焔をみたことがなかった。火事で大切なことは、お見舞して下さった人の顔をよく覚えておくことだ、とさとされた。

新宿の遊廓でも、しばしば火事があった。そのたんび、女郎衆が焼死体となって発見された。当時三百円位の相場だったが、そういう前貸金が逃げられてはフイになるから、楼主が籠から離さなかったためである。

私は十三のときの話だが、あるとき火事があった。神経質で、眼ざとかった私は一番さきに起きて、いち早く着物に着かえてから、店先の二間にねている、中僧、小僧を順に起こした。ところが一つの布団だけ、内部が裳《もぬ》抜けの殻《から》であった。

私はいつものように、円いお盆を前にして、行儀よく座っていた。

大戸があけられて、高張提灯のようなのも出す。ところが、さっきいなかった中僧の市どんというのが、動いている。外から戻ってきた様子もないのに不思議であった。

火事がすんだ。私は誰もいない場所へ市どんを呼んだ。

「お汝《まえ》、さっきいなかったが、お松の部屋にいたんだろう！」

市どんは、私の前にピッタリと両手をついて平身低頭した。女中部屋にいたのである。

「誰にも云わないから、これから気をつけろよ！」と私は云った。

大岡裁きとは云えないが、十三の勘としては、私も早熟であった。以後、市どんは私に頭があがらなくなった。蛇足だが、お松は一の宮からきた房州女であった。

近所の本屋（上）

私が書店を志した動機について、人に問われる機会が多い。そんなときときまって、私は次のように語っている。

「小さいときから、本が好きでしたが、私が七歳のとき、ちょうど大正三〔一九一四〕年大正天皇のご大典のときで〔実際は大正四年〕、市中でもお祝いの行事があり、私は父につれられて、日本橋のほうにでかけ、その折、芸妓の手古舞《てこまい》の行列が通ると云うので、父は私を肩車にしてくれたが、それでも見えない。ちょうど近くに赤煉瓦の丸善があり、父はさそくの機転で、そこの二階に昇り、窓から、行列を見物した。

子供だった私はその見物に飽きて、背後を振り向くと、背を金ピカにした洋書の棚があった。素晴らしかった。感動があった。その感動が、将来、私は本屋に成ろうと決心させたのです……」

これは喋っているだけではない。その都度、原稿など、講演などでも使ってきていたのである。嘘ではないのだ。

ところが、だいぶ前のことだが、同窓の畏友池田弥三郎さんから指摘された。

「あれは間違ってますね、大正三年と云うことはない……」

そう云われたとき、私はよくわからなかった。御大典が大正三年ではなかったという意味かと、その辺がわからなかった。

その後、よく考えてみると、私は早生まれで七歳のとき、小学校に這入った。たしか明治四十五年［実際は明治四十四年］だ。だから大正三年には十歳になっているのだ。

だから七歳のときから本屋を志した、という言葉は、間違っていたのだ。だが上述したように、父はそのとき、私を肩車にした。

十歳の子供の肩車は、すこし重すぎる。この辺が、まだ私自身納得していない。

それはとにかく、私は小さい折から本が好きであった。今は戦災で焼失し、手元に一枚もないが、私のセピア色に乾いた小さい時の写真は、どの写真も、きまって本か雑誌を抱えて撮っている。

さきごろ親戚の結婚披露宴があり、その席で、私は久方に静岡県御殿場の親類から、私の幼時の、父と一緒の写真を貰った。

父も紋つき袴だが、私も紋つき袴で、編上げ靴をはいている。校服でないところをみると、小学一年入学記念の折のものらしい。

それこそ七歳だからさすがにこのときの写真は、私は本を抱いていない。

本の功徳というのではあるまいが、私は、本を小脇にしていると、妙に心が落ちつく。お守り札のようでもある。私にとって守護神なのかも知れない。話が飛ぶが長じて二十歳《はたち》を過ぎたころ、私は生意気盛りだったから、私はよくひとりで、箱根宮ノ下の富士屋ホテルにでかけた。当時は、ほかにホテルの少ないころで、正月などは、ロビイで、久原房之助、鳩山一郎など名士の顔があった。貴顕紳士の常宿であった。食堂へ出ても、若僧の私など、誰も相手にはしてくれない。今の言葉で云う劣等感であった。

ある昼、私は思いついて、多少気障ではあったが、部厚い本を抱えて、食堂にでかけた。すると気持が変わったのである。なんとなく安定感であった。文化の強味と云っては、へんな表現になるが、そういうものが私を力づけていたことは、間違いない。

という次第で、私は幼いときから、根っからの雑誌好き、本好きであったから、俗に三度のメシと云うが、一日に三度ぐらいは、近所の本屋にでかけた。

新宿終点の昔の大通りには、ちかくでは、現在の三越支店角の横の高野服飾店の場所に、「池田屋書店」があった。教科書はここでなければ取り扱ってくれなかった。私の幼時は、先々代がご主人であったが、それから三代目になり、すこし移転して細長い店であったが、さきごろ「マルイ」の新宿進出の新築で、店を譲り廃《や》めた。老舗として惜しい店であった。

三越前、現在の松田時計店の並びに「文華堂」と云うのがあった。

一時は、池田屋よりよけい新刊書があった。むろん小僧さんもいない主人《おやじ》さん夫婦だけの店であった。一番近かったから、私は一日二度ぐらいは、この店にでかけた。

中学の初め、私はここで蘆花の『みゝずのたはこと』〔新橋堂書店等、一九一三年〕、『新春』〔福永書店、一八年〕などを買った。

あるとき、酒飲みだった私の父が、めずらしく私に話しかけた。

「大町桂月も禁酒したらしい……」

私の父が、文士の名など口にしたことは滅多になかった。

文華堂の主人も、若いけれど、酒好きであった。私はさっそく、その情報を入手して、この由を、文華堂の主人につげた。それをきいて、その主人が血相を変えた。怒鳴るように「そんなことはない」と云った。

近所の本屋（下）

私はただ「大町桂月が禁酒したってさ……」と軽く云ったのである。それだけである。

だが、それをきいて、文華堂のおやじは、イキナリ気色ばんだのである。しかも怒鳴るような声を出して、私の云ったことを否定した。これは意外であった。少年とは云え、こちらは、常連の客ではないか。

胸中の憤懣やるかたなかったが、それでも我慢し、家に戻って、私は再び父にただした。父は云った。「ほんとだとも……」

両者に、特別の証拠がないわけだが、これを要するに文華堂のおやじさんは、自分が酒好きで、昼間から酒気を帯びている日もあったくらいだから、私の云った禁酒の二字が、癪に障ったものに違いない。

そうとわかっても、こちらも感情である。意地がある。

私は文華堂のおやじに向かって云った。

「もう来ないよ、買いになんかくるもんか……強情すぎるよ……」

と捨台詞した。今考えると他愛ない争論だが、つまり大町桂月禁酒論で、私は以来文華堂には、足を向けなくなった。

先方も、ついに謝罪《あやま》りにも来なかったから、それからは、縁切りとなった。

池田屋、文華堂のほかに、元安田銀行横丁、現在の住友銀行、富士銀行間の横丁だが、当時「指差し横丁」と云った。

大久保への近道は？　あの横丁からと指さしたところから、こういう呼称が生まれたものと推察できる。

その指差し横丁の、ちょっとダラダラ坂の左手すぐに「敬昌堂」というのがあった。

四十前後の夫婦だけの経営で、一番小さかった。

小さい店だから、話し込むにも、そういう場所がなかった。

隣りが「こばやし」と云う馬肉屋、いや牛肉屋さんだったかも知れない。店頭で、本をみていると、大きな荒い声、かと思うと金切り声。こばやし店のおやじさん、お内儀さんの夫婦喧嘩は、近所でも有名であった。すぐ肉切り庖丁など振り上げるので物騒であった。

この敬昌堂で、私は一番本を買った。現金買いではなかった。月々の請求額は、かなりのものであった。

中学生の小遣いでは払いきれない。私は適当に、炭屋の帳場からクスねていたのである。「英文学全集」「古典劇大系」「ゲーテ全集」「近代劇全集」と、色々ととりよせた。

むろん、読めないまま、積んでおくだけであった。

あるとき、私は白状した。

「ぼくも、そのうち本屋を始めるんだよ……」

その敬昌堂のおやじさんに云った。

「へえ、炭屋さんやめちゃうんですか……」

おやじさんは、驚いた風であった。

その店頭にたっていると、お客さんがくる。

私は敬昌堂の家人のようなふりをして、棚から本をとり出したり、いち早く「生憎ただ今は、ございませんで……」などと、人知れず店員修行をしていたのである。

終点付近には、その三軒しか本屋はなかったが、昭和に這入ってから、二丁目太宗寺停留場に、「聚芳閣《しゅうほうかく》」というのができた。

御主人は、元遊廓の楼主であったが、書店に転業した。足立直郎さんと云って、上品な、紳士風な劇作家でもあった。出版もいくらかしていたかも知れない。[12]

それから四谷塩町、今の三丁目だが、「文展堂」があった。昭和の初め、築地小劇場さかんな頃は、そういう劇場人も出入りして、これも僅かながら、そういう傾向の出版もしていた。

そして、そのさき、荒木横丁手前は「宮子書店」があった。

四谷、新宿を通じて、当時は間口もあり、大きな店であった。

それから、四谷見附より、寄席「喜よし」の入口ちかくに「吉岡書店」が右側にあり、左側に「桜井書店」があった。

小学生の頃、白地図の宿題があり、白い地図に、山脈、平野と、茶や緑で、塗りつぶすのである。ハッキリ思い出せないが、そういう宿題であった。

その白地図は、新宿には売っていなかった。「サクライ」だけにあった。私は子供心に、権威のある本屋だな、と思ったことがある。

そのさき、左側に「町田書店」があった。

銀座・近藤書店に永くいたひとで、のれん分けで、四谷に出た。私の昭和初年の書店開店当時はいろいろお世話になった。

浦和に引越したが、今はどうなっているか。

この町田さんの親類筋が、現在、歌舞伎町で「尾張屋書店」として、繁昌している。

近所の銭湯

ことし、昭和五十一〔一九七六〕年一月五日午后一時半から新宿警察署は、創設百年を記念して、栄ある式典並びにパーティーを、署内の会場で催した。

生憎、朝からの雨が激しい雪に変わり、わるい天候であった。だが東京は五十八日ぶりの雨で、わるい風邪が流行っている矢先、有難い、おしめりであった。

会場には土田警視総監をはじめ、歴代署長十数名、それに招待者として、管内警察外廓団体の、交通安全、懇話、防犯の各団体の会員が参会した。

会が始まると冒頭、私の名が呼ばれ、私は警察懇話会々長の名で、感謝状を頂戴した。光栄であった。つづいて、交通安全、防犯、町会長の代表が、それぞれ戴いた。

そのあと広川現署長のあいさつ、土田警視総監のあいさつ、祝辞として山本〔克忠〕区長、藤森三団体代表、そしてさらに歴代署長を代表して、小野田さんが起った。

山本区長の祝辞も、書状形式でなかったが、ナカナカ行き届き、西南の役の昔にまでさかのぼって、詳しく、お座なりでなかった。

ところで歴代署長代表の小野田さんは、昭和八年頃、新宿署長だった人である。高齢であるが、元気で、健康そうであった。

その祝辞に、回想談が加わった。いろいろと話されたなかで、小野田さんは云った。

「その頃、この新宿に風呂屋が少なくて、ちょうど、署の隣りが、風呂屋でしたが、柏木辺の人が、この風呂屋にワザワザやってきて、遠いけれど、近所になかったから……云々」と、新宿の今昔で、風呂屋の少なかった昔を追想された。

そのはなしをきいていて、私は首をかしげた。私も明治末年からの新宿警察署長を知っているが、かつて署の隣りが、風呂屋つまり銭湯だった光景に接したことがない。知らない事実である。

まして昭和八年頃で、私の知らない筈はない。

式典を終えると、会場はパーティーに変わったが、私は所用があり、感謝状を戴いたまま、一足さきに辞した。

それから、社に戻り、戻ったがどうも銭湯のことが気にかかっていた。

その夕刻、私は渋谷の自宅に戻ってからやっと気づいた。

「ああ、あの銭湯か」と。

昭和八年だから戦前である。やっとわかった。新宿警察署がまだ、現在の伊勢丹駐車場付近にあった頃である。

その銭湯は、新宿大通りの三越支店のハス前、盛成堂薬局の並び、当時宇田川材木店があって、その隣りに瀬戸物屋があり、その間の横丁の突きあたりに、その銭湯はあったのである。

戦災で焼けるまであったのだが、その名が、何か文化風の名前がついていたが思い出せない。

そしてその銭湯の奥、地つづきが、警察署であったのである。

表口が全然違うのに、隣りと云うからわからなかったのだ。

その銭湯は、近所の有志が集まってつくった湯であった。株式か、合資でつくったのである。思い出すと、この銭湯がつくられた動機には、映画館武蔵野館が関係がある。映画館ムサシノの誕生は、大正八年［実際は大正九年］と記憶するが、これも近所の有志達がつくった。素人ばかりの集まりだったが、地下街商店街のウワサに反撥して自衛策に、創出したのである。

それが、まもない関東の震災、下町の焼出され、新宿の焼肥り、等に便乗して、意外な成績をあげた。お互いの出資が、功を奏したのである。そこで思いついたのが、新しい銭湯であった。近所で、ついぞ私は出かけなかったが、予期通り、かなりの繁昌をしていた模様であった。

私の炭屋だった店の前には「松之湯」があった。大きくなってからは、私の家にも風呂場があったから、でかけなかったが、小さいときは、よくでかけた。

銭湯代はもたないでも、顔で通うことができた。

ご主人は稲吉源次郎さんと云ったが、息子さん達は、私より年上の、松ちゃん、四郎さんなどがいて、仲が良かった。

中学ごろに成ると、私は炭屋の帳場に座って、退屈しながら、好きな文学書を読みかじっていたのだが、そういう退屈なとき、時折、ハッと眼のさめるような思いをしたことがある。

松之湯のノレンを排《お》して出てくる、湯上りの若い女の肢体の美しさであった。

濃い髪、エリ足の白さ、素足にも魅せられたものである。ポルノのない頃だから、仕方がない。

インスブルックの演説

新宿とインスブルック［オーストリアの都市］では、あまり関係はないが、十数年前、ローマオリンピックの折は、新宿駅前商店会の當山清氏はじめ十数人がローマにでかけた。帰国して、観光の所産として、新宿駅前付近にも、トレビの泉のようなものを創設したい、と提案したが、惜しくも具体化しなかった。だから街づくりに関係するものには、年に何回かは外国旅行の必要があるのである。

こんど私は出版社集英社主催のオリンピック観戦ツアーの一行と、さる二月七日羽田発インスブルックにでかけた。因みに集英社は創立五十年記念事業の一つとして、オリンピック映画［「ホワイトロック」］製作のスポンサーを買って出たのである。

一行は二十名ほどであった。ルフトハンザ機で、フランクフルト、ローゼンブルク、ミュンヘンに各一泊し、四日目インスブルックに着いた。

宿は、市からクルマで三十分ほどの郊外のライツという村にあった。

着いた日の夕刻から、市の中心地にあるオイロッパホテルで、集英社主催のパーティーが催された。

二百人ちかい集まりであったが、大半は外国の人々であった。

各国代表のオリンピック組織委の人々、竹田宮殿下、日本選手団代表等、そのほかであった。

定刻、会が始まり、冒頭、堀内［末男］集英社代表のあいさつ、ついで英国映画会社々長、プロデューサーのマイケル・ショーフェル〔サミュエルソン〕氏のあいさつ、そのあと来賓格で、私に指名がきた。

こういう会合での挨拶は、私にとって初めての経験であった。旅の出発に際し、そのことを依頼されていたから、格別狼狽もしなかったが、いくらかは固くなっている。以下は私のスピーチの要旨である。

「こんど私どもは、さる七日羽田発シベリヤ経由で、フランクフルト、つぎの日はローゼンブルクという町に泊った。あまり大きい町ではないが、そこのヒルシエホテルに泊ったが、そのホテルで私が案内された部屋は、古風ながら、調度一式なかなか立派であった。ふと壁をみると、木彫風の扁額《へんがく》があり、そこに文字があった。読むと『フリードリッヒ・ウィルヘルム、一八八〇年某日ここに滞在す』とある。

私は帳場へ行って、こことというのは、ホテルか、部屋かと訊ねた。答えは部屋で、私の部屋であった。とすればかつてビスマルク宰相なども、恐る恐るこの部屋に伺候したのではないかと、想った。

私は満足であった。莨がうまかった。さらに前後するが、ハイデルベルクの古城跡では、旅へ出る数日前に日本の日生劇場のシェークスピアのマクベス劇の舞台を想起したりして楽しかった。旅は心楽しいものだ。今また、竹田宮をはじめ各国代表、日本選手団の人々と交歓して喜びは三重である。

映画団の人々に一言申しそえるが、撮影に、選手の人々の健闘妙技の紹介はもとよりだが、加えて是非、これに参加した各国応援団の姿も活写して欲しい。民族友愛の情景を、できれば私の姿などもそのうちに入れていただきたい。

そして若《も》しその映画の完成が五月中にできれば、本年は国際図書年といって、[11]日本では、五月下旬、世界出版会議〔国際出版連合大会〕がある。全世界から千五百人のお客さまがくる。そのうちのエベントの一つに、このオリンピック映画も上映したい。観客のうちの何人かが、『ああ、あそこにムッシュータナベがいる』と叫ぶだろう。さすれば、私は本望である。

なお、今晩の御馳走の半分は、日本料理だが、これは今年ミュンヘンに料亭を開いた、俳優の三船敏郎さんのところの提供だそうであるが、海外に遊ぶ私どもにとって、心強く、肩身のひろい思いがする。三船ではなく、ミュフェントシローである……云々」

以上である。

私の喋ったあと、通訳がついたが、私は恥しいので、その通訳のことばもきかず、もとの場所にまぎれ込んだ。

「大演説でしたネ……」

と竹田さんが、笑いながら近づいてきて、私の肩をたたき、握手をした。

賞めていただいたわけではない。固くなり、すこし肩に力が這入り過ぎているよ、という注意に違いなかった。

何人かの外人達とも名刺を交換した。

会場の奥の一角が、日本料理であった。久方に鮮度のいい刺身や貝にありついた。

ミュンヘン店店長である三船史郎さんに遇った。長身で眉宇《びう》のあたり、面ざしが、敏郎さんに似ている。

「サンフランシスコのパーティー〔一九六九年〕や会社《うち》のホールでの、坂口安吾フェスティバル〔七四年〕のときは、お父さんと一緒でしたよ……」

などと、史郎さんと会話した。

また竹田さんがきて、云った。

「夜の市長は、外国でも同じですなあ……」

私は、この外人パーティーに、多少浮かれ気味で、ウイスキーの数も増えていたようであった。

チロルの誕生日

オリンピック観戦のために、私が一週間滞在したライッという村は、なだらかな丘の中腹にあり、宿は民宿ではあったが、小ホテル風の瀟洒な木造二階建てであった。

カーテンをひくと、ベランダ越しに、杉の木の葉に、やわらかい雪が積もり、遠い山の眺めもよい。さして寒気も感じない。簡素な部屋であったが、爽やかな清潔感があった。

私ども一行のほかに、外人客も十五人位泊っていた。

競技時間にあわせて、この宿からマイクロバスが出た。

一九七六年二月十二日、日本軍の成績は、惨敗つづきであったが、この日は笠谷〔幸生〕のジャンプがあるというので、いくらかは意気込んで一同、マイクロバスに乗り込んだ。ライツ村を十分ほど走って、クルマは高速道路に這入った。ところがいけない。しばらくすると、クルマが停まった。前がずーっとつまっている。動かないのである。十分、二十分経過したが、そのままである。このままだと競技開始時間におくれる。道路上をクルマをあきらめた人々が歩いている。

「歩くより仕方ないじゃないか……」誰かが叫ぶように云った。「歩こう歩こう!」いっせいにみんなの声だ。大勢抗し難しとみて、進行担当が云った。「みんな歩くことにしましょう!」

私は窮した。私だけが車中に停まるわけにいかないのだ。不慮の出来事であった。歩いて二十分と云っているが、クルマで二十分かかるところが、歩いても同じだ、ということではないだろう。肩にかける鞄ぐらいは、同伴の連中が持ってくれるだろうが、ただ歩くということだけでも至難なのだ。無理をすれば、心不全ということにもなる。それでも私はクルマから降りて歩き出した。団体の一員なのだ、と自分に云いきかせた。歩けばいいのだ。周囲のチロルの早春の風光は美しいのだが、私の眼にははいらない。急ぐこたあない、歩けばいいのだ。

道路左側にクルマが、右側を大勢の人々が歩いていく。みんな私を抜いていく。

両脇のつれの友人が、指さしながら云った。「あの聖火台の下までですよ!」遠くはるか、山の上に二基の聖火が燃えている。それは見えるのだが、三キロの彼方である。私は頭の中で、小説「麦と兵隊」の行軍を想い出した。だが弱音を吐いては、周囲に心配をかける。私は自分に鞭うって、大きな声を出し、「とんだ歩行者天国だね……」と云った。

宿のお嬢さんのヘルマが、私の先を歩いていた。十八だが、大兵で、いい軀《からだ》つきだ。私は冗談とも本音ともつかず、彼女に云った。「百ドル出すがね。一寸《ちよつと》背負《おぶ》ってくれないかね」「ノウ……」の返事がかえってきた。

そして窮すれば通ず。通じたというほどではないが、つぎの発見があった。私を追い抜く、若い娘のジーパンの臀《しり》であった。腰高で大きく盛り上がり、それがモリモリと動くのである。

「駿馬のそれだ。凄いネ、ホラ凄いよ、こんどのが一番いい……」

私は同行の友人に、いちいち眼くばせしながら進んだ。絶景かな、絶景かな、有難や見本市。かくてようやく私は、人知れぬ遭難を突破したのである。無事、競技場に辿りついたのは、笠谷もすんで、再び惨敗のあとであった。

その日、夕刻七時を過ぎてから、やっと宿に帰った。心身ともに疲れ萎《な》えていた。

「早く食堂のほうへ……」誰かが呼びにきた。慌てて出かけると、食卓がふだんより賑やかである。クリスマス風だ。私の席が中央にとられ、まるい菓子の上に、小さいローソクが十数本、シャンパンが抜かれた。やっと気づいた。この日、私の誕生日であったのである。

東京の電通の友人からの、長い祝電も読みあげられた。お嬢さんのヘルマも、お手伝いの十六歳のギルテイも、今宵は衣装替えで、一段ときれいだ。二人が替わるがわる、大きな花束を抱えてきて、私に捧げてくれた。渡すときに、私の両頬に、キッスしてくれる。

二度目のギルテイのとき、私はさそくの機転で、頬を向けるふりをして、とっさに私の唇、そして舌を出した。瞬間ギルテイの舌と、触れ合った。この辺はさすがに、夜の銀座のキャリアである。

集英社代表の堀内さんからは、立派な毛の帽子を頂戴した。そのほか宿のご主人からとして、五輪入りのセーターや太いローソク、民芸品なども戴いた。私も嬉しかった。

私も古稀をすぎ、数え年七十二の誕生日だ。遠いチロルの峡谷の宿で、こんな宴《うたげ》をうけるとは予期しなかった。

「ブラボー！」と云ったかどうか、十人ほどの同宿の外人たちも、同じシャンパンで、乾杯してくれた。私は土産用に持って行っていた、小さい袋入りのパールを、ヘルマやギルテイに、お礼がわりにあげた。

生きている喜びである。それにしても梶山や舟橋は早く死んで、馬鹿な奴だと思った。

激賞に値する社史

創業明治十八〔一八八五〕年である果物の高野は、昨年九十周年を迎えた。

それに因み、同店は、昨年暮、フェスティバルをはじめ、色々の催しをした。

ついでこの二月『新宿高野１００年史　創業90年の歩み』という名の社史を刊行した。

戦前篇、戦後篇にわかれ、全二冊、浩瀚《こうかん》な書物の体裁である。沢山の資料と、むかしの新宿の写真が、いっぱい載っている。稀少価値だ。前篇は、序章に「越後屋與助一代記」があり、ついで、第一部、「初代高野吉太郎果物問屋𠆢《やまき》高野商店創業時代」で、第一章に布田五宿の苦難時代から、語られている。第二部は「二代高野吉太郎合資会社〔高野商店〕発展時代」とあり、時流に乗った経営感覚、〔新宿〕高野本店の定礎を築く、フルーツパーラー創設時代とある。念の入った編集である。玄人の域である。

地図がある。豊多摩郡内藤新宿の図（古老の記憶図から明治三十五年前後の駅前通り）である〔374頁参照〕。

三十五年と云うと、私の生まれる前である。ズラリ店の名前を追っていくと、往時がホーフツとしてくる。感傷だが眼頭が熱くなってくる。有難いことだ。想いが七十年の昔に還るのだ。そして前篇の巻末には、「高千穂学校に宛てた𠆢大正年代の領収証」というのがあって、高野商店の領収証が写真版で、沢山のっている。

そこの説明文の文章を借用すると、

大久保の高千穂学校といえば学習院と並ぶ往年の名門校で、学問の自由、和魂洋才を校風とする進歩的学校であった。近隣のためもあってか、学習院同様に果物の注文をよくいただいた。

写真は、大正六〔一九一七〕年から十年までの、同級会記録に付帯されていた珍しい高野の領収証。これは同級会の生徒であった田辺茂一氏（紀伊國屋書店主）のご好意によって、高千穂学校七十年史編纂室より借用した。

写真（イ）（ロ）は初代高野吉太郎の筆になる大正六年発行の領収証、写真（ハ）は二代目高野吉太郎が芳之助時代の筆になる大正七年発行の領収証、以上の三葉は本史にとってたいへん貴重な資料である。

高千穂学校は良家の子弟を擁した名門校のためか、当時では高級果の部類であった桜桃、りんご、バナナなどのほか、樽柿《たるがき》、みかんもよく注文をいただいた。

領収証の店名は、いずれも、果物問屋⾣高野吉太郎と印刷、または押捺印されており、住所は大正六、七年には東京府下淀橋町角筈四番地、大正八年以降は東京新宿電車終点角となっている。

以上だが、写真版がないので、細記すると、請取《うけとり》証とかかれ、その横に金弐円参拾弐銭林檎《りんご》百六拾個代、壱個金弐銭、右正ニ領収仕候也、大正六年七月六日、高千穂学校中一年級御中とかかれ、判が押してある。

ほかの領収証には、林檎は林子という字が使われている。

このほかの個所にも、私の母校である高千穂学校の名がしばしば出てくる。

私は、今は亡い、川田鉄弥校長先生の墓前に、このことを報告したい気持になった。

戦後篇の冒頭には、現三代目当主吉太郎氏の、社史刊行のあいさつがのっている。

フレッシュひとすじに商いをしてきた百年間を回顧し、新宿創業九十年の歩みを綴るのも何か意義あると存じ、ここに掲題の社史を刊行するに至った次第でございます。

私ども新宿高野が「創業九十周年」を迎えることができましたのも、さらに、この年を契機として、輝かしい未来への旅立ちができますのも、ひとえに長い間、ご愛顧を賜わった皆々様のお蔭でございます。

私どもは、創業九十年の伝統と重味を大事にして、さらにお客様のご満足をいただけますよう、「価値あるくらしへの提案」を主題としたご奉仕に専念する決意でございます

……云々。

ついで第一章は「終戦後の混乱と再建時代」、第二章は「経営の近代化・多角化へ」、第三章は「経営方針・イニシャル戦略」、第四章は「新視点に立って未来を見つめる高野グループの乗算経営」とある。

この章の分類でもわかるように、近時、高野の発展は、近代化をモットーに眼をみはるほどだ。要約するが、高野の社史は、そのまま新宿発展の歴史であった。

この刊行については歳月をかけた、行き届いた編集に、深く敬意を表すると共に、さきに元新宿駅長田久篤次氏の刊行された『新宿駅八十年のあゆみ』とともに、新宿文化財として、大

きく後世に残るものと評価したい。尚、附録の百年史年表も、文政、天保、弘化、嘉永、安政、万延、文久、明治にさかのぼり、綿密なものであった。

街づくりと意識革命

数年前、百貨店と大型商店と地元振興会が、仲よく一緒になって「新宿PR委員会」というものをつくった。

PRだから、街の宣伝をと心がけた。月一回例会を開いて、何やかやと喋ってきた。するうち、タウン誌も発行しなければ、ということになり、かつて「新宿」プレイマップ」〔一九六九年創刊〕とか「新宿」〔七二年創刊〕というのを発行したが、いずれも赤字で、永続きしなかった。

五十〔一九七五〕年暮から新タウン誌「STEP IN 新宿」というのを刊行している。だがこれも上乗の成績というのではない。期待通りの、広告や販売収入があがらないためである。どうすれば良いか。色々な意見が続出している。不況が響いているせいもある。そのせいもあって、各人各説である。

とは云っても、大新宿だから、多少の犠牲を払っても、看板をはずしたくないという意見と、無理をすることたあないという意見にわかれる。

表紙一つにしても、新機軸だと云う人もあるし、浮薄軽佻だとみる向きもある。

これは要するに、変貌する時代に対する、各人の考え方が違っているのである。

タウン誌に限らず、今の時代は、何がホンモノで、何がニセモノかの、区別がつかないのだから、致し方ない。

私自身は、その間にあって「PR」ということは、単なる宣伝だけのことではない。一種の街づくりだなあと、つくづく感じた。

新宿という大きな街の、別の表現で云えば大きな怪物（マンモス）と当面しているのである。怪物相手の裁量は、ナカナカ難しい。よほど、仲間同志の考え方の統一がないと、そういう運営は至難なのだ。

さきごろ私は、同志社大学出版部刊行の、『新島襄《じょう》の生涯』〔一九七五年〕という本を読んだ。J・D・ディヴィス著の翻訳本である。

新島襄は、明治初年の京都同志社大学の創立者である。概要を摘記すると、幼少の折剣術を修行したが、剣では数人の人しか斃せない。そこで兵法を習得し、それだけではと、ついで、万人を説得する宗教に転じたのである。

キリスト教の布教に一生を捧げた。京都だから仏教徒などの、多くの反対迫害に遭ったが、それに屈せず、塾を設け、寮をつくり、今日の礎をつくったのである。無私よく、大理想を貫いたのである。

そういう文章を読んで、私は私なりに、街づくりも、大学の創設と同じだなあ、と思った。

新しいものを生むためには、従来の観念を捨てなければならぬ。そのことが要訣だ。意識の革命である。新しい意識が、人々に浸透しなければならないのである。

この本の第七章に「新島襄から学ぶこと」というのがあるが、そのなかで、当時、基督教新聞の主筆だった竹越與三郎氏が、新島襄の、偉大だった生涯をたたえて、色々と述べている。例えば、

かつて私がいただいた手紙の中に、先生はこのように書いておられます。「男子たるものは、一度戦って負けてもやめてはならない。二度目、三度目の戦いのあとでもやめてはならない。（中略）骨がくだけ、最後の血の一滴まで流してはじめてやめるのだ。真理のために身を投げ出すのでなければ、われわれの生命も無用ではないか……」この文章を読んで何度襟を正したことでしょうか？（中略）

先生は「草は春風に礼を言わない。落葉は秋風に不平を言わない」という意味の歌を引き合いに出すのが常でした。つまり先生にとっては春風と秋風とは同じものに思えたのです。先生は名声を得ようと努めたこともなければ、不幸を避けようと努めたこともありませんでした。喜びや楽しみが来れば先生はこれを拒みませんでした……云々。

以上は、私が竹越さんの言葉をよんでいて、感銘した個所だけを引用したものだが、唐突に過ぎるかも知れないが、街づくりの困難さに当面して、当惑しているとき、以上の引用文は、

私にとって少なからぬ教訓となったことは云うまでもない。

明治初年の大学の創設も、現在の新宿におけるPR委員会も、たとえ内容は雲泥でも、人心を同じくする意味では、同じような意識革命である。

革命なればいく度も、つまずき、斃れ、傷つくことを覚悟しなければならないのだろう。不得手なことを語るので、よけいのことも加えるが、この本の第三章「礎石を置く」といううちには、

人間の称賛を軽蔑し、神とともに
敗れることを学ぶがよい。
イエスは恥を通してこの世を得られた。（フェイバー）

これらの文字も現在の私にはつよく響いた。

鶏供養と荒木町

「銀座と新宿とどちらが多いのですか?」

これは時折、友人達が私に発する質問である。飲んで遊んでる場所のことだ。そういうとき、

たいがい口ごもる。すぐには答えない。すこしばかり工合がわるいからだ。しばらくし、私は答える。「やっぱり銀座ですネ……」

夕刻時、会社を終えてから、私のでかける場所は、九十パーセント、銀座だからだ。地元新宿に、あまり金を落とさない。ちかごろマスコミで評判の、花園神社近くの、ゴールデン街なども、殆《ほとん》ど足をふみ入れたことがない。

町の集まりなども、警察関係以外のそれには顔を出したことがないからである。したがって、町の人との交流も淡い。

そういう私にとって、さきごろ、地元の集まりとしては、たのしい会に出会った。ことし三月二十二日夕刻から、新宿厚生年金会館横の玄海別館において「鶏供養《とりくよう》の会」というのがあった。

日本一水たきを看板に、玄海の名は新宿でも旧いが、そこへ二百人ほどの人が集まったのである。経営者の初代の矢野〔廣雄〕さんが、職人気質を本領に、材料を精撰し、今日を築いたわけだが、頭山満翁に心酔し、店の標示名の「玄海」の二字も、太く力強く、翁の筆に成ったものである。二代目矢野満雄さんは、新宿三田会会員で、医学博士なので、孫の雄一君が商売のほうは、後継者なのではないかと、思われる。

雄一君は、さきごろ美しい花嫁さんを迎えたばかりである。当夜の万端は、雄一君がひとりでとりしきっていた。印半纏《しるしばんてん》姿も、凛々しかった。

私は雄一君に訊ねた。

「鶏供養というのはめずらしいけど……」雄一君が、愛想よい笑いで、答えた。

「ふだん一日何百羽も、商売とは云え、殺していますので、その供養と、また来年もいい鶏が入手できますように、それに平素ご愛顧戴いているお客さまへのお礼ということで……」

供養祭壇横には、等身大の大きい頭山さんの肖像写真が飾られていた。

四谷の町の顔役である、佐藤精三氏の司会で、会が始まり、来賓スピーチに、商工会議所新宿支部長野村専太郎氏が、まずそのトップをきった。ついで交わる交わるいろいろの人が起った。味の権威多田鉄之助氏らの顔も見えた。私にも番がきたので、素直に起ちあがり、そして云った。

「先日、果物の高野さんが立派な社史を刊行されたので、このことは高野さん個人のことでなく、それはそのまま新宿の歴史だから、地元民の一人として、私は深く感謝している。そして今日この供養の会も、鶏に名を借りてはいるが、お店の金で、町内の親善、友好に寄与されている。高野さんと同じことだ。

よい催しで、私は有難いことだと思っている……」とまあ、こんなことを喋った。

加えるが、私は知らなかったが、この鶏供養の催しは、昭和二十七［一九五二］年に発足しているから、今年は二十四回目だとのことであった。

篤行の志に、あらためて、敬意を表したいと思った。商売の本質に、これがなければならないのである。

水たきだから、膳に並び、四人で一つの鍋を突つく。お酌の姐さんがきたので、ふとみると昔馴染みであった。

玄海の女中さんとばかり思っていたが、違っていた。四谷荒木町の古参芸者登喜代さんであった。敢えて古参と云ったのは理由がある。今を遡る五十年、大正十五〔一九二六〕年春、私は三田を卒業したが、卒業に際し、ふだんは、「米久」あたりの牛やでのクラス会だが、卒業だからと云うので、四谷荒木町の料亭「伊勢虎」で、その会を開いた。

私は、その折、粋がって、三田の制服を脱ぎ、久留米絣《がすり》に袴で、当夜の世話役をつとめた記憶があるが、その席に、この登喜代姐さんがきていたのである。そして一本にならぬ半玉であったのである。

半玉だから、十六位であった。だから指折ると、六十六だ。流石に、花街の水で若い。私は登喜代に云った。

「戦後どうもサッパリで申訳ないが、行く家もわからないしね……どこか教えてよ……」

「アラほんとね、すっかりお見限りで、でも、ちょいちょい、テレビなんかで、こちらはお見かけしてるワ」と登喜代が云った。そこへこれもまた顔見知りの背の高い里ん弥姐さんがきた。

「暫く……」こちらは更に七十であろう。そこへ待合「藤村」の女将がきた。里ん弥が紹介し、女将が政菊のお母さんであると云った。私は若い日、三月間だけ、政菊と云う若い妓を世話したことである。私との縁がきれてから間もなく、政菊の旦那には久原房之助さんがなった。昔なつかしい一夕でもあった。

わが名わが歌

現在は地名変更で、新宿区新宿だが、昨今までは淀橋町角筈であった。したがって、私の家は、十二社熊野神社の氏子である。

私の名は、呼んで字のごとく「茂一」だが、これは小さい時から、中学時代までは「しげ」と呼ばれ、それが最近では「もいち」と呼ばれるようになっている。

この名前は、明治三十八〔一九〇五〕年二月、私が生まれたとき、私の父は命名に窮し、十二社の神主さんの所にでかけて行って、つけて貰った名前なのだそうだ。

書誌によると、中野の長者だったという鈴木九郎という武士が、その昔、郷里紀州の熊野にある十二の社を全部新宿の熊野神社にまつったところから、十二社という地名はつけられている。その意味では、紀伊國屋を屋号とする私どもとは、浅からぬ因縁がある。

口伝えだが、私の祖先は、もとは紀州徳川の殿様の足軽で、江戸へ出てきて、ちょうど、私で八代目になる。

仏壇の過去帳を調べると、代々紀伊國屋茂八と名乗り、五代目からやっと田辺の姓が加わった。だが六代目茂八、私の祖父でその襲名はとまり、私の父は跡を襲《つ》がなかった。私もそれに倣って、茂一のままでいる。だが実際上には、ある人は私をとらえて「しげ」と呼び、ある人は「もいち」と呼ぶ、一種の分裂がつき纏《まと》った。そのことが私は気にかかっていた。それに「もいち」だと座頭市か男あんまのような呼称になって、あまり戴けない。

終戦後、一時期、私は金に窮したことがある。ふだん、私は印相学や姓名学は信じないが、このときは、名前がわるいのではないかと思った。

そこで思案して、ある日、田園調布にあった姓名判断を訪ねた。その結果、新しい名前をつけて貰った。「田辺久磨」というのである。近衛さんのようであった。易者氏曰く、「磨という字は、麻に呂とかく。つまり麻や呂のように人格が透き通って、それに毎朝、富士山のほうを眺めて、十回……云々と……」

十回何んとかという文句は忘れてしまったが、要するに念ずれば、立派な人格者に、そして幸福をつかむことができると訓《さと》された。

そこで私は「よしきた、それでは」

と、早速、改名することにしたのである。

門の標札を変え、新しい名刺を刷り、その名刺を、会う友人ごとに手渡した。

だがどうもいけない。結果がわるいのである。名刺を渡すと、友人は、その名刺の上の文字を読むか読まないうちに、ゲラゲラと嗤《わら》うのである。その嗤い方は、テンで相手にしていないという趣きなのだ。十人が十人、みんな同じだ。

「もいちのほうが、ずっといいじゃないか、こんな名前、あなたらしくないよ……」

要するに噴飯ものであった。そこで、私はホゾをきめた。私の改名は、約二ヶ月間だけつづいて、また元へ戻った。

だが分裂はいけない。一本にしぼる必要がある。多少アンマ風だが「もいち」と決めることにした。

決めた以上、自他ともにみとめるような客観性が必要だ。自己顕示ではないが宣伝にも、大童《おおわらわ》に努めなければなるまいと思った。

折柄、ある出版社から、随筆集を刊行することになった。

本来内容から云えば、この本の題名は「ホステス指南」とすべきであったのを、私は敢えて『もいちの季節』〔立風書房、一九六九年〕とした。

そして同様、銀座裏で唱う替え歌なども、「もいちの季節」「もいちのタンゴ」「もいちのカープ」等と名づけた。

生来の音痴で、その上、音譜などもまるっきりわからないが、もいちでなけりゃ、夜が明けないという風に、宣伝というものは、捨身になることが肝要だ。そういうことを、私は自分に云ってきかせた。

するうち、世の中は変なもので、新宿音楽祭、日本作詩家協会などにも関係し、歌手諸君とも親しくなり、私自身も歌謡曲通のような顔になってきた。平井賢、山崎唯《ただし》、なかにし礼君たちとも仲よくなってきたのである。

さきごろ、レコード会社のRから、ひとつ吹き込みを、と頼みがきた。石坂まさをさんが、作曲するという。即座に私は悪ノリし「茂一のうしろ姿」と云うのを作詩した。最初、藤圭子の「夢は夜ひらく」風にやってみた。

一　昼は新宿、夜銀座、ひとりアメリカ、ヨーロッパ歩いていくとこ、俺の町　あー茂一のうしろ姿
二　酒と女と金だけが、卍ともえとからんだが、フフンと笑って外へ出た　あー……
三　垢《あか》は人間のハバだから、濺《よご》れ濺れてそのままに、老いて無残に歩いてる　あー……
四　争うことは嫌なのさ、敗れたほうがまだ増よ、チラリイエスの真似をして　あー……

以上、ロッキードよその閑日月だが、気障を承知で、ご披露する。

しゅうまいの早川亭

新宿で早川亭の名は古い。

今では、温かくて、大きいシュウマイが目玉で「しゅうまいの早川亭」として、評判である。

店は、ちょうど、私の社（紀伊國屋ビル）のまん前にある。昔はトンカツの早川亭として、知られていた。

先代早川右一郎さんは越後の産で、大正の初め、新宿に出てきた。二十四の若さであった。

そのころ現在の国鉄線をまたいで、大陸橋があり、大踏切があったが、その踏切傍の屋台で、店を開いたのが最初である。

ついで一、二年し、現在地に移った。当時、炭問屋だった私の店の前には、市電をへだてて向こう側に、左から茶の藪花軒、安藤金物店、履き物の飯田屋、安藤荒物店、桜井新盛堂、早川亭、乾物の豊田や、日之出屋洋品店、銭湯「松之湯」、松喜果物と並んでいて、まだ現在の武蔵野館前の大通りはなかった。

乾物の豊田やはパンの中村屋の跡に引越してきたのであり、早川亭は、古物商の店のあとであった。

長男であった私は、小さいころから、店の帳場に座らせられていたから、退屈時には、通り一つ隔てた前の店の様子をよく眺めていた。コック服、コック帽で、白い前かけで、先代右一郎さんは、よく働いていた。

ワラジ大の大きなトンカツが七銭であった。当時、神田神保町の「オトワ」のカキフライも安くて、学生街で評判であったが、新宿の早川亭のトンカツも、サラリーマンたちの間に好評であった。

というより、大正の初期には、わが新宿にも、洋食屋らしい洋食屋は、一軒もなかったからでもあろう。

私の店は、上記のように炭問屋であったから、産地から送られてきた薪炭の貨物を、荷馬車で、駅から店の納屋まで運び入れるのだが、一日二、三車輛は普通だが、七、八輛となると、かなり忙しい。住み込みの雇人たちも疲れる。そういうときはきまって、膳のお菜の鮭の切り身が、早川亭のトンカツとなった。

「毎度有難うおそくなりました……」

そんな口上で、コック帽かむったボーイさんが、岡持さげて、やってくる。

そのボーイさんのうちに髪の黒い、眉目清秀の青年がいた。

それが現在の「車屋」社長の伊藤鐘次郎氏であった。衆望を負い長く新宿酒場組合の理事長であり、土地の有力者の一人である。

長男の伊藤正徳君は、慶応出身だから、わが新宿三田会の一員だが、次男の親厚君は、アメリカの加州《カリフォルニア》大学を終え、グアム島で、豪華な、ビフテキハウス「車屋」を経営している。

私の父は、戦争が漸く激しくなった、昭和十九［一九四四］年の夏亡くなったが、物資のない戦時中は、随分、この伊藤鐘次郎さんにはお世話になっていたようであった。

さて再び早川亭に戻るが、先代右一郎さんは、前記のように、まことに刻苦精励であった。だがその結果、店が安定し蓄財に余裕《ゆとり》ができてからは、あんまり金惜しみはしないほうであった。気前がよく、金離れがよかった。スゴイ柾目《まさめ》の下駄なども履いて、派手好きであった。

私の父も撞球好きであったが、早川さんも撞球なども始めた。

大正九［一九二〇］年、映画館ムサシノを株式組織で、近所の有志たちで始めたが、その折は、おとなりの桜井新盛堂の桜井新治氏、中西運送の中西長次郎氏、それに早川右一郎氏、私の父の田辺鉄太郎らが、取締役となって、名を並べた。

関東の震災で、下町の映画館が焼け、焼け残りの山の手が、お蔭で、焼け太った。素人ばかりの集まりなので、六割配当などもしたことがある。

毎日のように大入袋が配られ、景気がよかった。重役連中も、私の父をはじめ、みんなグループで、近くの、大木戸、荒木町、十二社へんの花街を、泳ぎ廻っていたようであった。しかし早川亭は繁昌していた。ご主人は外だが、内を守っていたひとがいたからである。よけいな批評をするようだが、奥さんが豪かったからである。

よそめにも、それはわかった。

さる四月六日、このかつて早川亭の大黒柱であった、現在の当主次郎さんのご母堂ノブさんは、八十七歳の高齢で、杉並区和田のご自宅で亡くなったが、私はそのお葬儀の柩前に、あらためて、彼女の遺影を拝し、気高い感じをうけた。

私の父が死んだあと、奥の隠居所がカラになったので、そのあとを早川さん一家に住んで貰ったことがある。

だから、戦災の五月二十五日夜の大空襲の折は、先代ご夫妻は、私の家にいたのである。

三途の川の花見酒

もいち　おそいぞ　三途の川の花見酒

こんな句ができた。自分だけにわかる句である。どうやら昨今は、三途の川あたりに、私の友達は多くなった。私は憮然たる表情である。仲良しの連中が、みんな居なくなってしまったからである。坂口安吾、高見順、中山義秀、池島信平、梶山季之、舟橋聖一、そして最近は野口弥太郎と。これでは、花があり、酒があっても、昔を語らう術《すべ》もない。

梶山は、昨年の五月十一日、遠く香港で死んだ。だからソロソロ一周忌だ。私は梶山の訃をきいたとき、もうあとの半生では、あれだけの友達には会えないな、と思った。

梶山との交遊は、正確にはわからないが、大略十八年間ぐらいだったと思う。初めて出会ったのは、新宿高野前の通りの地下にあった「バッカス」という酒場であったが、吉行淳之介に紹介された。

「新思潮」の同人であった頃で、まだ一般に小説書きとして、知られていなかった。

昨年死んだとき、初めて年齢を知らされたが、そのときが四十五だから、それから計算すると、二十七前後の若さであった。

私とちょうど二十五年、親子ほど違ったわけだが、そういう年齢差は不思議と感ぜられなかった。

いつも労《いたわ》られ通しで、私は彼の友情に甘えていた。

私の社では、ここ数年、大阪梅田、札幌、岡山、広島、熊本と、各地に、そして桑港《サンフランシスコ》にも支店を出しているが、そういう開店記念のお披露目パーティーには、いつも梶山に祝辞を貰い、それが私の楽しみでもあったが、昨年の新潟以来、それもなくなった。

桑港行の折は、野間省一、池島信平、梶山、團伊玖磨《だんいくま》など揃っていて、ほんとに良かった。

帰途ハワイでのパーティーの席上で、あいさつに起った私は遠くのテーブルに居た梶山と眼が会い、とたん私に感動と感傷が襲い、思わず絶句して、言葉が出なくなった。あんな経験は初めてであった。

梶山には借りばかりで、貸しはなかったが、一つだけ、小さい貸しがあった。

四年ばかり前の話だが、梶山は永く住んで居た青山から、新築の新宿市ヶ谷の家に引越してきた。

それに従って、お嬢さんの美香ちゃんも、転校を余儀なくされる。そして新宿区役所への届出が云々……と、そういう相談を梶山からうけたことがある。

私はその方面のことはよくわからぬので、友人の新宿区会の顔役である佐藤精三さんに頼んだ。忙しい裡《なか》を、手際よく処理して戴いた。義理固い梶山が「何かお礼を……」と云った。私が佐藤さんに訊ねてみると、「では折角ですから、先生の色紙でも……」ということであった。

お安い御用である。だがこのお安い御用がいけなかった。

私も何時《いつ》でもと云う気持だったし、梶山も何時でもという気持であった。

それがズルズルベッタリとなり、ついに果たさず、梶山の死を迎えてしまったのである。

今年一月十三日亡くなった舟橋聖一も、私の小学三年以来だから、六十年の友であった。舟橋の家は、目白だったが、大正の終わり頃は、新大久保の駅はなく、大久保の学校に通うのに、一旦、新宿駅に下車し、あとは徒歩で、大久保まで行ったのである。

だから学校の往復は一緒だった。子供のときは、私の家の納屋の炭俵の上を、鼻の穴を黒くしながら、ともに遊び廻ったりした。

舟橋の随筆に、昔の新宿停車場の本駅——甲州街道口に面していた——の改札口や待合室を叙した文章がある。

今、手元にみつからないので参照できないが、甲府辺から上京したお客の風俗が描かれていて、たくみな文章であった記憶がある。

鎌倉で、さき頃亡くなった野口弥太郎も、画家仲間のうちでは、私は一番親しくしていた。寛厚で、大人の風格であったが、酒は好きな方であった。

訃に接し、私は慌てて翌朝、鎌倉浄明寺のお宅にクルマで駆けつけたが、いい塩梅に、棺のなかの顔に会うことができた。柔和な、ふだんとちっとも変わらない顔だった。

帰ってきて、久我山の東郷青児に電話した。「大丈夫かい?」「大丈夫だ、明後日アルジェリアからイタリアを廻って、四月十八日に帰るから、帰ったらすぐ電話するよ……」と東郷の声が還って来た。

ユックリしているのもいるのである。三途の川なんて急ぐ要はない。残りものに幸あれだ。

新宿歌謡フェスティバル

私は夕刻五時まで、新宿の社にいるが、仕事が終わると、解放感である。つい土地を離れたくなる。足が銀座に向く。銀座が終わると、渋谷の自宅への帰路に、六本木がある。止むを得ないコースだ。

銀座、六本木で立ち寄る場所は、自らローテーションと云うものがあって、日によって違うが、昨今の根城は、銀座資生堂裏ゴルフビル三階の「アンドリュース」というクラブである。マダムの加藤晴美さんとは、カレコレ二十年にちかい交流なので、気心が知れている。つまりこの年齢《とし》になると、気を使わないですむ安心感が一番楽なのである。

さきごろこのマダムの誘いで、四月八日夕ホテルニューオータニで催された「輪島功一激励会」に出席した。

会魔というほどではないが、誘われると嫌いな方ではない。それに概して云えば、世界一というのが魅力であった。

会場は二百人ほどの人で一杯だったが、分野が違うので、私の見知った顔は少なかった。大阪産業大学の大谷〔貴義〕総長が、私を手招いてくれた。横へ座る。するうちスピーチの指名がきた。門外漢だけれど、指名があればこれも嫌いな方ではない。

「ぼくは試合は直接みていないけれど、かねてから輪島さんのファンである。横綱の輪島関は酒友だから、今日いたら握手しようと思っていたが、生憎と欠席で残念。しかし発起人のお顔触れがよいので、敬意を表して、出席してたのしい。よけいのことだが、今の日本は経済的優位にあるが、それだけに各国との友好親善に心をつくす要がある。

ボクシングを通じて、そういう役割をと、輪島さんに期待するところ大である……云々」

通り一辺だが、そういう要領を喋った。

金屛風を背に、ジムの三迫〔仁志〕会長、輪島功一さんが並び、神妙にきいていてくれた。

そのニューオータニでの会合があってからの数日後、四月十六日夜、もう店も終わり近い時刻の十二時、再びマダムに誘われた。

「ちょっとお遠いですけど、新宿まで如何でしょうか……」「何かあるの?」「あるクラブで歌のコンテストが、是非お誘いをと頼まれているので……」

私は腰をあげた。時刻はおそいが、遠いと云っても、新宿はわが土地である。

マダムそしてホステス数人とクルマに同乗し、到着してみると、歌舞伎町風林会館裏のクラブ「リイ」であった。

仲宗根美樹さんや坂本スミ子さん達の出演時に、何回かきたことのある店であった。

それでも、前述のように、新宿はご無沙汰勝《がち》であるから、あまり顔見知りはいない。

入口に「新宿歌謡フェスティバル」の看板をみただけで、プログラムも手渡されなかったから、会の趣旨、趣向というようなものはよくわからなかったが、会場はいっぱいの人であった。

二階席まである。正面が舞台、コンクール会場風に、横に長い机に審査員席ができている。

なんとなく、有無を云わせずという風に、その席に案内されてしまう。

すでに会は始まっていた。私の机の上に、蝿たたきのような、7・8・6・5・9と数字のかかれた採点標示板が置かれていた。

歌が終わると、いっせいに審査員諸氏の六、七名――レコード会社、新聞、雑誌関係の人らしい――が、採点板をかかげるのである。

下手な人はいない。それぞれ自信があるから出場したのであろう。新宿の盛り場街の、ホステス代表、お客代表が、喉を競うのである。

声援もかかる。時流と言うか、演歌調が多い。会場全体が一つになって渾然《こんぜん》としている。土地柄に密着した雰囲気があった。

私は、世間でいう「面食い」のほうであるから、できるだけ綺麗な女性の場合は、採点を辛くするようにして、自分を抑えた。

前後の様子から察すると、採点発表後、賞品授与の役も、私がするらしいのである。

参加者三十八名であった。それから三名ばかりの優勝者が選ばれた。

私も毎年秋に行われる新宿音楽祭は主宰者風に、担当をうけもっているが、それとは違う、こういうフェスティバルもナカナカに楽しいものだ、と思った。

一段落したあと、会場後方のボックスに退くと、そこのテーブルで、土地の顔役、塚原たかしさんにあった。

塚原さんは、住友銀行裏三平食堂付近の地所持ちだが、かつて同じ区内の巨人王貞治選手の後援会などをつくった御仁である。

「新宿を語る」というNETの番組に、一緒にでたこともある。

塚原さんの親戚筋のひとが、この晩の会の主催者であったことがわかった。

会が終えて、渋谷の自宅に戻ったのは午前四時であった。四辺《あた》りがすでに白みかけていた。

「火の車」風雲録

太宰治や坂口安吾を、破滅型と分類したのは、一見実直派の伊藤整だったと思うが、破滅という言葉は、あまり戴けない。まるで自暴自棄型にとれるからである。

命を軽んじたと云うのならば、三島由紀夫も川端康成も、これに類する。生活の恰好から云えば、つまり飲みっぷりならば、尾崎士郎も、河上徹太郎も、これに這入る、と云うことになろう。

むしろ破滅型より、わかり易く、大型、小型、ホンモノ、ニセモノ位でいいのである。

それはとにかく、太宰や坂口の生きた終戦時の社会は、平時にない一種異様のものがあった。私自身さえ疾風怒濤風のなかに生きていたような気がする。

何かがあった。だが、三十年の歳月は、われわれにそのことを忘れさせている。

さいきん文化出版局から刊行された橋本千代吉著『火の車板前帖』〔一九七六年〕を読んで、感慨を新たにした。その叙述に、その頃を手づかみにした実感があった。

「火の車」は、草野心平さんの開いた呑み屋である。著者の橋本さんは、同郷の誼《よ》しみで、その店の板前として、手伝っていた。その体験記だが、平明でわかり易く、仰山や誇張がなく、呑み屋風景を描破している。

その本の序に、心平曰く、「まさか橋本千代吉がこんな本を書かうとは、私にとつては思ひも及ばないことであつた。或る日の午后、突如、春雷をきいた感じである。（中略）近来こんなに面白い本はなかつたと、私は書いた。その面白さは然《しか》し、単に面白いだけではなしに、或る人生哲学みたいなものが、その真ん中を貫いてゐるからだとも思ふ……云々」

昭和二十七〔一九五二〕年、月も朧《おぼろ》の三月十五日、本郷初音町都電停留場ちかくに「火の車」は開店したのだが、間口一間半、奥行二間のちっぽけな店で、ただ真紅の地に「火の車」と肉太に勘亭流にかかれた、馬鹿でかい提灯がぶらさがっていた。この店に、心平さんの店だと云うので、色々の人が集まった。

古田晁、会田綱雄、高村光太郎、唐木順三、市原豊太、豊島与志雄、林房雄、吉田健一、檀一雄、河上徹太郎。飲むほどに酔うほどに、怒声、罵声、咆哮、宿酔が入り乱れた。それぞれが天馬空をいく。

カウンター上の黒い木机に、白いメニューの文字がある。料理名だが、皆ひと癖ある。五月《ごがつ》、冬、丸と角、白夜、雑色《ざふしき》、どろんこ、雪由《ゆきよし》、ねしや、赤と黒、ぴい、白、もも、悪魔のぶつぎり、参星《みつぼし》、十万、北方、美人の胴、黒と緑、いずれも解説がないと、どんな料理だか、わからない。

その「火の車」時代の草野さんの詩に、いいのがある。

夜の街が深く音なく沈む頃だ。
毎晩。
「火の車」の赤い提灯をおろすのは。

泥酒の匂いを吐きながらそしてねるのは。

昼の陽がさしこんでいるたたみの上の一枚の。
いま。
葛のはっぱ。
おれは腹匍《はらば》いのままかじかんだ地図のようなはっぱの色にみいる。ほんのわずかな。
サファイヤ色の時間の中で。

なんと雑雑の夜と昼と夜と昼と。
夜は時たまガキガキの喧嘩無頼になり。
なっては夜叉のかなしみのまんまもぐりこむ。
提灯をおろして。
何処へ。
やっぱり布団のなかに。
　一枚のはっぱに凝った今年の秋の出来ない旅の。
　一枚の地図。

第二章「酔聖烈伝」には、名言置土産というのもある。古田晁の名言だけを移すと、「てめえ、元とろうと思いやがって！」「くどくどと、くだらねえ！」「さよならだけが人生さ」第三章は「板前風雲録」となっているが、その中の引越し余話から借用すると、

油で汚れ、風雨にたたかれどおしだったわが赤提灯は、昭和三十年の春、小糠《こぬか》のような雨の中、心平さんに抱かれて所を変え、新宿は角筈で新しい灯を入れられた。和田組マーケットの中の一角であった。

昭和三十年頃の新宿は、赤い安ネオンに射られ、日々夜々、まさに生身の人間臭がむんむんと立ちこめていた。

引越してまず驚いたことはわが店の二階はやくざのお兄さんがたがたむろする、なにやら怪し気な所であった。どうやら麻薬をとりしきっていたものか、なにしろ一カ月に一度は「火の車」の二階めがけてどっとばかり手入れがなだれ込むのである。

気がついた時には、あのバラックマーケットは二メートル間隔に警官で囲まれているのであった。囲み終わり、私服らしいのが「火の車」のすぐうしろのドアを蹴破るのとどどっと押し入るのはほとんど同時のことである。とたんに二階からバケツの水がバシャンとたたきつけられるのである。四、五人の私服は屋根の間といわず、このまかれた水の中から丸めたチリ紙やらガラスかけやら、一切をピンセットで拾い集めている。そこへすさまじい罵声がとび続ける。

二階でとび交うこの罵声の下では、我関せず、火の車は今宵もまわりにまわるのであった——

若かったその頃の私も、この辺の路次を飲み廻っていたのだが、そういう楽屋裏は、今まで皆目知らなかった。

前後するが、そういう意味でこの『火の車板前帖』は興味深く、かつ貴重な資料であった。

新宿案内記

青葉の季節となった。さき頃、田舎から客がきた。二組だが、いずれも私の女性ファンである。当節は私のようなものにも、ファンがいるのである。但し生憎と、そんな若い女性ではない。京都と新潟からである。

どちらも半年ばかり前のことだが、京都のひとには、嵐山ちかくの料亭「ホトトギス」で、新潟のひとには「行形亭《いきなり》」でご馳走になった。お世辞ではないが、当然のこととして、私はその折「東京へおでかけの節は、新宿辺をご案内させて戴きますから、是非に」と云った。

それから半年を経過し、偶然だが期を同じうし、と云っても一週間ほどの違いはあったが、京都のひとは、ホテルニューオータニから、新潟はパシフィックホテルから、電話があった。

どちらも午前中に連絡があり、お正午《ひる》をご一緒に、夕方の列車に乗らなければならないからとのことであった。

計算すると、正味三時間ほどである。こちらにも日程《スケジュール》はあったが、遠来の客が先だ。それに約束もある。

ただ私個人の事情としては、昼間のうちの三時間の案内というのは、実際上あまり経験はなかったのである。

そこで現時点における新宿の代表的場所をと、私なりにとつ、おいつ考えたのである。

むろん先方の気持はわからないが、私の好きな場所、これはと思われる所は、西口広場の高層ビルあたりの景観であろうかと思った。ほかに名所らしいものは、新宿にはないのだから。

最初は京都のひととであった。自分のクルマでニューオータニまででかけ、そのあと勝手知った京王プラザホテルの一階ロビイで、一服し、そこここを動き、先方が「お正午飯《ひる》はあまり戴きませんので……」と言われたのを、そのままに解釈し、では住友ビル五十階のすしの「勘八」の前まで行ったが、生憎と時間がこなくてまだ開いていない。

余儀なく、お隣りのそば「秀山」の店に這入る。先方が天ぷらそば、私が鴨南ばん、テーブルも展望のきく窓際ではなかった。

そのあとは省略するが、結局時間がきて、クルマで、八重洲口までお送りした。

その後、折返し、丁寧なお礼状が届いたが、やっぱり「天ぷら云々」が這入っている。京料理のホトトギスに、天ぷら一杯は非道《ひど》かったのである。失敗作であった。

ついで、新潟のひとからの電話は、東京の大学にいっている若いお嬢さんも一緒だとのことであった。時間も同じような条件である。

私は再び、京王プラザを出発点とした。こんどはホテル七階の「岡半」のすき焼とした。それにビールを一本だけ、和田金と称するだけに味はいい。先方も満足の風であった。

現在の西口には、京王プラザ、住友ビル、三井ビル、国際通信センタービル、ちかく開く安田火災ビルと建っていて、それぞれ、色、形、ひと趣向あり、それが青葉の多い公園を背景にして美しい景観となっている。

こんどはプラザホテルから徒歩で、三井ビルから、先へ廻った。このビルは、ビルもいいが、周囲の広場風の演出が、とくに近代的造型を加えていて、感心する。

広場左手に、喫茶の「フローラ55」がある。

右手に「ハンバーガーホストジュニア」、正面左に、菓子の「アンダーソン」の店がある。椅子テーブルの色彩感が、いかにもカデュアルルックの若い人たちの、好みだ。

ここでアイスクリームコーナーに立ち寄る。

ここまではいいのだが、その先がよくわからない。案内役の私が、歩いていないのだから仕方がない。

「実はぼくも初めてなんでネ……」と、私は、前もって、云いわけをした。

すこし見つともないが、一軒一軒覗くようにして見て廻った。こんなところに、こういう店があることを、私は知らなかったからである。

名店街風になっている。それらの店を順にあげるとイタリアンレストラン「アルフィオ」、銀座の「天一」「寿司田」、おむすびの「ぼんち」、日本料理「きくみ」、珈琲の「マイアミ」、同じく「羅葡萄《らぶると》」等、以上が地階だが、エスカレーターで一階に昇《あ》がると「ロスアルコス」「ブルック」「ユーハイム」がある。酒場こそないが、家族向きの散歩には、店はこと欠かない。

すこし宣伝のようになるが、五十五階には中国料理の「マンダリンパレス」、五十四階には「メヌエット」がある。

掲示板で、それを知っただけで、あとは住友ビルに移り、これはめずらしいと思われるであろう、スポーツ場を窺いた。

プールの青い水をきって、若い人々が泳いでいる。

西口広場を終え、駅にきて、地下道を通って、サブナードの地下街を一巡し、私の社の裏のアドホック前に出、同じビルの八階にある「イルボランテ」でお茶を飲んでいたら、定刻ギリギリの四時になった。伊勢丹裏で別れた。案内役としてはもう一つ、工夫がたりない。

興趣深い四谷警察署史

果物の高野の百年記念の社史は、一企業の歴史にとどまらず、それはそのまま新宿の歴史であったことは、特筆に価するものであったが、さきごろ新しく刊行された『四谷警察署史』

〔一九七六年〕も、ひとり警察治安の記録であるばかりでなく、大きく、四谷の歴史を渉猟している。このほど四谷警察署は、その創設百年の記念事業の一つとして、この本を刊行したのである。

第七十四代署長野口昭三の発刊のことばの中から引用すると、

今日、わが国はあらゆる分野で激しい変動の荒波に見舞われております。それだけに、今日ほど社会の変革に対応した警察の在り方が問われている時はないと思うのであります。往時、「十年一変説」を山鹿素行が、「七年周期説」を勝海舟が唱えておりましたが、その時代からみれば、現代は比較にならないほど、変化の激しい時代であります。「社会はそれにふさわしい警察をもつべきである」（英国法学者ベン・ワイティカー）と言われるように、変化の激しい時代にこそ、社会に対応できる「強くて柔軟な警察」を住民の方々は要望しているのであります。

その意味において、本署史においては、この百年の歴史の流れの中にある世の移り変りと、江戸時代から武家屋敷や商業の街、宿場町という条件を背景に、その底流となって支えてきた、四谷の町の人情、風俗の変遷を探し求めて、伝統ある〝四谷〟を回顧し、その中からわれわれの進むべき理想のよすがを求めて行きたいと思います……云々。

右の文中、町の人情、風俗の変遷を探し求めて、とあるところが、異色であり、出色である。

そういう趣旨でこの本は編纂された。

目次を追うと、一、歴代署長一覧　二、四谷警察署の現況　三、後援・協力団体等があるが、これは当然だが、五に四谷の街々という章がある。
(一) 四谷の名の由来、(二) 四谷の歴史、(三) 四谷の今昔風土記とある。この章には、左門町、須賀町、坂町、内藤町、愛住町、舟町、荒木町、片町、霞岳町《かすみがおかちょう》、新宿一、二、三、四丁目、三光町、番衆町、本塩町、三栄町、四谷一、二、三、四丁目、若葉一、二、三丁目、大京町、南元町とあり、それぞれ町名の由来がこと細かに、そして、それにまつわる面白い伝説が収録されている。
まことに興趣深い。

例をあげると、須賀神社の祭礼、四谷惣町睦会《そうちょうむつみかい》の記録など「昔を今に」の感慨がしきりにする。

須賀神社の、所謂《いわゆる》「四谷のお酉さま」は、今でこそ、花園神社にいくらかさらわれたが、私の幼時のころは、四谷新宿界隈で、一番隆盛であった。人出が多かった。

四谷の大通りを新宿から行くと、右に這入り、横丁ていどの狭い通りだが、坂を下り、また坂を上って、神社前に出る。両側でキリザンショ、ヨーカンを売っていて、それを買って貰い、帰り路には、いつも表通りの牛肉の「松喜」で、霜フリの鍋を突っつく、それが常例であった。その昔を思い出した。

また、四谷惣町睦会の章では、その頃の淀橋あたりより、はるかに組織だっていた、そして派手でもあった、睦会の人々を回想した。

ちょうど、私の親類筋に、左門町の電停前で、水菓子屋（代が違って今でもあるが）を開いていた、都築力蔵さんという人がいた。

私より二十位年上であった。日露の役に従軍し、下士官ぐらいであったが、金鵄《きんし》勲章を貰っていた。

通称「力さん」と呼んでいた、背に一面に見事な朱の彫青《ほりもの》があった。鳶に属し、この惣町睦会の幹部だったのである。

歯切れがよく、キップがよく、万端江戸前であった。

美貌で、粋の「お花さん」と云ったお内儀さんがいたが、生憎、間に、子供がなく、力さんが終戦後まもなく亡くなると、お花さんだけ、これも私の親類筋の、新宿駅前安田牛鳥店の姐さん達の取締格として、采配をふるっていた。

このほか「津の守の滝跡」「滝沢馬琴旧居跡」「円朝と風変りな弟子」「鈴木主水と白糸の情死」「漱石ゆかりの地」「針供養」「時の鐘」「四谷塩町 仇討ち跡」「あめ屋忠七」とか、私の知らない、初めて知る記録が、色々とある。

愛住町、舟町にも寺は多いが、旧南寺町の寺々という章には戒行寺をはじめ、十六ちかい数のお寺がある。それぞれに、説明がついている。

再び個人的述懐だが、鮫河橋《さめがはし》の一角の（今は若葉町と改称されている）須賀神社前に通ずる、地所の三百坪あまりを私の家で持っていて、それを私は終戦後、父から譲られたが、地所境が崖で、崖の上に寺があった。

雨が降るとその崖が崩れる。そのたんび隣地と問題が起こる。私は出かけなければならなかった。寺の名は愛染院《あいぜん》と云った。紛争のカケアイ中に愛染院の住職さんが云った。

「うちには塙保己一《はなわほきいち》の墓があります」

先方のホコリであったようだし、私もなんとなく頭をたれて、その墓石に敬意を表してきたことを覚えている。

終わりに、記念とは云え、こういう本を刊行した四谷署の地域社会への貢献並びにその姿勢を、高く評価したい。

私の引越し歴

「私の引越し歴」というテーマは、私ごとで、少しく新宿とは関係ない。可笑しい。だが、私という男は、新宿に関係ある、だから、と云うのが、私の理由である。

オギャーと生まれて新宿に、それから生い育って、爾来七十余年、私は新宿暮しということになっている。だが正確に云うと、これは違っている。二十八の歳まで住居は店のつづき、あるいは裏にあったから、新宿に住んでいたわけだが、二十八の結婚以来、私の住居は、新宿にはなかった。諸所を転々としている。

後年、あるいは篤志家がいて、私のような男の伝記をかく場合もあるかも知れないから念のため、こういうテーマも設けたのである。

私は昭和七［一九三二］年一月、紀州和歌山から女房を貰った。新居を、渋谷区青葉町七番地にもった、と云っても、表参道の横丁を這入った本多子爵邸横の家作であった。二階家の狭い家であった。ガレージもない家だったが、私はフォードのデラックスロードスターを運転したりして、新宿の店に通った。

だが、せっかく貰った女房との折合いが不調であった。思わしくない。私は、自分には、らしからぬと思いながら、借家の家相のせいにした。ここに二年ばかりいたが、三田の同窓の友人石丸重治さんから話があり、その頃、氏自身が建てた西荻窪の新邸を、私が借りることになった。

引越しの同じ日に、石丸さんの方は、私の居た家に引越してきた。交換であった。人の良い石丸さんは、厚い、立派なペルシャ絨たんや、洋式ランプを、置き忘れて行った。この邸は、庭と併せて五百坪ほどあって、裏には、孟宗竹《もうそうちく》の林があり、武蔵野の情趣をとどめ閑雅な場所であった。部屋数もあったので、この邸には、高田保、尾崎士郎、岡田三郎の三人組や舟橋聖一も泊っていったことがある。この西荻窪に二年、まだ夫婦仲は不調であった。方角が悪いと思った。ついで新宿柏木四丁目に引越した。こんどは平田子爵の家作であった。これも広い家で、洋風の応接間は、明治の歌人高崎正風の居間だったと伝え聞いた。借りるとき、平田さんの説明では、以前は某代議士にお貸ししてました、とのことであったが、引越して数日、近所のすしやに註文すると、電話で「ああ大本教のあとですか」といわれた。そう云えば、門柱に大きな標札の跡が、残っていた。

相変わらず、夫婦仲はうまくいかない。女中の一人が（本人は野上弥生子さんの姪と云っていたが）見るにみかねて、私の親父のもとにでかけ、何も知らぬ親父に直訴した。「あんな毎日では、若旦那さまが死んでしまいます……」

ついで、新宿三光町に引越した。現在の「花園万頭」横に、道家［斉一郎］専修大学総長の邸があったが、その家作の、こんどこそ、狭い家であった。先代柳家小さんがお隣りさんであった。徳川夢声さんが、時折、習いにきていた。夫婦喧嘩のさなか、そうとは知らず武田麟太郎が立ち寄った。昼飯《ひる》どきだったが、粗末なライスカレー一皿しかご馳走できなかった。深夜家出した女房が、近所の交番の巡査に、つれ戻されてきたりした。

やっと別居がきまり、女房と三人の子供は、鎌倉光明寺のちかくに一軒借りそこに移った。そして数ヶ月、離婚がきまった。考えると、離婚のための結婚のような結婚生活であった。三人の子供は、私が引きとった。男二人、女一人、杉並区方南町の借家であった。猫のヒタイほどの庭にコスモスが咲いていた。

私が三十二歳、家政婦会からのお手伝いさんがきた。子供達も学校に通うようになった。

だが、子供達は学校疎開で軽井沢、小諸、静岡などに。戦争になり、空襲、私はひとりだけで、新宿の店裏に住んでいて、罹災し、あと、杉並区三谷町に住んだ。平和になると、家主も東京に戻ってきて、立退きを催促した。

仕方なく、下目黒四丁目に家を買った。移り住んだが、一ヶ月ほどし、元の所有主が気が変わり「長く住みついた家だから……」との訴えで、仕方なく買い戻された。それから田園調布四丁目に家を買った。

近くに多摩河原があって、景色がいい。だが東横線で、多摩河原駅［多摩川園前駅］で降りて、土堤づたいの深夜、私自身、進駐軍風の男に追いかけられた。

男でも危ない。まして婦女子は、そう考えた。またなんとしても都心からは遠くて不便すぎる。そしてそのあと目黒競馬場あと、下目黒三丁目に引越し、ついで現在の渋谷区鉢山に移った。

展望のきく高台なので、買ってから二階だけを新築した。この家には、高見順夫婦が一度だけ泊った。

どうやら平穏、芯のない日々ながらここへきて二十年ちかいから、かなり定着している。

つまり、私の引越し歴は、銀座あたりを流残《ママ》するプレイボーイの裏側を語っている。

「三河屋」と「伊勢虎」

前稿、須賀神社の祭礼のときに触れたことだが、そのお祭りの帰りにはいつも、大通りの「松喜」の霜フリ鍋をつついた、とかいたが、実は、牛肉店は、松喜よりも、四谷見附にあった「三河屋」のほうが、度々つれていかれた。

四谷見附の新しい橋のできたのは大正二〔一九一三〕年九月で、あの橋ができてから、当時の市電は、新宿終点から半蔵門まで、真直ぐの一本道に成ったが、その以前は橋がなかったから、見附にくると電車は左に折れ、それから土堤沿いに右に曲がって、また曲がり麴町に這入るという不便さであった。

現在の国鉄四ツ谷駅横の土堤にある市場の辺りを電車は走っていたのである。

その土堤への曲がる左角に三河屋はあった。外観が、邸宅風の構えで、浅草のすき焼の「ちんや」や「今半」とは全然違った牛肉店であった。

植込みの多い中庭もあり、廊下も磨かれていた。全体的に格調があり、主として客層は上流階級の人達であった。品のいい家族づれが多かった。

新しい四谷見附の橋は、今でこそ、都内最古の陸橋と云われ、新宿区文化財の一つになっているが、それが初めて架り、開通式の行われた日は、大変な賑わいであった。

永井荷風の「荷風日記〔「大窪だより」〕」には、

——明朝四谷見附の新橋渡初《わたりぞ》めこれありそうろうよし、四谷通りは緑門《アーチ》、電燈、提灯、飾物《かざりもの》、彩旗等にて一方《ひとかた》ならぬ賑ひに御座そうろ。四谷藝者の手古舞もこれあり——とある。

私も、大正二年だから、九歳のときだったが、父につれられて、この日は出かけて行った。

帰途、三河屋の座敷にいると、金棒ひいて行列に出た手古舞姿の、津の守芸者の連中が、ほかの座敷で衣装替えなどしていた。

私は父から離れ、チョコチョコと廊下づたい、その座敷を窺いた。脂粉の香がいっぱい、子供心に印象的であった。

どうしてああいう、いい店がなくなってしまったのか、思い出して惜しまれるが、それと同様、荒木町にあった料亭「伊勢虎」も、現在は、跡形もなくなっているのは、残念である。

現在の荒木町花街は、四谷大通り、新宿から行って左側の、富士銀行横丁を這入った突きあたりの一廓だが、伊勢虎は、新宿からは、もひとつ手前の横丁を這入った左側にあった。円く太い大きな古木のような門柱があって、それに墨太で「伊勢虎」とかかれた看板がかかっていた。

門を這入って、沢山の植込みがあり、その間の、なだら坂をあがって、正面に大きい玄関があった。現在の東銀座「万安楼」風であった。

宴会用の大広間があり、昭和に這入ってから、新宿にも「宝亭」などがあったが、山の手一帯を通じて、当時、これほどの料亭はなかった。

ご主人は、宇田川さんと云ったが、私の父なども、しばしばでかけて行ったので、お互い馴染みで、昵懇の間柄であった。おない歳ぐらいでもあった。

六代目、〔尾上〕菊五郎さん一家の人々、梅幸さんなんかも若いころ、この家に遊びにきたりしていた仲のようであった。六代目さんも、若く、野球チームなどを作っていた頃である。

私は、大正十五年三田の出身であるが、ふだんのクラス会は、三田の近所の牛鍋やで開くのを常例としていたが、卒業の折は、華やかに、芸者もあげてというのが、しきたりだったから、私は卒業の宴会を世話人として、この伊勢虎にもって行った。

会費は五円也で、芸者の玉代、鯛や金とんつきの折弁当のお土産までついた。

「どんな芸者がいいんですか?」と、六、七人の芸者名を、私は、父に相談し、教えて貰った。

この卒業記念の宴会がキッカケで、私は芸者アソビを覚え、めぐる因果の小《お》ぐるまが、際限もなく、今日までつづいているのだが、その意味で、私にとっては、忘れられない、料亭「伊勢虎」である。

荒木町一帯を津の守と呼んでいるのは、むかし松平摂津之守の屋敷跡だったので、津の守の称があるのだが、ここに昔「津の守の滝」というのが、あったということも有名である。

さかんなときは、「王子の滝」「十二社の滝」とともに、人々の話題になっていた。

と、本や人に伝えきいているが、今は、どこに、そういう風趣があったのか、想像もできない。ただ私は、放蕩時代に、でかけたことのある、あの一廓の奥のほうにあった「春元《はるもと》」という待合の庭に、小さい滝をみかけたような記憶がある。

三河屋や伊勢虎のほかに、今はなく、惜しまれる店に小料理「丸梅」があった。狭い店であったが、味が売りものだったから、「おつゆ」のときに、サイダーを註文すると、主人が嫌な顔をした。里見弴《とん》、有島生馬などという先生がたも、ここには時折、姿をみせた。

ダークダックス百年祭

昨今は娯楽番組専門である。

六月二日午后三時から、麻布飯倉のポケーホールにでかけた。上月晃《こうづきのぼる》さんの経営する小劇場である。飯倉から赤羽橋にでる右側、三貴ビルの地階だ。収容人員五十人余。公演演目は「ボンソワール・オッフェンバック」。入口で企画の蘆原英了さん、受付で、演出のニコラ・バタイユさんに会う。時間ぎりぎりで、一番前の補助椅子。桜内義雄、古垣鉄郎、安倍寧《やすし》さんなどの顔がある。出演時間一時間半、役者は五人だけだったが、それぞれ好演、上月晃、友竹正則、辻萬長《かずなが》、阿部六郎、山科志子、いずれも芸歴を感じさせた。ことに友竹さんの演技力には見ていて私は唸《うな》った。

終演後、五時新橋第一ホテルの、徳間書店主催の「問題小説新人賞」の受賞パーティーに立ち寄る。乾杯役をちょっと。尾崎秀樹、早乙女貢、小林秀美、渡辺淳一さんらに会う。

午后六時、ホテルニューオータニでの「ダークダックス百年祭」に出席、鳳凰《ほうおう》の間、入口に、ニッカの竹鶴、西武の堤清二、森暁《さとる》氏らの顔、そして、四人のダックスの人々とその夫人たちが立ち並んでいる。

ナカナカの盛会であった。それにしても、百年祭とは、よくわからぬ。

私は特別ダックスの人達とは懇意というのではないが、お芽出度い席だから、でかけて行ったのである。

会が始まる。司会役は鈴木治彦さんである。毎度ながら、人品で、格調がある。冒頭、発起人を代表し、池田弥三郎さんが指名される。あいさつとして、短いが歯切れがいい。やっと百年祭の意味がわかった。本当は二十五年だが、四人いるから、四倍したのだと云う。池田さんが云った。「私も慶応出身だが、私の在学当時は、こういう算術は習わなかった」と。ナカナカの好調子であった。

ついで実行委員長氏のあいさつ、全国のあひる会を代表して、山梨放送の野口英史さんのあいさつ。

こちらはペチャクチャと周囲と話していたので、内容は充分わからなかったが、その祝辞のあと、野口さんと喋った。今は亡いご親父の野口二郎さんとは、かねて知り合いだったからである。

平井賢さんと会う。

「歌謡界のロッキードはどうなの?」 私は故意に意地悪い質問をした。

「大丈夫ですよ、あんなこと簡単なんで……」平井さんが云った。

堤清二さんが、乾杯の音頭をとっていたようであった。

つづいて、平井賢さんも、マイクの前に起った。よくききとれない。それも道理、こちらが、よけいなことを私語しているのだから、ききとれるわけがない。

キングレコードの町尻〔量光〕さん、ヤクルトの松園〔尚巳《ひさみ》〕社長、中村嘉葎雄《かつお》さんの顔。

私は誰かに喋っていた。

「どうもネ、百年祭という、あの掛算は間違っているネ。あれは、本来なら、割算さ。ギャラが這入って、四人で割るんだもん。とかく、そういう割算で、モメるもんだが、それを仲良く二十五年、だからやっぱり割算六・二五年祭というところさ……」

パーティーでは、あまりテーブルの料理は、戴かない主義だから、酔いも早い。会なかばごろ、おそくなって、東海大学の松前重義氏もあらわれた。

早速、マイクの前へ。

「ダークダックスの人達とは、私の息子のほうが……」と云いわけしながら一席。しかしほんとは松前さんといえども、歌謡曲はけっして嫌いなほうではないのである。ふだんは「韜晦大学」だが。

そうだ、忘れていたが、岡田嘉子さんもマイクの前に、何分か起たれていたようである。お手のものの、楽団が勢揃いし、江利チエミ？　らしい声がきこえたが、私はソロソロと腰をあげて、廊下に出た。

三鬼陽之助、ヤクルトの松園の両氏が、帰っていく。銀座の「天一」へと誘われたが、私はめずらしく、所用があるからとお断わりした。

ともあれ盛会で、ダークダックス万歳である。肩に母校の栄誉もある。一層の大成を期待したい。

クルマに乗ってから、所用があると云っても、さしたることではない。家路に急ぐことではない。と再三思ったが、要するにつづいている寝不足を恢復したい、所用なのであった。

家へ帰ってから、近刊の玉川良一さんの『〔タマリョウの〕ぶっちゃけ放談』〔弘済出版社、一九七六年〕を読む。ドスの利いた義理人情、折目のキビシサが、行間ににじんでいて心良い。ちかく、氏の出版記念会もあるのである。

そういう次第で、このところモッパラ娯楽番組担当の日常である。

毎度のようだが、この稿と「わが町・新宿」とはあまり関連ないようになるが、新宿という、雑多で、新鮮な街を生き抜いていくためには、こういう日常も大切なのだ、と私は自分自身に云いきかせている。

欲ばるようだが、もう三十年、私には生きる確信がある。

東郷青児美術館

新宿新都心計画は、国内はむろんのこと、海外からも深い関心を寄せられているが、この程また、京王プラザホテル、ＫＤＤビル、新宿住友ビル、新宿三井ビルにつづいて、五番目の新しいビルができた。

一九七六年五月十八日竣工した安田火災海上新本社ビルである。

その竣工披露のパーティーに私も地元民の一人としてご招待をうけ、伺ったが、その折配られた日刊建設工業新聞の巻頭の一文から拝借すると、白一面の曲線が、美しい裳裾《もすそ》を引いて地上二〇〇メートルに優雅にそびえている。安田火災海上本社ビルの企業イメージが、あざやかにこの巨大な建築に結集されて人々の眼に〃美しさ〃を語りかけてくる。誰れかが、いみじくも云った。「巨大な構築物というより、むしろ、一個の生命を思わせる」。美と人間が、この建物の随所にあふれている感じがある。

しかも、現代建築工学を駆使して安全防災面には、日本の最高頭脳ともいうべき学究者グループの理念がここに具象化されている。

一企業の自社ビルという域を抜けて、この建物のもつ社会的意味は大きい。

参観した私の実感も、正にこの言葉の通りであった。

もっと仰山に云えば、私は思わず溜息が出、その眩しさに、眼くらむ感じであった。

——この本社ビルの完成は新宿新都心エリアの〃表情〃を豊かに、しかもヒューマンに変えようとしている。新しい明日に向かって——とある。

この日、私は、参観順路を順に昇って行ったが、四十二階に達し、イキナリ「東郷青児美術館」なる標示にぶつかって、驚いた。

その階層《フロア》全体が、美術館であった。東郷青児の全作品ではないだろうが、主たる作品が見事に集められていた。半世紀を越える画業の集積である。その場の周囲の雰囲気《ムード》から推しても、百貨店の展示場のそれではない。画人としての作者の生命力や歴史やほかに何か深いものが、私の心底をうった。そしてさらに、これから、日本も良くなるなあ、と感じた。

美術館の感銘もさめやらぬまま、私はパーティー会場の群に伍したが、やがて東郷青児のあから顔の、元気そうな顔に会った。

「驚いたネ、たいしたもんだ、みんなこの会社で買ってあったの?」

私は彼の手を握りながら、率直に尋ねた。

「ウムそうなんだよ、まだほかにもあるんだがネ、それでね、これからは、これからできた新しい作品は、ここへ一緒に飾ることにしようと思って居るのさ……」

「そりゃ良いネ……」私も一緒に喜んだ。

喜ぶと同時に羨しいと思った。文学もそれにちかいが、絵というものも、後代まで残る。不朽の名作とはいかないまでも、何十年、あるいは何百年も、死んだあとに残るからだ。

まだこの美術館は一般には公開の運びになっていないようだが、そのアカツキは、恐らく大勢の人々が蝟集することだろう。

昨今は、新宿超高層ビルの観光客が、多いそうであるが、外形を裏づける内容が増えたことは喜ばしい。

話はつづくが、さる六月十日(木)午后五時から、日比谷帝国ホテルにおいて、「東郷青児叙勲勲二等祝賀会」が、二科会主催で、あった。

たいへんな人数客であった。

ご本人夫妻は、入口のところで、血色よい充実感で、当夜の来会者を迎えていた。胸に勲二等が輝いていた。

会が始まると正面一段高い場所に、この夜の主賓東郷夫妻が並んで腰かけ、主催者二科会を代表してN氏があいさつし、ついで主賓のあいさつ、もう八十の高齢だと思うのに、歯切れはいい。

「やっと自分の仕事も認められ、酬《むく》われて、嬉しい云々」と云った。

つづいて安田本社の三好武夫社長の祝辞だが、鹿児島同郷のよしみの迫水久常氏の祝辞ごろは、惜しいことに、会場が賑やかになってしまって、よく聴こえない。

当夜、会場で私の会った人々は、山東昭子、今東光、石田博英、安井謙、古垣鉄郎、江崎真澄、安西愛子、村松英子、町春草、宮田東峰らの諸氏であった。そのほか佐藤栄作夫人、二階堂氏をはじめ、衆参両議員の顔が多くあった。

芸術家叙勲の集まりとしては、枠が広すぎる。私は傍らの安西愛子さんに云った。

「正体みたりですね、やっぱり東郷は、芸術家ではなく、政治家だったんだ……」

「アラ、でも私だって、芸術家よ……」と安西さんが笑いながら、反論した。

しかし、口ではそう云ったが、私の心のうちで、彼を賞めていたのである。

正直云って、出版界の人でも、これほどの人を集められない。一つの会合に時の政治家を動員できないということは、出版界が君臨してない証拠なのだ。東郷青児は独力で、芸術を、政治の上に置いてくれたのだ、と思った。

神垣とり子女史（上）

むかしの新宿、と云っても私の知っているのは、明治の終わりから、大正にわけての頃だが、その頃の新宿の中心は、宿場新宿の名残りをとどめて、追分から大木戸までの大通りの両側に立ち並んだ、層楼の遊廓、砕いて云えば、お女郎屋さんの家並みであった。

その楼主たちは、土地を持ち、家作を持ち、界隈での物持ちだったのである。

その遊廓が廃止になって、跡継ぎの人達は、それぞれ転向して、別の方面に活躍しているわけだが、そして芸術方面に名を成している人もいるが、私は前後の事情を考慮して、これまで、そういう人の消息に故意に触れなかった。

遊廓出身と云っても、人生の転変を考えれば、さしたることではないと思い、ある日、ある時、白羽の矢をたてたひとに電話したら、そのひとり曰く、

「自分は差しつかえないが、ちょうど、孫の縁談が進行中なので……」の返事であった。

そういう場合、元女郎屋の、というのが出ては拙《まず》いのである。

そんな次第で、私は私の筆を遠慮した。

が、神垣とり子さんの場合は、ご本人は既に故人だし、身寄りも少ないときいている。敢えて、この稿の主人公にしたのである。

神垣とり子と云っても、知っている人は少ないと思われるが、加太こうじ氏著『江戸っ子』〔淡交社、一九七六年〕には、第八章に「江戸っ子銘々伝」というのがあり、そのなかに、神垣とり

子伝がある。

その冒頭、才媛神垣とり子のプロフィルと題し、彼女は明治三十二〔一八九九〕年に東京の新宿の女郎屋住吉楼の娘として生まれた、とある。

むろん私より、指折ると六つばかり年上だ。加太さんの彼女略伝を紹介すると、長くなるので、私と彼女との関係だけを誌《しる》しておきたい。

私は中学四年の夏、母を失った。突如、私は感傷の少年になった。好きだったスポーツもやめ、文学好きになった。青白いそういう仲間たちと親しくした。同級生に吉原馨、大沢重次がいた。どちらも胸を悪くしているような、神経質で、芸術家肌であった。

後年わかったことだが、どちらも肺病やみなのであった。大沢は、中学卒業後、東中野の岩村舞踊研究所に通い、そのあとアメリカに渡り、死んでいる。吉原もその後、数年にして若死している。

その吉原が、神垣さんをつれて、初めて私の家を訪れたのは、私の家がまだ炭屋だった頃の店先で、映画館ムサシノの優待券を借りにきたときである。

館との関係で、私の家にはいつも、そういう券が置いてあったからである。

彼女は、新しい髪形の、耳かくしで、袖の短い元禄袖、大きい眼で、女優風でもあり女流作家風でもあった。

歯ぎれもよかった。

なんとなし、私はウマがあった。

最初の紹介では、ただ吉原の友人ということだけで、ほかのことは何んにも知らなかった。吉原は彼女を「おとりさん」と呼び、彼女は私のことを「茂《しげ》さん」と呼んだ。

だんだん親しくなるにつれ、彼女が早稲田派の作家相馬泰三夫人だとわかった。

するうち、左様、二年ほど経ってから、吉原は中学卒業後、同じ高千穂高商に進んだが、どうも二人の仲が普通ではないと勘づいたころ、やっと同棲してることがわかった。

吉原は神垣女史の、若いツバメになっていたのである。今なら、さしずめ週刊誌の取沙汰だが、当時はまだそういう流行はなかった。とり子さんは、折々、早稲田派の作家、葛西善蔵や宇野浩二、広津和郎の話をした。

私はその頃、若くもあり、文壇などは未知の世界で、半分わからなかったが、それでも楽しかった。

大正十一〔一九二二〕年、私は三田に入学したが、その頃女優の水谷八重子の絵ハガキを、夢中で買い集めていた。つまり恋心であった。

神垣とり子は女ながら、お節介というより、任俠なところもあった。

「八重ちゃんなら、あたし話してあげるわ……」と云った。お女郎屋の娘だったけれども、彼女は、四谷の名門雙葉《ふたば》高女が出身校であった。そして八重子さんが、その後輩だと云うのである。

とり子女史の口から洩れて、朝日の学芸部にいた時岡弁三郎、劇作家の小寺融吉氏らも片棒かついでくれた。

「先方に話しといたから、行ってごらんなさいよ……」とり子女史が、私を促した。

それに勇気を得て、私はまだ十八の若さであったが、三田の学生服では失礼だと思い、和服に袴をはき、自分なりに威儀を正したつもりで、牛込通寺町三十五番地の水谷家を訪れた。

あいにく、その家の横丁の角で、外出するらしい当人の八重子さんとすれちがった。

求婚だから、留守でもいいのである。竹紫夫人の姉さんと呼ばれているひとが云った。

「あいにくですが、八重子は将来、松井須磨子さんの芸術座をつぐつもりで居りますので……」

つまり一時期だが、私の若いときにそういう相談にも乗ってくれたとり子女史であった。

神垣とり子女史（下）

前稿で、私は水谷八重子のブロマイドを集め過ぎ、それがだんだん恋心になって、下ばなしを、神垣とり子さんにして貰ってから、若い身空ながら私自身ひとり正式に、水谷家に求婚にでかけたと報告したが、事実その通りでそれが真相であった。

ところが、加太こうじさんの「神垣とり子伝」によると、この辺の消息が、だいぶ間違って伝えられている。

以下、関係ある部分だけ引用し摘出すると、田辺茂一が紀伊國屋という書店経営をはじめたのも、長いあいだ独身でいるのも水谷八重子に失恋したためだそうだが、それにはとり子がかかわりを持っている。

吉原と十三夜の店［茶店］をだす前後に、とり子は炭屋の紀伊國屋にときどきいって〈茂《しげ》どん、茂どん〉と茂一をよんで炭の粉《こ》をもらったりしていた。そういう点では明治生まれはつましい。その粉炭は炭団《たどん》にするのだが、粉で持っていって自宅で作るよりは、茂一に手伝ってもらって丸めて乾かしてから自宅へはこぶほうが便利である。それで、紀伊國屋の店先でとり子は茂一と炭団を作っていた。おりから夏のことで夕立になった。店の前を若い美女が通りぬけていく。それへとり子が声をかけた。

「八重ちゃん、雨やどりをしておいでよ」

とり子は雙葉高女では八重子の先輩だった。八重子はいわれるままに紀伊國屋の店で雨がやむのを待ってから帰った。そのとき、茂一が八重子を見そめたのである。

「あの人はだれだ、あの人をお嫁さんにもらいたい、紹介してくれ」

と茂一がいうので、とり子は八重子にきいてみた。「炭屋の若だんなが、あんたをお嫁さんにもらいたいっていってるよ」というと、八重子は「考えといてもいいわ」と答えた。そこでとり子は茂一に「八重ちゃんはいい靴下をほしがっていたから舶来の靴下でも持って楽屋へいくといい」と教えた。当時は今よりもずっとまじめだった茂一は丸善でイギリス製の絹靴下を一ダース買って、それを持って八重子の楽屋へ行った。

以下まだまだつづくのだが、長くなるので省略するが、この文中、紀伊國屋の店先というのは、つまり新宿の大通りである。

とり子女史は、上山草人《かみやまそうじん》の彼女［実際は義妹］だった上山珊瑚か轟《とどろき》夕起子型の美女なのだ、その人と私が、大通りでタドンを丸めてるわけがない。

それに細かいことを云えば、とり子さんが私を「茂どん、茂どん」と呼んだとあるが、丁稚、小僧、手代以外には、当時といえども「どん」という言葉は、下町山の手の区別なく、使わなかった筈である。

この加太こうじさんの「神垣とり子伝」の末尾に付記として、つぎの言葉がある。

田辺茂一・水谷八重子に関する話には、神垣とり子一流の茶目っ気による潤色があるかも知れない。しかし話がおもしろいので彼女が話したままをのせた。

という次第であるから、私はあらためて、私と八重子さんのことを詳述する要はないが、念のため、その後の経過を報告すると、求婚を、体よく断わられたあとも、私の純情路線はそのままつづいて、当時、八重子さんの出る芝居は、間断なくみて廻った。「獅子に喰われる女」「大尉の娘」等等。

正式に会ったのは、私の記憶違いでなければ、数年後、銀座のベーカリー「不二家」で、神垣女史、時岡弁三郎氏らが立会い、お茶をのんだあと、私と水谷さんの二人だけを、タクシーに乗せてくれたときである。

銀座から新宿まで、二人きりであったが、到頭降りる迄《まで》、二人の間に会話はなかった。ただ八重ちゃんの膝にいた狆《ちん》が、桜田門のあたりで、クシャミしただけであった。

あるときは、宝塚の国民中劇場の楽屋までたずね、鏡台前、いや化粧台前というのか、そういう横に、チョコナンと座っていたりした。

このときも、口はきけなかった。

するうち、彼女は守田勘弥さんと結婚し、良重さんが生まれた。

戦後まもなく、物資のないときに、新橋の友人のスッポン屋で雑炊を食べたり、またこれも新橋の料亭で、今は亡い花柳章太郎、大矢市次郎、大江良太郎ら五人で、一夕、遊んだお座敷の思い出もある。十年ほど前、私は新宿に紀伊國屋ビルを建てたが、その披露パーティーのホールのコケラ落としには八重子さんが出演し、京都から大勢の地方連中もきて、「島の千歳」を踊ってくれた。

そのとき楽屋で、仲良く並んでカメラにおさまったが、生憎、私はモーニング姿にスリッパだった。

今日となると、五十年だが、まことに淡いスキャンダルにもならなかった、私たちの歴史であった。

とり子女史の若いツバメだった私の友人の吉原は、容貌風姿は、今ならば歌手の美川憲一さんに似た友であったが、不幸にして、早く死んだ。吉原が死んでから、負けん気のとり子さんは調布あたりに住んでるときいたが、晩年は私の前にあらわれなくなった。

数年前、電話で訃報をきいて、病院にいち早く私は馳けつけた。安らいだ、いい顔をしていた。

新宿の原っぱ

私の子供の頃の遊び場は、原っぱであった。原っぱでなければ、まだ人通りの少なかった家の前の大通りであった。

大通りの木造の電信柱が陣地で、軍艦ごっこなどをやった。

ほかにもいくらかは空地はあったろうけれど、当時、私の知っている原っぱは、尾張屋の原、牛やの原、日除けの原、川本の原などであった。

ときに遠征し、青山の原、代々木の原、戸山ヶ原に出かけた。

また細かく云えば、私の一番幼かった明治の末年では、現在の丸井ビル、オリンピックビルの裏手一帯も、かなり広い空地で、そこで竹竿バットで、野球をやった。

一番ちかい尾張屋の原は、現在の歌舞伎町一帯の前身だが、九州大村藩の藩主大村子爵の大村の山が伐材され、大村の原になり、それが尾張屋銀行頭取・峯島茂兵衛氏の所有地となったため、尾張屋の原の呼称が生まれたのである。大正八〔一九一九〕年、府立第五高女ができる前までは、雑草の生い茂った原っぱであった。

私はこの原で、私より二歳ほど年上だったが、[7]中村屋の二代目相馬安雄さん達とバッタとりなどをした。むろん草のない赤土の乾いた場所では、ゴムマリの野球をした。その仲間には、後年早稲田大学理工学部教授になった岩片〔秀雄〕君もいた。

牛やの原は、前稿でも一寸触れたが、現在の厚生年金会館前の通り一つ隔てた二丁目裏の原っぱで、芥川龍之介の実父と云われる人が持っていた耕牧舎の所有地であった。白黒まだらのホルスタイン種らしい牛が、放牧され、草を食んでいた、すこしばかりのんびりの異国風景でもあった。

正月には、この原っぱを利用して、消防の出初め式も行われた。

唯一の手頃の空地だったので、表通りの遊廓移転問題には、最初の有力候補地として挙げられ、新宿の大火をきっかけに、大正十年前後、全部この場所に移った。

終戦後、赤線地帯と云われたが、それも廃止になり、今は跡形もない。

日除けの原は、新宿南口から元の新町を抜け、千駄ヶ谷に向かう、現在の鉄道病院のあるところ一帯であった。

私は東京生まれなので、つい昨今まで、文字を見るまではわからず、耳にきくままに、日除けの原を、しおけの原と呼んでいた。

甲州街道筋の百姓さんたちの荷車が、この原で一服したのであろう。だが私の記憶する限り、日除けというほどの樹陰はなかった。ただの原っぱで、赤土の崖などを、スリル感で、よじ登ったりしたことがある。

川本の原は、成子坂下を、新宿から行くと右手に折れた、大久保寄りの柏木にあった原であったが、たしか大地主の川本信太郎さんの所有地であった。柏木には、同じ近所に、川金材木店の川本金太郎さんがいて、こちらは府会から都会議員と成り、どちらも土地の功労者であったから、よく間違えられた。

川本の原では、日米戦争の気運動いた頃、軍隊の点呼で呼び出され、あの原で「俯伏《うつぶ》せ」などの教練を、強いられた思い出がある。

私の中学時代の野球は、すでに硬球であったから、こういう原っぱでは間に合わず、戸山ヶ原や代々木の原にでかけた。

大久保や千駄ヶ谷の友人宅に、ユニホームや、道具一式をあずけて置き、練習のときはそこで、着替えて、スパイクはいたまま、通りを、銘々が、ベース板を持ち、ネットのついた竹竿をかついで、原っぱに通ったものである。風のつよいときは、赤い砂塵が舞った。今でも参宮橋あたりをいくと、いつもそういう思い出が、かえってくる。

仕度場所の、千駄ヶ谷の同級生の鈴木倀介君の邸は広くて、邸内でも、キャッチボールぐらいは楽にできた。

二千坪ぐらいの邸で、花壇などもあった。近くに、中村歌右衛門丈、また虎大尽の山本唯三郎氏の邸宅もあった。

戸山ヶ原も、だいたいは射的場などがあり、軍隊の多い練兵場だったわけだが、私たちは、その間隙を縫って、野球に専念していた。母校であるちかくの高千穂学校は、校規として、野球を禁止していたので、そんなに、おおぴらにはできなかった。

学校が近いから、時折、先生の姿がある。とたん、われわれは蜘蛛の子を散らすようにして、その場を逃れた。

上級に、早実に転じ、後年、明治の名捕手となり、また監督になった岡田源三郎さんなどがいたが、この人も、高千穂では野球ができないので、途中から、早実に転入したのである。

青山の原の印象は、大正五年、アメリカの飛行家〔アート・〕スミスが初めてやってきて、宙返り飛行をした。そのとき見物に行ったことが、妙に記憶にある。

それと前後し、所沢の木村〔鈴四郎〕、徳田〔金一〕両中尉が、飛行事故で、亡くなったので、友人の家の庭先で、小さい土を盛って、両中尉を葬るアソビをしたことがある。

新宿味どころ

よけいな題をつけてしまったが、私は由来、寺下辰夫、青山虎之助両氏のような、味通あるいは食通ではない。

さらに云えば、味なんぞどうでもいいほうの部類なのだ。だからそういうことについて語る資格はない。

それに昨今は、生活の多様化に伴って、食べ物も千差万別である。したがって、店も多い。ことに新宿に到っては、何処に、何時、どんなに美味いものがあらわれるかわからない。この店だけが最上だと太鼓判を押すようなことはできない。

そして繰り返すようだが、足で歩いても、こちらの舌が駄目なのだから、こういうことも無駄だ。だから、こんどの場合は、新宿に永く暮している人間が、ふだんどういう処《ところ》へでかけているか、その程度の紹介であるという風に、解釈していただきたい。多少のご参考に、という考えである。

一番残念なことは、新宿では、新しい西口の高層ビルを除くと、雅致に富んだお座敷が少ないので、お客さまを招くという場所が少ない。美味だけでは、内輪同志ででもなければ人を招けない。そのことを、ふだん私は切実に感じている。

以上、断わりが長くなったが、以下、私のでかけていく店、あるいは知っている店を摘記しよう。

銀八、中村屋、綱八、船橋屋、しゃぶ通、牛《ぎゅう》や、田川、八雲、柿傳、プチモンド、車屋、玄海、島源、三金、イノヤマ、等である。

銀八は、オリンピックビルと丸井の間の横丁にある「すし」だが、清潔感で、材料が鮮度《いき》がよく、板前の無口なのがいい。お喋りとお世辞と愛嬌と、この辺の弁《わきま》えが、板前としては難しい。ほかに三越裏中央通りの「紫ずし」にも、時折でかける。

「船橋屋」と「綱八」は、三越横丁で、どちらも旧い店だが、さき頃、新劇の中村伸郎さんから電話があり、ひどく船橋屋の天ぷらを推賞していた。左様、お値段も恰好で、と云っていた。綱八は、ごく最近の「週刊朝日」で、石垣綾子さんが推薦していた。むかし魚屋さん出身だけに定評がある。ほかに、西口に小田急ハルク近くに「天兼」がある。これも戦前からの店だ。

すきやきの「牛や」は、花園万頭先で、一寸離れるが、駐車場もあり、会食によい。いい意味で新宿離れのした店である。ほかに京王プラザホテル七階の「岡半」の座敷も、展望がきいていい。「八雲」は、広島が本社だが、歌舞伎町の入口にある。瀬戸内の魚に、季節感があり、サービスが家族風だ。

「田川」は、伊勢丹駐車場横の、ふぐの田川だが、これも戦後まもなく、三十年の歴史ある店で、信用と誠実が感ぜられる。

「柿傳」は、新宿ステーションビル横、安與ビルの六階だが、室内設計が、建築の権威谷口吉郎さんをわずらわしているので、ひときわ洗練され、垢ぬけしている。京都の懐石料理だから、外人客の招待にもいい。先日、ここである集まりがあり、谷川徹三、酒井美意子、吾妻徳穂、岩田藤七氏らが集まって、楽しかった。川端康成の軸も多い。

「プチモンド」は、ステーションビル内だが、伊勢丹傘下で、唯一のフランス料理で、味がいい。

「鳥源」は、オリンピックビル裏手だが、大旦那、若旦那が店頭に起っての指揮だから、自然と目が届く。ぜんたいがキビキビしている。私はここのつくねが好きだ。

「玄海」は、すっぽんの玄海として、前稿にかいてあるので、省路するが、集会などには好適である。

「三金」は、二幸わきだが、トンカツの三金として著名であり、繁昌している。素人でよくわからないが、衣《ころも》の美味いのは、やはりいい油を使っているせいだろう。

「うなぎ」のイノヤマは、クレジットの丸井ビルの裏手だが、さいきん新築をした。

新宿の街中だから（麻布）飯倉の「野田岩」や赤坂の「重箱」には及ばないだろうが、新宿では、一番美味いうなぎだ。

「車屋」は、歌舞伎町奥が本店ということになろうが、日本割烹である。

高野前通りにも、ビフテキ専門の店がある。遠くグアム島にもある。前稿に触れてあるので省略するが、一年ほど前、岡本かの子女史の何周忌かの法要で、青山の岡本太郎邸に伺ったが、その折のご馳走に、大皿に料理がでた。品良く美味いので、大方、築地あたりの料亭からかと思い、太郎さんに訊ねたら「車屋ですよ」と云われて、驚いた。

という次第で、太郎画伯は、この店の常連であり、ごひいきでもある。

つけ加えになるが、四谷荒木町の料亭「奈る駒」も伊勢虎同様、伝統の店だ。さきごろ七月七日、恒例の第七十一回「七夕奈る駒会」があった。新宿四谷の町内有力者が百数十名会した。当主の三代目若い佐藤輝彦さんのあいさつがあり、区議の佐藤精三氏の司会、都議の田辺哲夫氏の乾杯。津の守芸妓の「いわい浴衣」の踊りなどあり盛会であった。ひとときであったが、私も昔の遊蕩時代を懐旧した。

さいきん結城礼一郎著『旧幕新撰組の結城無二三』〔中公文庫、一九七六年〕をよんだが、新聞畑としては、卓抜な文章であった。私は、昭和八〔一九三三〕年頃、荒木町の待合「小花」の座敷で、この結城さんともお会いした。そんな昔も思い出した。

太宗寺

明治から大正にかけて、太宗寺の縁日が、一番賑やかであった一時期がある。

七月十六日、一月十六日のお盆や藪入りには、追分から、新宿二丁目の太宗寺までの、大通りの両側には、ギッシリと露店がつづいた。太宗寺境内では、色々な見世物小屋がかかり、人出が多かった。地元熊野神社や花園神社の祭礼の比ではなかった。

「また行ってくるよ」

子供の頃の私は、一日に三度ぐらいも、この縁日にでかけた。

だから地獄の釜の蓋《ふた》があくという「太宗寺のおえんまさま」については、数々の思い出がある。

手許《てもと》にある『四谷警察署史』から抜萃《ばっすい》すると

芝増上寺末の浄土宗霞関山《かかんざん》本覚院太宗寺は、起立を徳川家康関東入国後、内藤清成が賜地当時、太宗と称した僧が居て、この地に小庵を作り住んでいたために、誰が呼ぶともなく太宗庵といったという。その後内藤清政、正勝の墓の菩提などに勤めて、やがて小寺の形となり、太宗寺と称するに至ったが、内藤重頼が地所を寄付するに及んで大寺となった。（中略）この寺は、内藤氏の菩提寺である。内藤氏は国元である信州高遠町の満光寺が菩提寺であるが、城主の墓はない。

私の子供時代のおえんまさまは、嘘を云ったら舌を抜かれる、というコワイおじさんだった。堂内の奥に安置されているその像を、恐る恐る見上げたものだった。眼光ケイケイ、ひとにらみされると、ひとたまりもない、激しい形相であった。だからその「えんま大王」より、ずっと境内入口の左側——今は遷座されて右側になったが、大きなお地蔵さまのほうが、まだ愛嬌があった。私は小さい折、奈良の大仏も、この地蔵さまのようなものだろうと想像した。

後年知ったことだが、これが有名な江戸六地蔵の一つなのであった。説明をすると、江戸六地蔵は正徳二［一七一二］年［前後］深川の地蔵坊正元が、病気回復を記念して、江戸から出ている主街道に六体を建立して、旅人の安全を祈願したものである。銅作り、笠をかぶった露座像で、高さ約三メートルである。

慶応三［一八六七］年、牛込馬場下で生まれた夏目漱石は、母方の関係で、幼い頃の数年間を、新宿北町十六で過ごしている。

夏目金之助、八歳の頃のことだ。

小説『道草』には、その頃の彼の眼に映じた家のまわりの様子がかかれている。


彼は時々表二階へ上って、細い格子の間から下を見下した。鈴を鳴らしたり、腹掛《はらがけ》を掛けたりした馬が何匹も続いて彼の眼の前を過ぎた。路を隔てた真ん向うには大きな唐金《からかね》の仏様があった。その仏様は胡座《あぐら》をかいて蓮台の上に坐っていた。太い錫杖《しやくじよう》を担いでいた、それから頭に笠を被っていた。


つまりこの仏さまが六地蔵なのである。

通り一つ隔てた真向いの遊女屋の二階から夏目金之助は、この地蔵を眺めていたのである。『道草』の他の章では、この六地蔵によじのぼって遊んだこともかいてある。

このほか「えんま堂」の堂内の左手には、脱衣婆《おばば》像というのもある。

この婆像は、女性の無情、強欲、憎悪を象徴したのだそうで、これは地獄入口の三途の川の渡し守で経帷子《きようかたびら》の亡者を川べりで捕えて着物をはぎ、真裸にして地獄に送り込む役割だったようだ。

境内の左手には不動明王堂がある。この堂は関東大震災で焼失後、昭和八〔一九三三〕年三月の再建である。この堂内の、三日月不動尊は、新宿区文化財になっている。

昔を偲ぶよすがにもと、私はこの七月十六日昼ちかく、ひとりこの境内にでかけたが、全然、昔日の面影はなかった。

十数台の昨夜来の屋台が、まだ諸道具包まれたままで、店開きもせず、二組ばかりの年老いた婦人が「えんま堂」と「不動堂」前で、線香の束を燃やしているだけであった。柱の「千社札」も少ない。雨にぬれた白いハトロン紙に、赤い文字で、七月十五日、十六日、盆踊り大会の案内広告が、出ていただけであった。

転変は世の慣《なら》いとは云え、無常感が私の胸に去来した。

話は元に戻るが、夏目漱石の幼時を暮した遊女屋と覚しき店は、これは推定だが、新宿二丁目停留場前、角筈から行くと右側にあった。

楼名は記憶しないが、その跡は昭和四年前後、聚芳閣という本屋になった。もと楼主の、そこの御主人は足立直郎さんと云った。劇作家か、あるいは劇評家でもあった。小さい出版も、道楽でやっていたように思う。私は昭和三年「文藝都市」という同人雑誌を創刊し、しばらくし同人に井伏鱒二さんを誘ったが、その折、井伏さんが云った。

「私はこの間まで、あそこの聚芳閣で、校正を手伝っていたんです」そのことを私は記憶している。今は文化勲章受章者だが、そういう当時もあったのである。[12]

（この稿は芳賀善次郎氏著『新宿の今昔』より色々と引用させていただいた。）

百歳レース

昭和五十一〔一九七六〕年七月二十日夕刻、ホテルオークラ平安の間で、「伊藤鈴三郎さんを励ます会」というのが催された。

私は商売も違うし、平素そんなにご昵懇という間柄ではなかったが、銀座裏の酒場あたりでは、随分昔からお顔馴染みでもあったので、参会した。

「励ます会」となっていたが、伊藤さんの百貨店協会々長就任のお祝いの会でもあったようだ。

主賓の伊藤さんは、一時からみると、ずっと顔色もよく、ステッキは持って居られたかも知れないが、健康そうで、マイクの前に起たれても、大きな声であった。

武見太郎さんが、主賓の健康を保証された。

伊藤さんは、三田の出身者でもあるので、来会者のなかには、私の知人も少なくなかった。かなりの人数であった。

人混みのなかで、バッタリ東郷青児画伯に会った。

東郷が云った。「この頃はこういう会に出ても、知っているひとが少なくなったよ……」

そうかも知れないと、私は思った。

ときどき電話などで、そのうち一杯飲もうやなどと喋っているが、ナカナカ機会がない。そう思ったので私は「どうだい、今日あたり銀座へでも……」と彼を誘った。

「いいよ……」と彼が応じたので、パーティーなかばだったが一緒のクルマで銀座にでた。

尾張町ちかくの、すしの「なか田」を振り出しに、酒場「くるみ寮」「寿々」「ラモール」「眉」と梯子酒をした。私は終始ウイスキーストレートであったが、東郷は薄い水割、「ラモール」あたりからレモンスカッシュになった。

が、飲むものなんかどうでもいい。

お互いに五十年の友であったから、酒席のわりに、言葉は少なかったが、なんとなく有無通じて、歳月の有難さを感じた。

素朴な表現だが「生きていることは、いい事だ」が、二人の一致した意見であった。

午后十一時を廻ったので、私達は「眉」で別れた。

ついで翌日七月二十一日午后四時から「永野重雄さんの喜寿を祝う会」が、丸の内の東京商工会議所八階スカイルームで、催された。

こういう場所へあまりでかけたことはないが、会の主催の音頭とり格が、懇意な三鬼陽之助さんだったので、私はでかけたのである。

固くるしさのないいい会であった。

発起人代表で、三鬼さんがあいさつしたが、銀座裏の酒場の消息が多く、無駄がなかった。ついで昨夕に引きつづき、武見太郎さんの健康保証、ついで細川隆元さんが暢達《ちょうたつ》な弁舌で、聴衆を喜ばせた。

喜寿というのは七十七歳のお祝いだが、細川さんも、永野さんと同年とのことであった。スピーチの要旨を摘記すると、

「私たちは、一九〇〇年の生まれだから、もう少しの二十有余年で、十九、二十、二十一の三世紀を生きたことになる。そこで私たちは、さき頃来、三世紀会というのを作って、集まっている。みんな百まで生きようというのだ。私も永野さんに負けないつもりである……云々」

久方にきく、昂然たる心意気であった。

私は楽しかった。

そのあと発起人の一人の森戸辰男さんがマイクの前に起たれた。

それが済んで、夫人とともに列席されていた主賓永野重雄さんの謝辞があった。

謝辞ではあったが、こちらも壮者をしのぐの概、六十代のような若さであった。

永野さんは云った。

「永生きはいいことだし、自分も永く生きるつもりだが、肝心の友達がいなくなってしまっては、こちらも淋しい。どうか皆さんも、途中で居なくならないように、大切にやって下さい……」

私はその言葉を伺いながら、本当にそういうことだと思った。

無人島で、一人生きていたって、つまらない。

主賓のスピーチのあと、酒場「エスポワール」のマダム〔川辺〕るみ子女史や「らどんな」のお春さん〔瀬尾春〕から、花束が贈られた。いずれも幾山河の風霜であった。

マダム達の花束を、主賓は嬉しそうに掻き抱いていた。

いい風景であった。表も裏もない、そして寛厚な永野さんの人柄が窺えた。

最後、恒例のお土産袋もなかった。

まったく余計なものは要らないのだ。

演出の三鬼さんに、あらためて敬意を表したいと思った。

実は、この稿、すこしく「わが町・新宿」とは無縁のようであるが、私は昨今「もう三十年」を持論としている。

そしてそれを貫徹するために「軽荷主義」というのを信条としている。万端簡素に、よけいな夾雑《きょうざつ》をとり除いて生きて行きたい。それを念願としている。

はからずも「伊藤さんの会」で、また「永野さんの会」で、色々とわが意を得た思いがしたので思わず筆にした。

こじつけになるが、二十年後の新宿を、私は不断に想いつづけているのである。

追分だんごと花園万頭

前稿で、「新宿の味どころ」にふれたが、甘味のことを落としたので、つけ加える。

和菓子については、中村屋、もとはし、文明堂はあるが、土地にユカリのある名称として、追分だんごと花園万頭を推したい。

関西方面にでかけて、のれん街などを漫歩しているとき、ふとケースのなかに、新宿名物を見出すと、身びいきの弁になるが、何がなし心づよく、また肩身の広い思いがする。

楠本憲吉さんの『東京うまい菓子たべあるき』〔共著、柴田書店、一九七四年〕から参照させていただくと、

甲州街道と青梅街道の分岐点にあたる新宿三丁目交差点。かつて、ここは〝新宿追分〟のヘソであった。追分とは、本来〝牛や馬を左右に追い分ける〟という意味から、〝道が二つ以上に分かれる場所〟ということである。いま、追分の地名は、表示変更により消えてしまったが、内藤新宿の昔から親しまれてきた「追分だんご」は、いまなお、この地で売られており、昔ながらの詩情豊かな味わいを誇示している。このだんごの歴史は古い。その起こりは、江戸城を築いた頃の太田道灌《どうかん》にまつわる、というのだから、五百余年も前のことである。

これを要するに道灌が仲秋の名月の日、武蔵野の鷹狩にでかけ、高井戸の茶店で、美味いだんごを賞味し、気に入った。

そのだんごが、高井戸から新宿の追分に移ったのが、起縁《ママ》だということになっている。実を云うと、私は幼時を明治の新宿に育っているが、このことは当時の記憶にはない。追分だんごの名物をきいたのは、昭和に這入ってからである。

さきごろ、恒例の新宿大通り商店会の懇親旅行会が、箱根宮ノ下で開かれ、その席上偶然、

私は、追分だんご本舗の現社長藤井藤右衛門さんと隣り合わせたので、そのキッカケを伺ってみた。

藤井さんの曰く「私はもとは早稲田なんですがネ、昭和十五〔一九四〇〕年新宿に移って、最初は現在のとこで、種苗なんかを売っていたんですがネ、ちょうどその頃、この辺の大地主の大場嘉兵衛さんのお話で、昔、美味いだんごがあったと云うので、それで思いつき、〃追分だんご〃と名づけ、始めたんです」

現在は販売網も広げられ、大阪、神戸、仙台、水戸を始め全国に六十五ヶ所の売店を有して評判も高い。その折菓子づくりの苦心談も伺ったが、私の得手ではないので割愛させていただくが、今やこの名菓は新宿名物として、押しも押されもしない。藤井社長は現在、衆望を負い新宿大通りの商店会の副会長として、町の発展にも尽瘁《じんすい》されている。

花園万頭ビルは、四谷三光町花園神社のすぐ前にある。花園名菓栞《しおり》の口上によると、

弊店はお茶所として又名菓の産地としても名高い加賀百万石の城下金沢に天保年間初代弥三兵衛が菓子司「石川屋」を創業してより、当代で五代目に当たります。

明治三十九〔一九〇六〕年三代目弥一郎が東京に進出し、青山、四谷、赤坂と移り住んで、現在の新宿に店を構えたのは昭和初年の頃で、近隣にある新宿の鎮守花園神社の名に因み、古来よりの万頭に、種々研究改良を加えて考案した独特の万頭に花園と命名し、社名も花園万頭として出発しました。外皮はあくまで柔軟であり、中身のあんは吟味に吟味を重ね、

皮とあんとの調和に意を用い、甘味口に媚《こ》びるという境地に至り、お口に入れるととろけるようでございます。下戸も上戸もお年寄りも、お子さまも、ご満足のいく名実共に日本一の花園万頭でございます。

この口上には嘘はない。私自身、上戸のほうだが、ここのお万頭は、甘さがしつっこくないので好きだ。柔らかい舌ざわりが、雅致と風味を感ぜさせられる。

その万頭のほか、「花園春日山」「福よせ最中」「花園宝梅」もあり、また夏の涼味として「水ようかん」「みつ豆かん」「ぬれ甘なっと」「お手玉」があり、ほかに「花園羊かん」「園の菊」「花園虎徹」などあって、多彩である。

みんな手作りの、独自の味である。就中《なかんずく》、「ぬれ甘なっと」は日本一を誇称してるだけに、群を抜いて、評判である。

ただの「甘納豆」でなく、ぬれをつけたところに、創意と着眼がある。

この稿の取材のため、私は若い副社長の石川利一さんにお眼にかかり、そのことをお訊ねしたら、石川さんは、

「戦災後の荒廃で、人心が乾いていたから、何か潤いの感じが欲しいと、濡れという字を使ったんです。カラスの濡羽《ぬればい》ろのそれで、例の月形半平太の『春雨だ、濡れて行こう』の濡れて、でもあるのです……」と語られた。

主として、各百貨店に送品しているが、さいきんは、労働時間事情もあり、大量製造できな

いのが残念で、昔は朝四時に起きて仕事にかかれたんですが、とも語られていた。

部屋の壁に、落語の真打披露の師匠連の顔の映ったポスター風の額がかかっていた。めずらしいので、私が訊ねたら、お得意先の常連？　に橘家圓蔵師匠〔七代目〕がいて、届けてくれたので飾ってあるとのことであった。

青山ベルコモンズ

さいきんは日本人が『新西洋事情』という本をかいている。そして西洋を解明している。そういうご時世である。とすれば私ども新宿人も、眼と鼻の青山について語っても可笑しくはないどころか、新宿人が、地元の昔を偲び、あるいは西口の高層ビルを、そして土地の名物などだけを語って終始しているのは、井の中の蛙だ。視野はもっと広くしなければなるまいとかねて私は考えていた。

青山ベルコモンズのうわさは、数ヶ月前から巷間に評判高く、私は早く見学にでかけたいと思っていたが、延び延びになり、やっと十日ばかり前、でかけていって目的を果たした。

青山三丁目の新館ビルに入り、順にみて廻り、息をのむようにして全館を歩いた。

見終わって私は、思わず唸った。瞠目であった。先夜テレビに出て「東京のむかし」というテーマであったが、その折、私の喋ったことは、東京人というのは、俺が国さの自慢ばなしをしないのが性情だが、だから強いて特色をあげれば、時代の先どり感覚的天才、そんなものが、いくらかの存在理由かも知れぬ、などと云った。

ひとくちに云えば新しがりやだが、それが身上だと云った。だから地方から上京した客があれば、私は真っ先に、新しい青山ベルコモンズを案内したい、などとも喋った。

青山ベルコモンズを見学して、私は近来にない感銘をうけた。

内容の説明のあとになるが、この壮挙は、ひとり小売業界のためだけに気を吐いたということだけではない。

新しい世紀を、いかに生くべきかまでを、世人に示唆した大きな仕事である。

その意味での意義は大きい。

あらためて、鈴屋社長、鈴木義雄氏に、深甚の感謝と先覚としての栄誉をささげたい。

鈴屋さんは、私の年来の畏敬する友人だが、実は数年前、鈴屋創業何十年かの祝賀パーティーが、ホテルニューオータニに催されたとき、私も参席したが、その折の余興に、ステージで、越路吹雪さんが、唱い踊った。圧巻であった。惜しみなく当代随一のタレントを提供した、その姿勢に、私は今日を予知した、と云っても過言ではない。そのとき、鈴屋さんは既にして一流であったのである。

「青山ベルコモンズ」は昭和五十一〔一九七六〕年六月二日、新館落成し開店している。地下二階、地上十一階建て、延床面積一万四千平方メートルの大きなビルで、その中に地下一階から地上五階の約三千平方メートルと大がかりなフロアを使って、鈴屋を核テナントに、レリアン、十五屋、東京スタイル、コマンド、一珠、バルビソン、オールスタイルなど専業アパレル・メーカーをはじめグルメなど五十七テナントが入居している。ファッションを主体に、雑貨、飲食を加えたファッション文化の総合的体系化として、演出されている。

この辺の説明に、奥住正道氏の印象（「センイジャァナル」五月二十八日付所載）を拝借すると、

> 鈴屋・青山ベルコモンズは、灰色のビルの乱立によって、ともすればコンクリート・ジャングル化し、街の楽しさやアメニティの失われかけている時代の一服の清涼剤となろう。これはビルづくり、商業ビル建設の上でのヌーベル・バーグ（新しい波）だ。
>
> 鈴屋がテナントとして数々の経験を生かし、人間性とは何か、ファッションとは何か、専門店とは何か、街のアメニティとは何かを考え尽くした上に〝生活者〟と店、鈴屋とテナントの連帯を深めた優れた運命共同体としてのビルである。客層のセグメントを的確に行ったビルであるが、それは単なるビルと称するよりむしろ、ファッション・ヒル（丘）とよぶのにふさわしいマーチャンダイジング・ポリシーに貫かれている。
>
> そのファッション・ヒルを形づくる店々は手づくりの良さと人間的親しみを持った店々であり、それら個性的な店舗集団は全く新しい発想とポリシーを前提として構成されている。
>
> しかもビル全体の空間づくりの上でも生活のファッション化、つまり、生きることの楽

しさをうたい上げている。鈴屋・青山ベルコモンズに一歩足を踏み入れたとき、安らぎのある雰囲気とショッピングの楽しさを感じさせずにおくまい。

青山の、東京の新しいエスパス（広場）と言える。

以上、長々と引用したが、万端この方面の権威である奥住氏の所感通りであった。

なお、つけ加えたいのは、九階の演出である。全階（七六五平方メートル）を「ファッションクレードサロン」と呼び、一種のパブリックスペースとして、業界関係者に開放している。ファッション関係の図書館などを設け世界中のファッション情報が集まる場所にしたいと、考えられているとのことだ。

周到な着想である。

ことに図書館云々にいたっては、私どもにとって、まさに匕首《あいくち》のヒラメキだ。

私ごとで恐縮だが、文化云々のそういう方面の仕事は、私どもの担当と心得ていた。だが心得ていただけで、その方面への努力研究は足りなかった。

「何をなすべきか……」をあらためて、設問されているに等しい。

仕事だけではいけない。われわれの日常は人間生活への思考を、もっと沈着させなければならなかったのである。

終わりになったが、このビル創設の鈴屋開発事業部や黒川紀章建築都市設計事務所の方々の人々にもふかく敬意を表したいと思う。

新しいビルは、私にとって類いまれな芸術像であった。芸術とは、音楽や絵画や小説創作だけのものではないことが、よくわかった。

新宿三十年

こんど［一九七六年］八月十九日号「週刊新潮」は、グラビア特集として「新宿三十年」を掲げている。

さきごろ、この特集のために、編集子が私を訪れたときに、云った。

「驚きましたネ。新宿の戦災直後の写真というのが、ナカナカありませんでネ、電通さんに訊ねても、新宿のはなくてネ、みんな、日比谷とか銀座ばかりで……。

つまりその頃は、新宿という街も、マスコミの対象にはならなかったんでしょうかネ」

そう云われて、私も成る程と思った。

当節は、どの雑誌、どの新聞を拡げても、新宿の文字が眼につく。マスコミの中心部のような気配だ。だが考えてみると、そういう人気も、やっとこの十年位前からである。

戦前はむろん、戦後すぐあとも、大東京の中では、田舎だったのである。

その新しい特集号が届いたので、あらためて、色々の感慨をこめながら、ひとつひとつのページをめくってみたが、知っている場面もあったが、知らない場面の方が多かった。

山の中の樵夫《しょうふ》は、何も見えないというが、地元新宿に暮していて、こんな情景があったのか、とあらためて、思い知らされた。

グラビアの中で、戦後の焼跡や、駅前マーケット付近などの情景はわかるが、それでも新宿東口駅前に並んだ、ジュラルミン製の尾津組輪タク開業などの光景は、まったく知らなかった。

帝都座五階劇場に登場した「額ぶちショー」は、秦豊吉さんの演出で、私たちを喜ばせ、またこのグラビアにはないが、同じ劇場で、上演された田村泰次郎の『肉体の門』なども、当時としては、かなり画期的な衝撃事であった。裸の女性が、観客席に背を向けて、吊るされるリンチの場面では、私などワザワザ楽屋裏へ廻って、その光景を満喫したものである。

その他、新宿青線地帯、二丁目の女たち、などは、充分記憶にあるが、特集の後半にある、「新宿騒乱」の部などは、このグラビアで初めて知るようなもので、私自身の性向が、そういうことに関心をもたなかったためにもよるものだろうが、本当に知らなかった。

当時の、四十を過ぎたばかりの私は、今でもそうだが、人は人、自分は自分と、よく云えば、自分だけの道を辿り、自分のペースで、ハーモニカ横丁あたりで、飲んだくれていたものであろう。

その「新宿騒乱」の何枚かのグラビアの中にある、説明の文章を拝借すると、

新宿は爆発する街だという。早慶戦に勝ったといっては学生が暴れ、テレビのハプニングショーといってはヤジ馬が集まる。無責任で付和雷同で、何かといっては暴走する。こ

れは地方から出てきた根無し草の若者の街だからだ。新宿暴動史の第一ページは明治三十八〔一九〇五〕年に始まる。ポーツマス条約反対の群衆による大通り交番の焼打ち。この時、紀伊國屋薪店（現在の書店の前身）の薪を持ち出し火をつけて投げこんだという。次が約五十年後の昭和二十七〔一九五二〕年、そして「一〇・二一」でご存じの国際反戦デーが来る。数千人のデモ隊にヤジ馬一万人。新宿駅はメチャクチャで、駅前大通りでは市街戦が深夜まで続けられた……。

そう指摘されれば、その通りだったと云わざるを得ないが、街も人生も、色々のことがあって、色々のことになるのだ、と答えるより仕方がない。

繰り返すようだが、私自身、昭和二十八年から、新宿警察懇話会々長というお役目をいただきながら、こういう治安方面の記録を忘れていたとは不覚も甚しいものである。

これもよく弁明すれば、あの時期は、夢中で、前後もなく、朝夕を迎えていたということでもあろうか。

ただひとつ、あの頃の挿話というものを加えれば、戦後まもなく、進駐軍が伊勢丹に駐留していたことがあるが、その頃、私の社の裏の空地が、その軍のモータープールとして使用されていた。クルマのほかに、ガソリンの樽も、諸所に転がっていた。禁煙地域でもあった。

木造二階建ての、書店の奥二階の隅が、せまい私の社長室であったから、背の窓の下に、ガソリン罐《かん》が転がっていた。

2階建て当時の紀伊國屋書店の「門前町」、昭和22(1947)年ごろ

ある日突然、となりのプール側から、太いロープが投げられ、それが私どもの屋根ちかい柱に結ばれた。ロープを引っぱれば、いっぺんに、家は潰れてしまうのである。

何かのイキサツがあったためかは知らないが、問答無用の強引さであった。

相手は進駐軍だ。

いかにするか、窮余の一策で私は、倖い私の知人の女性が、会話をよくし、また伊勢丹の米軍将校にも、近付きがあったのでその女性に釈明方を依頼し、一方、友人であった上智大学教授、〔ヨゼフ・〕ローゲンドルフさんを訪ね、事情を話した。

キリスト教の関係で、教授はまたこの事情を四谷にあった雙葉高女の高嶺〔信子〕校長に話してくれ、そこでローマ法王のお墨付きのようなものを持って、お二人で、私のために伊勢丹の進駐軍にかけ合いに行って戴いた。

あとで伺ったはなしだが、有難いことに、紀伊國屋は、ただの本屋ではなく、日本の教育文化のために……というような言葉さえ加えていただいたそうだ。そのためこの事件は危ないところで事なきを得た。

当時倖いに、私は娘の関係で、雙葉復興後援会の副会長をしていたことにもよる。会長は渋沢敬三さんであった。

新宿泥棒日記

新宿という町は、随分いろいろとマスコミの話題になっているが、そのくせ新宿を主題にした映画は割合と少ない。

この方面の知識が、私自身乏しいせいにもよるのだろうが、昨今の見聞としては、藤原審爾さんの「新宿警察」〔フジテレビ、一九七五年〕がある程度である。

昨春、私は桑港《サンフランシスコ》に遊んだが、そのとき会った、未知の、アメリカの大学に籍をおいている日本の女子学生が、私に云った。

「つい先週、大学の映画館で、おたくの写真を見たばかしなの、なつかしいワ」

事情をきくと、私の出演した映画「新宿泥棒日記」〔一九六九年〕のことであった。

この映画は、イササカ旧聞で、七、八年前、大島渚、原作監督で作られたものである。もうとっくに倉の中と思っていたのに、いまどきあるいはパリで、またアメリカで観たというひとに出会ったので、私はナカナカ生命長いものだと驚いたのである。

その当時私は、大島渚さんとは、ある週刊誌の対談で一度、新宿の御苑裏の酒場で、一、二度顔を合わしたぐらいで、それほど昵懇ではなかったが、ちょうどこの映画の監督助手のような立場にいた中島正幸さんが、私の関係する東芸劇団以来の友人でもあったからで、最初の相談は、その中島さんからであった。

肩書きも、名前も、全部実名で出演するという約束であった。

出演者としてストーリーのあらましを、忘れてしまっていて恐縮だが、新宿の私の会社の内部、また売場風景等も、ふんだんに取材したいという希望でもあって、私自身は、ズブの素人だから、いかがと思ったが、多少の宣伝になるかな、という算当もあって、私は出演を承諾したのである。

主演に横尾忠則さん、相手役の女優に新進の横山リエさん、ほかに唐十郎、佐藤慶、殿山泰司の諸兄であった。

私の出演した場面は、主として社長室（実際には応接室であったが）、それに売場の一部と、新宿二丁目裏の深夜酒場のいくコマかであった。

ちょうど七、八年前の新宿は、アングラ空気が濃厚で、一種の風雲が、まき起こっているような時期であった。

横尾さんも、唐十郎さんも、まだ無名に近かった。

大島さんの懸け声で、ハッシと拍子木がなる、撮影開始の瞬間は、こちらは慣れぬ台詞に自信がないのが、その上の緊張で何が何んだかわからなくなる。

批評は簡単だが、俳優も楽でないものだとつくづく私は思った。

ある場面で、これも荒筋さえ忘れてしまったが、社長の私が、万引青年（横尾忠則）の情人役であるコールガール（横山リエ）に、三枚の一万円札を渡すが、そのあと、彼女のためにつきとばされて、思わず、背後の万引の本の山の上に、尻もちつくところがある。

私は役者だから、台本にある通りに動けばそれでよいのだが、私はこのとき、この動きに、私なりの抵抗があった。

私は大島さんに云った。

「尻もちは結構ですが、本の上へはネ……」

書店人としては、そこが辛かったからである。大島さんが云った。

「あーいいですよ、それじゃそこはお好きなようにやって下さい……」

とっさだったが、私は監督さんから許可がおりたので、自分の好きなようにやった。

私は、故意に憮然とした表情をして、本の山の横に起ち、ひと言、

「本は俺の生命《いのち》だ……」と云った。13

図らずに、思わず出てしまった言葉であった。

撮影の完了間際、かつてそんな経験はなかったそうだが、撮影部で、トーキーの一部分が見えなくなった。

急いで、写真の口の表情をみて、口合わせ《アテレコ》をしなければならない。遣り直しなのだ。台本はあったが、生憎と私自身、台本通り喋ってはいないのである。

麻布のアオイスタジオにでかけた。そういうことに練達の小山明子さんが、私の傍にいて、色々と教えてくれた。

だが、いくら、喋ってみても、うまくピッタリといかない。時間がきて、到頭、私たちはあきらめ「まあいいや」と、いい加減のところで、胡麻化しておいた。

大体すんで、いざスタジオを出て帰ろうとしたとき、突如、奥のほうから大きな声がした。

「ありました、ありました」

見えなくて騒いでいた録音部分が、突如、発見されたのである。

早速にかけてみると、私の声で、

「アバンチュール（冒険）」などと云っているのである。なあーんだ、と私は思った。私はそのときそういう外国語を、気障っぽく喋ったのを、すっかり忘れていたのである。

その思い出の「新宿泥棒日記」は、どこぞと指摘できないが、不気味で血なまぐさい臭いのした映画であった。フランスで製作されたときく、最近作「愛のコリーダ」〔一九七六年〕も、画期的ではあろうが、熱っぽく冷たい一連のそういう作品ではあるまいか。

無漏の法

私のこの「わが町・新宿」の連載も、そろそろ終わりに近づいている。

新宿で生まれ、育って、七十余年だから、私としては、新宿のことなら、何んでも知っているよ、という風な顔をしていたが、いざペンをとってみると、知らないことばかりであった。当然、内藤新宿の殿様である内藤頼博氏や、ご尊父が新宿将軍の名の高かった浜野茂氏や、野村専太郎氏など、在世中の古老をお訪ねし、昔ばなしを伺うべきであったのが、その機会を逸したことは、私としては残念なことである。また礼も失したことになるので、この紙上で、ふかくお詫び申し上げなければならない。

だがしかし、毎度ながらの口上になるが、私としては、もう三十年ぐらいは、軽く生きる心持なので、こういう執筆も、また次の機会もあろうかと考えているのだ。

かなり前の章で、私はキリスト教の布教に同志社大学を創設された、新島襄の境涯にふれ、「街づくりと意識革命」という題目で、街づくりも、大学創設も、同じように難しいものだと述懐したが、今もその考えは同じで、すこし大まかな表現になるが、街も人間も同じだなあ、という観じかたである。

だから人間完成と街の完成も、同じような道を辿れば良いのだと考えている。

ここもと、私の生活信条は「行不由径」（行くに小道に由らず）というのだが、この言葉は、十年ほど前、ある雑誌の対談で、諸橋轍次先生にお眼にかかったとき、戴いた言葉だが、註釈の要もないが、あまり周囲の現象にとらわれることなく、真ん中の太い道を、真直ぐ歩いて行け、という意味である。

こじつけになるかも知れないが、私は新宿という町の発展にも、この言葉を結びつけたい。急ぐこたあないのである。焦ればつまずく。新宿だけが評判の町となっても仕方がない。東京全体が良くなれば、それでいいのである。

いつの時代にも、大きい流れがある。その流れに沿うて、素直に流れてゆく。それだけでよろしいのだ。

明治十八〔一八八五〕年新宿停車場が初めてできたが、その折、中央線を走る汽車の煤煙が、沿道の田畑の作物を害するといって、鉄道敷設に百姓さん達が反対したという話があるが、これも、流れにそむく考え方である。

新しい発想や構想が生まれても、必ずこれに反対する議論が起こる。旧い感情も手伝ったりする。そのため、折角のアイデアも潰され、実験も挫折する。先見も仇になる。

結局、なんにも創造されないことになる。

これはお互いの星の潰し合いみたいなものだ。

小細工で、道草を食っているのだ。そうであってはならない。

くり返すようだが、私は新宿という町は、いつも大局に起って、独りよがりを志さず、真ん中の大道だけを、進んで行って貰いたいものだと思っている。

とかくして、集まる人が多いから、新宿は犯罪の町だ、などとも云われているが、これも私の信条には、「垢は人間のハバだ」というのがある。今どき、キレイというだけでは、街としても、人間としても、魅力は生まれない。善玉悪玉のしがらみが、人間社会なのだ。

新宿は、意外に田舎からきた若者が多い。根なし草だとの評判もある。しかし、私はむしろ根なし草に賛成だ。

いろんな人々が集まったほうがいい。僅かの歳月に根をはった伝統に価値はない。それより新宿は、小さな排他性のないところを特色としたい。

とつおいつ、終わりに近い稿なので、私は新宿のことを考えた。未来も案じた。

そして身びいきの弁になるが、今日の新宿の繁栄は、その大きな原因は、町全体が平和であることだと思った。

平和のときに、平和の有難さはわからないが、かつてこの町にも、明治末から大正の初めにかけ、小さいながら派閥抗争があった。そして犠牲も生まれた。しかしその以後は、こういう形跡はない。だから、そういうことではつまらぬ被害を蒙《こうむ》ったひとはいない。

その意味で、新宿はすぐれた町である。

道草を食わないから、繁栄の足も速い。このリズムでいい、と私は確信している。平和でさえあれば、大きい力は自然に結集し油然《ゆうぜん》として沸いてくるものだ。

さいきん知人から、わが国、電子医学の先駆である伊藤賢治先生著の『無病長生術』〔人生創造社、一九六五年〕という本を贈られて、読んだ。酸とかアルカリとか、電子機器のことは不得手なので、よくわからなかったが、巻末にある文章に、私は痛く感銘した。

眼妄《みだ》りに見ず
耳妄りに聞かず
舌妄りに言わず（中略）
意妄りに思慮せざる時は
混然たる本元の一気湛然《たんぜん》として自然に充つ。
——無漏《むろ》の法——

私の信条がまた一つ増えた。

タカノ・ファッションショー

一九七六年九月一日（水）、新宿西口の朝日生命ホールで、果物のタカノが主催し、「タカノオリジナル・ファッションショー76-77秋冬　健康的な女の印象」とうたったショーが催された。午后三時と六時の二回であった。

ホール前のエレベーター付近は、若い女性たちが大勢つめかけていた。定刻六時、ナカナカ開幕のベルが鳴らない。ロビイに一服している私に、副社長の高野英彦さんが声をかけた。

「実は今になって、ちょっと事故が起こりましてネ……」

どういうことかと、私が事情を訊ねると、モデルの一人が、観光ビザで来日したので、それが判明してしまって、当局から……というようなことであった。英彦さんは、また加えた。

「そのモデルが一番きれいだったんですがネ……」私も残念だと思った。

むろん事故は、下請した方面の責任で、主催者にはないが、初めての企画というものは、思わぬ支障も起こるものだと思った。

ファッション・ショーと云っても、さいきんはずいぶん進んでいる。会釈して、ポーズして、引込むだけのものではない。

私は照明の藤本晴美さんと昵懇なので、その関係で、山本寛斎さんとも親しくしているが、また、マダムこしの・じゅんこのショーにも、時折、でかけて、老来ながら、こういうショーに親愛感を持っている。

当日のプログラムをひろげると、モデル名に、イナ・ジョーンズ、グロリヤ、甲山暁美、シャルロッテ、ジェーン・ガレッキ、立木リサ、スージー・キャンベル、穂高ユリ、ミカ、三田村純子、ユタ、ラウァ・リサ、リスベスとかなり有名の美女ばかりだ。

これは余計な私の趣味だが、私は心ひそか鋼鉄のような女はいないかな、と期待した。

十分おくれで、幕があいた。白いセーターの銘柄は、私にはわからないが、突如としてロック風の音楽にのって、背丈け素晴らしい美女たちが舞台中央に。抱えた籠の中に、パイナップル、マンゴ、パパイヤ、人参、バケットがある。彼女たちは通路に降りてきて、観客の傍を過《よ》ぎりそれらの品々を渡す。

一瞬ながらその光景は、私の観た一番新しいショーであった。

最近号の雑誌「財界」〔一九七六年九月号〕の目次に「果物とファッションを結んだ、新宿の顔、高野吉太郎」の見出しがあり、三代目社長の積極商法が紹介されているが、「果物と流行」のご着眼は、まさに敬意に価するものだ。

すこしく別のことになるが、私は商売柄、本の売れ行きから、時代の動向のいくばくかを察知することができるが、しかしホールや劇場の観客のほうが、そういう動向を、もっと生《なま》で、肌に感ぜさせられる。

そういう意味で、流行の説得も、多くの宣伝広告よりも、ひとつのショーに如《し》かない、と思った。

その夜のショーは、息つくひまもない四十分間であったが、私にとって、甘美と陶酔の夢のような四十分であった。


高野の積極姿勢は、今年七月二十三日には新宿とは眼と鼻の、中野坂上の「タカノフードパーラー」を開設している。日本にただ一ヶ所の、全く新しい形態の、スーパー形式の専門店として誕生した。

業界全体は「これからの新しい時代の小売業の実験店」として注目している。

このニュースについては、すでに四大新聞、日経、日経流通、サンケイ新聞、サンケイリビング、日本生産性新聞に、また雑誌では、「ドレスメーキング」「アンアン」「ノンノ」「ジュノン」「アミカ」等に紹介されているので、今更、詳述しても無駄になるから、省略するが、ひとことで云えば、さして広くないスーパーの食料品店が、二階を開放して、自由の広場とし、このフロアを「リヴィング・パーラー」とよぶ集会場とし、一角に食品、ファッション関係の本約四百冊を並べ、図書コーナーがつくられ、栄養士などの資格をもつカウンセラーが常にいて、消費者相談に応じる。主婦に暇のできる午后は、フロアで料理教室が開かれ、講師にはハンガリー、ドイツ、イタリアなど六ヶ国のコックも予定されているとのことだ。

そして施設の利用はいずれも無料という。

ある新聞の見出しは「コミュニティースペースたっぷり」などと大きく出ていた。

さきにこの稿で、私は、鈴屋さんの「青山ベルコモンズ」の創設を、喜び賞めたが、規模こそ、狭いが、この中野坂上の店も、鮮度のいい食品を並べた創意とアイデアに溢れた見事な店であった。新聞や雑誌で、あまり評判高いので、私は自分の眼で確かめたいと、数日前、ひとりででかけた。私の期待どおりであった。新宿が誇る伝統高野の躍進を、私は心から喜びたい。

企業に課せられた仕事

さる九月五日（日）正午から、新宿西口、京王プラザにおいて、花園万頭の石川家の法要が行われた。参会した人はかなり多かったが、それぞれ故人の遺影に献花した。

私の招かれたテーブルは、八人ばかりの円い卓子《テーブル》であったが、みんな顔馴染みで、心たのしかった。

いつか友人の五島茂、美代子夫妻の金婚式の折もそのことを感じたが、人々が集まるということはいいことである。冠婚葬祭の行事は、そう簡単なことではない。

この日も私は故人の遺徳が亡くなってからも、こんな風に人々を集めているのだと思った。

私のテーブルの人々を、左から挙げると、追分だんごの藤井、文明堂の宮崎、和菓子の本橋、天ぷらの天兼の石鍋、水たきの玄海の矢野、トンカツの三金の野田、果物の高野、の諸氏で、みんな新宿を代表する名物老舗の人達であった。

知っていながら、お互いに忙しくて、ふだんは一堂に集まれないから、なんとなくお互いにこういう機会がたのしかったのである。

追憶のスピーチが指名された人々によって行われていたが、それをよそに、私たちのテーブルは賑やかであった。

誰かが云った。我慢会のはなしだった。夏の暑いときに、ドテラを着て、云々……と云っている。私が半畳を入れた。

「今どき、そんな我慢会をわざわざする必要はないんで、夜の銀座へ出かけりゃ、あの勘定のベラ棒で、そのほうが、よっぽど我慢会で……」

あまり、誰一人、故人の冥福を祈るような言葉は云わなかった。私はそれでいいと思った。故人亡きのちも、同じようだ、と云うことでいいのだ。

私の「わが町・新宿」及びその続も、併せて、ちょうど、八十五回、ちょうど週一回ではあったが一年九ヶ月つづき、この稿で終わりとなる。

執筆中、あるいは取材中、色々のことに触れ、その都度、感慨も多かったが、そのなかで、ある種の感銘をうけた、二つばかりのことを挙げると、果物タカノから刊行された「九十年社史」と西口の新しく建てられた安田火災海上ビル内の、東郷美術館のことである。

前者は社史といいながら、それはそのまま新宿という街の歴史なので、精緻な資料蒐めの努力編集に、深い敬意を払わざるを得なかった。篤志なお仕事であった。

後者の、東郷美術館も、これは社史とは桁違《けたちが》いの投資と思われるが、今まで日本になかった、画期的とよばれる演出で、芸術を応援するのに、これ以上の方法《てだて》はないと思われるていのものであった。

殊《こと》に私のような新宿の地元民としては、青梅・甲州両街道の名残りの宿場あとで、いまだその泥臭さが尾を引いている感じの街で、何一つ誇るものとて持ち合わせない者たちにとって、こういう文化的格調高い美術館が出現したことは、肩身のひろい思いのすることであった。

伯楽を得て、東郷芸術も、永久に幸福《しあわせ》に成れたと思っている。

これも安田本社の、特別の篤志によるものだ。

だがそれらのことで、私は考えるのだが、私どもの喜んでいる、社史も美術館も、それぞれの篤志に負っているわけだが、そしてそれは、各企業家の資力によって賄われているのだが、そういう状態、つまり篤志によって行われ、周囲が篤志家を讃えるという、そういう状態から、もう一歩進んだところに、行ったら嘸《さぞ》よかろうと思ったことだ。

だから篤志よばわりされず、企業家というものが、その事業のユトリは、当然、こういうようなことに、その関心を向けるべきで、さらに云えば、企業家の仕事には、こういうことも課せられているのだ、という風に考えたい。

それぞれの職域のなかで、分に応じ、そういう社会還元を、当然の義務として考えたい。

私は新宿をとらえて、毎度、眼くるめく変貌と形容しているが、現在の感慨も同じようだ。新宿は、際だった個性はないが、いつも時代には敏感である。敷居を低くして、権利主義を克服し、どんな人々、どんな品々もうけいれている。

そして大きくメナム川のように流れている。

終わりに私ごとながら、きたる十一月十日、私の唱っている「〔茂一のひとり歩き〕」茂一音頭」のレコードがロイヤル社から発売されるが、私自身もそのレコードにワル乗りして、リズムよく若く、元気に踊りながらもっと長生きし、新宿の未来をみつめるつもりでいる。

歩行者天国で賑わう新宿通り、昭和45(1970)年　『新宿高野100年史 創業90年の歩み』より

あとがき

「わが町・新宿」「続わが町・新宿」をサンケイ新聞に連載し始めたのは、昭和五十［一九七五］年一月からであった。

最初は一年間五十回ぐらいの予定であったが、都合でさらに延び、つぎの年の五十一年九月までつづいた。計八十五回になった。

昭和五十年は、ちょうど、私の数え年七十一歳にあたった。

七十年、新宿に暮したわけだが、題名をあたえられてから、あまり躊躇なく引きうけたが、怠け者の私には、一週に一度の出稿でも、ナカナカ忙しい思いであった。

それでも身体が丈夫だったから、その間、二、三度の外国旅行もあったが、一回も休まず役を果たした。

役者は舞台にでると、血がさわぐと云われるが、こういう執筆も、何かそれに似ている。一年半ばかり、私の血はさわいでいた。

途中、わが町を語りながら、結局、自分の自画像でしかないと思ったりした。

周知のように、私は永い間独身で、女房手がない。小説集『芯のない日々』［新潮社、一九七〇年］にかいてあるように、私の生活そして日常は、まことに整理整頓のない生活である。

思い出して、調べようと思っても、何処に何があるのか見当もつかない。その上、生来不精、性急《せっかち》も手伝って、読者には不親切な記録となってしまったが、これ以上のことはできなかったので、その点はふかくお詫びしなければならぬと思っている。

今回の稿の「さしえ」に、年来の畏友御正伸さんをわずらわした。よい画に、筆者としては、かげながら随喜したことは、一再でなかった。あらためて、感謝とお礼を申し上げたい。

篇中でいくたびか、壮語しているように、私は意外に丈夫なので、まだ三十年ぐらいは長生きできそうな予感がする。

七十の眼では、これだけの新宿しか映らないが、もっと年を食えば、また別の新宿を観ることができるに違いない。

今日までの新宿も、まことに眼くるめく変貌であったが、これからの新宿は、また一層輪をかけて、変わることであろう。

欲を云うようだが、町が変わると同じに、私自身も変わりたいと、希《こいねが》っている。

終わりに、連載を鞭うってくれた担当記者氏の方々に、ご厚情を感謝し、さらにこの本の出版を引きうけて戴いたサンケイ出版の諸兄にも、ふかく御礼申し上げる。

昭和五十一年十一月二日

新宿紀伊國屋ビル七階の社長室にて

田辺茂一

文庫版あとがき

ここ一年ばかり、私には稀《めず》らしく病気になった。最初は耳と鼻がわるいと思っていたが、診断されたお医者さんも、ほとんど三人ばかりの人が、軽症らしく云っていたので、こちらもそれを信じ、酒も莨も相変わらずであったが、半年ほどたつと、すこし変になり、とうとう左右両方の耳が聴こえなくなり、この春三月初旬、入院し、その後、退院、入院をくり返し、今日に至っている。大半は放射線療法の憂き目で、口内炎を併発し、ものが咽喉を通らなくなり、栄養失調になったのが原因である。そういう病床で、旺文社の編集部から、この文庫刊行のお話をうけた。畏友池田弥三郎さんの『銀座十二章』〔一九八〇年〕も同文庫にあって、勿論、私にとって否応ない。心地良く、有難く、これに応じた。

省《かえり》みると、サンケイ新聞に連載し、同社から刊行されたその当時のこの本は、良く云えば全く忙しい折で、油が乗っていた時期、悪く云えば粗雑な、やや書き放しの時期であった。

したがって、テーマとして大きい新宿になっていながら、内容的には几帳面な史料漁りもせず、ただ私自身が、この眼で見たり、聞いたりしたことをかいた見聞記以上を出なかった。私の関係している紀伊國屋出版部発行の芳賀善次郎氏著の『新宿の今昔』のほうが、遙かに卓れている文献である。ただ云いわけがましいが、私自身、幼時からスノッブというか新しがりやで、つまり古本屋を志さないで新刊本屋になっているくらいだから、過去より将来、名所旧蹟より未来性を好む性癖であったことも否めない。

この秋の新宿祭にも、駄句を残し、「秋彼岸 この町やがて 世界都市」などと色紙にかいた。私は現在、要職というほどでもないが、新都心新宿PR委員会委員長という肩書を持っている。だから何かにつけ、新宿の宣伝には、微力をつくしているのである。

新宿祭の標語は「愛は新宿から」というのだが、さいきんは、新宿大通りの日曜日の歩行者天国にも、外人は多い。欧米人はもとよりだが、東南アジア系の若い学生たちも多い。何時、何処でも、二言三言、そして手を握れば、国際友交は生まれるわけである。

そういう小さい瞬間の握手だけで、新宿は良い街、親切な人の多い町、そういう印象を世界の人人に植えつけたい。それが現在の私の念願である。

最後に蛇足になり恐縮だが、来春は紀伊國屋も、桑港《サンフランシスコ》、羅府《ロサンゼルス》の実績のあと、紐育《ニューヨーク》目抜きのロックフェラーセンターに進出、世界的書店になるつもりだが、それはそれでいいが、私自身の金看板は「新宿の本屋」である。生い育ち、本当に苦労したのは、そこだからである。

最近の私は、病気、人生の頓挫が思わぬ儲けものとなり、かなり落ちついた生活に這入った。散らかっていたものも、整理できるようになった。自分だけの生活、人間嫌いの一時期のあるのは、本当の生活だと思うようになった。もう二、三年で、八十だが、これからが面白いのだ、という予感が、私にはする。この機会を与えてくれた旺文社の方々にふかく御礼を申し上げる。

昭和五十六年十月

東京のさる病院の一室にて

田辺茂一

解説──そうか、田辺茂一が言うように『新宿』という月刊誌が出ていたのか

坪内祐三

私は田辺茂一の本をほぼコンプリートしている。

「ほぼ」と書いたのにには理由がある。

田辺茂一が亡くなってすぐに刊行された『穀《ごく》つぶし余話』（言叢社、昭和五十六年十二月）の巻末に著作リストが載っていて、その数は『鱇《かん》軻《か》』（昭森社、昭和十六年）から『あの人この人五十年』（東京ポスト、昭和五十三年）に至る二十巻（昭和四十八年の自伝的長編『すたこらさっさ』は上下二巻だから合わせて二十冊）のすべてを持っている。

ところがその『鱇軻』の「あとがき」に「これは私の第二冊目の本である」とあるからだ。

ほぼコンプリートしているものの、私が田辺茂一の著書に親しむようになったのは三十歳を過ぎてからだ。

田辺茂一のことをまずタレント文化人として知った。

「11PM」などの夜のテレビ番組でその姿を目にした（ダミ声もよく憶えている）。

「11PM」といえば、年末に〝文化人紅白歌合戦〟のようなものが開かれ、田辺茂一はその常連で、やはり常連だった田中小実昌と並らんで、オンチなのに堂々とした歌いっぷりだった。

私はその堂々としたオンチを耳にして、さすがは文化人と思った。大学生の頃だ。

しかし実は私は既に高校生の時に田辺茂一の文章に親しんでいたのだ。

それがこの『わが町・新宿』だ。

私の家は新聞を何種も購読していて、朝日、読売、日経だけでなくサンケイ（当時の名称）も購読していた（何故毎日はとっていなかったのだろうか）。

だから、同紙の昭和五十年一月から五十一年九月まで連載された田辺茂一の「わが町・新宿」と「続わが町・新宿」にも目を通した。

まさに目を通しただけで愛読したわけではない。

戦前、特に明治大正時代の新宿について語った部分は高校生の私にはかったるかったので、飛ばした（しかし『東京人』の編集者となってのちはその部分が有り難かった――銀座と比べて明治大正の新宿について触れた著書は少なかったから）。

つまり自分に興味ある時だけ熱心に読んだ。

例えば「しゅうまいの早川亭」。

『わが町・新宿』は連載終了直後にサンケイ出版から刊行されたが、私が手にしたのはその五年後に出た旺文社文庫版だ。

「文庫版あとがき」で田辺茂一は、「ここ一年ばかり、私には稀《めず》らしく病気になった」と書き始めたのち、このように結んでいる。

最近の私は、病気、人生の頓挫が思わぬ儲けものとなり、かなり落ちついた生活に這入った。散らかっていたものも、整理できるようになった。自分だけの生活、人間嫌いの一時期のあるのは、本当の生活だと思うようになった。もう二、三年で、八十だが、これからが面白いのだ、という予感が、私にはする。この機会を与えてくれた旺文社の方々にふかく御礼を申し上げる。

「昭和五十六年十月　東京のさる病院の一室にて」とあって、この二ヵ月後に田辺茂一は亡くなる。

その時私は大学四年生で、「しゅうまいの早川亭」に初めて入ったのもその頃だ。もちろん「しゅうまいの早川亭」のことは知っていた。気になっていた。紀伊國屋書店の向いにあって、昭和四十年代五十年代、高度成長時代と共に増す増す発展、変貌して行く新宿の真ん真ん中にあって、まるで絵本『ちいさいおうち』のようにまったく変りなく取り残されていたのだから（しかも「しゅうまいの早川亭」はバブルの時代も生き延び、取り壊されたのは平成に入ってからだと思う）。

気になっていたものの、新宿には食事場所がいくらでもあったから、「しゅうまいの早川亭」に入ろうとは思わなかった。

家族や友人たちと食事をする時はなおさらだったが、ある時一人で紀伊國屋書店の洋書コーナーを覗いていたら、ちょうど昼食時になったので、いつものように同書店ビルの地下にある「ニュー永井」や「モンスナ（モンスナック）」でカレーを食べるのはやめにして、そうだ、と思い、「しゅうまいの早川亭」に入った。

正解だった。

「しゅうまいの早川亭」といいながら、しゅうまいだけではなくハンバーグやフライ物、しょうが焼きなどがあり、つまり洋食屋だった。

しかも居心地が良かった。半螺旋状の階段を降りた地下のコーナーはまるで戦前だった。

『わが町・新宿』の「しゅうまいの早川亭」の項で田辺茂一はこう書いている。


新宿で早川亭の名は古い。

今では、温かくて、大きいシュウマイが目玉で「しゅうまいの早川亭」として、評判である。

店は、ちょうど私の社（紀伊國屋ビル）のまん前にある。昔はトンカツの早川亭として、知られていた。


ところで、「街づくりと意識革命」という項で田辺茂一はこう書いている。


数年前、百貨店と大型商店と地元振興会が、仲よく一緒になって「新宿ＰＲ委員会」というものをつくった。

ＰＲだから、街の宣伝をと心がけた。月一回例会を開いて、何やかやと喋ってきた。

するうち、タウン誌も発行しなければ、ということになり、かつて「プレイマップ」とか「新宿」というのを発行したが、いずれも赤字で、永続きしなかった。

五十年暮から新タウン誌「ＳＴＥＰ　ＩＮ 新宿」というのを刊行している。

だがこれも上乗の成績というのではない。期待通りの、広告や販売収入があがらないためである。

数年前、五反田の古書展で『ＳＴＥＰ　ＩＮ 新宿』（二号目から『ステップ・イン新宿』に改題）の創刊から第七号目まで（大揃いか?・）を入手した。

タウン誌といっても『銀座百点』や『うえの』のようなサイズではなくＡ４判で、Ａ２判を四つ折りにした凝った作りだ（ただし四号目から普通の雑誌になる）。

創刊号（昭和五十年十・十一月号——以降月刊誌となる）に登場しているのは植草甚一や緑魔子らだが、「思い出の飲食店」という一文で、加太こうじがこう書いている。

私が運命のめぐり合わせの奇妙さを思うのはシューマイの早川亭である。早川亭は古い店で、そこのシューマイはうまいときいていた。そして、私はシューマイが好きなのだが、どういうわけか、四十年間、きょうは早川亭のシューマイをと思いながら、只今まで、食べる機会がなかった。

今でも早川亭の前を通るたびに、はいろうか、この次にしようか、帰りによろうかなどと思っているのだから、この分では食べずじまいになるかも知れない。

そして、「戦後の新宿は大きく変った」と述べたのち、加太こうじはこう言う。「諸事うつろい変化するなかで、早川亭のたたずまいだけは昔のままである。これは新宿の不思議だと思っている」

先の一文で田辺茂一は、「かつて『プレイマップ』とか『新宿』というのを発行した」と述べていたが、『プレイマップ』というのはもちろん『新宿プレイマップ』で（同誌の編集長だった本間健彦の回想集『60年代新宿アナザー・ストーリー』が去年〔二〇一三年〕社会評論社から刊行された）、『新宿』というのは『新宿百選』のことだと思う。

昭和三十八年十一月に創刊され、昭和四十三年十一月に休刊したこの月刊誌は『銀座百点』と同じ判型で、『銀座百点』ほどではないものの読みごたえがある（銀座が「世界の銀座」であるのに対して「新宿」は「東京の新宿」なのだ——だから田辺茂一も実は銀座の方が好きだった）。

昭和四十三（一九六八）年は明治百年そして東京百年に当たり、その記念祭として同年十月七日、八日に新宿紀伊國屋ホールで「新宿百選まつり」が開かれ、そのプログラムが『新宿百選』同年十月号の附録としてついている。

徳川夢声の「お話」や松田春翠の「解説」による活動大写真（『ジゴマ』他）と並らんで田辺茂一らの座談会「ハーモニカ横丁」も登場する。

田辺茂一以外のメンバーは、巌谷大四、中島健蔵、内田吐夢、扇谷正造、梶山季之、そして

「よし田」のママ吉田千代と「みち草」のママ小林梅と「利佳」のママ安藤りかだ。

この『新宿百選』は例えば『銀座百点』や『うえの』と比べて、古書展や古書目録で目にすることが少ない。

だから田辺茂一も忘れてしまったのだろう。

……と思っていたら、『ステップ・イン新宿』の昭和五十一年三月号に、「わがステップ・インも、第五号を発刊するまでになった。『新宿プレイマップ』『月刊新宿』以後とだえていた新宿のタウン誌が復活ということもあり……」とあるのを見つけた。

となると『月刊新宿』という雑誌も刊行されていたわけか。

古雑誌探求の楽しみがまた一つ増えた。

ところで新宿紀伊國屋書店を描いて一番優れた小説は庄司薫の『ぼくの大好きな青髭』だ。

その小説が中公文庫から新潮文庫に移る時（二〇一二年六月）、私は解説を執筆した。

その文庫本が出来上って、私は庄司さんと新宿で待ち合わせをした。待ち合わせ場所はもちろん新宿紀伊國屋書店の「エスカレーター昇り口のわきのところ」だった。

附録・紀伊國屋書店と私

思い出すまま

伊藤熹朔

私の小学校時代は四ツ谷に住んで居たので、昔の新宿の、丁度《ちょうど》紀伊國屋のある場処あたりをおぼろげながら知っている。昆虫採集や、おえんま様の縁日に行ったもので、まだ女郎屋の大きな家屋が電車通りの両側に立ち並び、こえたごの荷馬車がつづいて、道路には馬ぐそが落ちているという時代で、文化とはほど遠い場所であった。その後ほどなく紀伊國屋も炭屋さんから本屋さんになったのであるが、我々若い者にとって始めから何にか新しい本屋の印象があり、暗やみに一つの灯がついたような感じであった。

田辺さんと知り合ったのは、たしか河原崎長十郎君や帝大の若いグループのやっていた「心座」の稽古場あたりである。多分、舟橋聖一君や今日出海君などを通じてであろう。

その頃、田辺君は水谷八重子に熱烈な恋をしてお嫁さんに貰いたいと大さわぎをしたと聞いている。〔一九六四年に〕新築なった紀伊國屋ホールの「こけら落し」に、田辺君の大きな希望で、八重子に踊って貰ったことは、本人にとってうれしかったであろうし、感慨深いものがあったであろう。

紀伊國屋書店の二階が展覧会場の様になっていた。その頃、私や千田是也《これや》などで「人形座」という人形劇の劇団をやっていた。そこでウィットフォーゲル作「誰が一番馬鹿だ」を公演したのだが、そのあとその人形を紀伊國屋の二階を借りて展覧した〔一九二七年〕。

まだ左翼演劇などない頃で、まったくのはしりであったので、大変な人気があった。この二階では時折めずらしい絵画の展覧会があった。これが嵩《こう》じたのか知らないが、後に紀伊國屋画廊として銀座に進出した。昭和七〔一九三二〕年頃で、今の日本楽器の二階にあった。そこではいろいろの展覧会があったが、吉田謙吉君の舞台美術展をやったことをおぼえている。なにしろ舞台美術が街頭に進出したことは当時としては新しい試みであった。

田辺君の今まで持ちつづけた構想を、新しい紀伊國屋ビルで実現しようとしているのではないかと思う。

新しい紀伊國屋ビルには小劇場も出来た。建築に当っては相談を受けたのであるが、小劇場であるから何んでも出来るというわけには行かない。小劇場にはそれに合った目的がある。劇場に合った企画で公演されるならばその魅力は大きいのである。この本来の使命をはたし、この劇場を中心に新宿の新しい文化の発展がなされるならばこんなうれしいことはない。

聞くところによると本年〔一九六六年〕は新劇などの公演がつづいてあるという。ありがたいことと思っている。

紀伊國屋書店談

伊藤　整

紀伊國屋の歴史は知らないが、田辺茂一氏の小説で読んだのを記憶してゐる範囲では薪炭《しんたん》商だった店を本屋に切りかへたのが茂一氏であり、それも氏が二十歳前後のことだったらしい。

私の知ってゐる新宿は昭和三〔一九二八〕年からであるが、すでにその頃は新宿は場末の宿場といふ感じではなく、代表的なターミナルの駅前の商業地区で、表通りの路幅も今と同様であった。その雑踏ぶりも田舎出の私には驚異であった。これが東京だと感じたのは私には銀座でなく新宿だった。紀伊國屋書店はその当時から新宿では代表的な本屋であり、表通りに面して、店内の客の混んでゐる感じも今と同様と言ってよかった。一階が店で、二階が事務所だったのか、入って左の壁ぞひに階段があり、その壁に色々なポスターを張ってあったのを覚えてゐる。左翼劇場、築地小劇場、音楽会、同人雑誌などのポスターが一面にはってあった。

「文藝都市」が同人雑誌の中の秀才を集めて昭和三年かに出されたとき、どういふ訳か私はすぐそれが舟橋聖一と紀伊國屋主人の田辺茂一との合作的な仕事であると知ってゐた。その翌年の昭和四年に私は友人と「文藝レビュー」といふ同人雑誌を出して初めて小説を書き出した。そのとき仲間の川崎昇と二人で紀伊國屋書店へ広告をもらひに行った。昭和四年の春のことである。私は一橋の学生で数へ年二十五歳だった。むつかしい顔をした主人が出てきて、多分一頁五円かの広告を出すことになり、話が成立した。そのむっつりした丸顔の主人または社長を、私は三十歳ぐらゐかと思ったが、のちに自分と同年だと分って驚いた。第一印象といふのは残るもので、今でも田辺茂一は自分より年かさのやうな気がする。若くして人を使った人間の顔なのだ。

その「文藝都市」が東大系と早稲田系に分れて対立し、早稲田系が脱退したことは先頃浅見淵《ふかし》氏も書いてゐたことである。この雑誌で仕事の目立ったのは井伏鱒二、舟橋聖一、阿部知二、雅川滉《つねかわひろし》〔成瀬正勝〕、古沢安二郎の諸氏であった。東大系が主であったが、その中でも「新思潮」（成瀬正勝など一高系）と「朱門」（舟橋聖一、多分阿部知二など、一高外）のほかに、梶井基次郎を中心とする「青空」（三高系）グループがあって、複雑だったやうだ。私は北川冬彦や梶井と同じ下宿にゐたので、彼のところに来会はせた淀野隆三、中谷孝雄などの人々の「文藝都市」に関する話を同座して聞いたことがある。細かいことは忘れたが、梶井の小説を「青空」にのせるか否かといふことで淀野君などが、強い意見を言ってゐた。その小説といふのは、淀野隆三編の年譜によると、昭和三年七月に〔「文藝都市」に〕出した「ある崖上《がけうえ》の感情」のやうである。「文藝都市」は絶えずさういふ若い文士たちの論議の対象になるほど同人雑誌の中で目立ったものであり、私などそのあとで小説を書き出した者は近づく機会もないやうな発表機関だった。紀伊國屋の財力と、その店の権威といふものが支えていたのであらう。この雑誌から井伏、舟橋、阿部の諸氏が文壇へ出て行った。

昭和十年頃〔実際は昭和八年〕「行動」が出たときも、中々有力な雑誌であった。この雑誌には私も何度か原稿を書いたが、同人といふやうなものには入ってゐず、やっぱり舟橋、阿部、それに評論家としての小松清、編集長としての豊田三郎などが中心の存在であった。周知のやうにプロレタリア文学が昭和八年頃に壊滅したあと、この雑誌と「文學界」とが、知識階級の内にひろがってゐたニヒリズムに抵抗した。その時代的意義はこれから改めて考察されるであらう。

それから北園克衛が編集して長々と出してゐた「レツェンゾ」といふ雑誌があった。薄い月報風のものであったが、それでも文学雑誌らしい面影があった。

昭和十四年に創刊された雑誌「文學者」といふのがある。この雑誌の題を言ひ出したのは私であった。しかしこの雑誌の成立の経過を私は知らない。室生［犀星］さん、園田三郎、本多顕彰《あきら》、丹羽文雄、尾崎士郎、榊山《さかきやま》潤、尾崎一雄、水野成夫などの人々が加はって色々、最初の題を考へようといふ話し合ひのとき私が言ひ出し、尾崎士郎がそのことで私をからかった。その雑誌も田辺茂一氏の力で出されたのではないか、と私は思っている。この雑誌に、明治時代の謫天情仙《たくてんじょうせん》即《すなわ》ち野口寧斎《ねいさい》ばりの漢詩による文壇批評をやる人があって、私は愛読した。その筆者が田辺茂一だらうと長い間思ひ込んでゐるが、本当ならばなかなか学のある人だ。その事の実体は、自分がその中に加はってゐても中々分らないものだ。時が経って分るものもあり、一層分らないものもある。とにかくこの雑誌の世話人としていつも田辺茂一が出席してゐたことは確かである。時々田辺氏に逢ふのに、ばか話はするが、この種のことはたずねたことがない。たずねてもはぐらかされるのが分ってゐる。

紀伊國屋の店構えも何度か変った。初めの所の記憶もおぼろだが、昭和十年頃にはただっ広い売場のある今ならばスーパーマーケットに似た印象の大きな小売店になってゐた。戦後の店も二度か改築され、そのあとに今のビルが建ったのだと思ふ。売場は今のままでは狭い。もっと広くとるべきであった。

紀伊國屋は時々出版に手を出してゐて、今もやってゐるが、出版業に主力を置いたことはなかった。そういう事のすべてが何故さうなのか、またその経営の実体がどうなのか、私はちっとも知らない。しかしこの四十年のあいだ、紀伊國屋は常に田辺茂一という人格によって代表されてきた。この人は酒を愛し、女性を愛し、その経験の派手なことは自他ともにゆるしてゐる。しかも一種の正義漢であり、いつも何かの意味で芸術のパトロンであり（あるいはパトロンにされ）、かつ作家であり、実業家としては小売書籍店の立場でものを言ってゐる。田辺茂一に近い天衣無縫の人柄を文学史に求めれば、中村光夫がいま「展望」に連載している小説「贋《にせ》の偶像」［一九六六年］の主人公長田秋濤《おさだしゅうとう》に、岩野泡鳴と近松秋江的なものを少し混ぜたイメージとなるかも知れない。

私は気の小さな、人みしりをする田舎者で、東京で遊ぶという生活を満喫したという記憶はない。どこの酒場で逢っても、自分の居間にゐるやうにたのしげに飲んでゐる同年の田辺茂一を見る度に羨しいと思い、彼を見る度に私は、自分の生活を生活しなかったといふ悔いの念にとらはれるのだった。田辺茂一氏と一緒にいると、私のしたかったこと、した筈《はず》のことを十分にして、私の言いたかったことを十分に言って生きて来たこの人に対する羨望の念をおさへることができず、憎らしく思ふこともしばしばだった。だがこの頃ではそこも通りすぎて、田辺茂一なる同年の男性が自分のかはりに行動し、喋り、飲んでくれたやうな気持がして、以前のような羨望の念でなく、氏の姿を見てある充足感を抱く。自分がやらなくても、同じ年齢の知人の誰かがやれば同じやうなものだ、と思ふやうになった。妙なことであるが、年齢が自然に作り出した気持の変化なのであらう。

昭和三年ごろ

井伏鱒二

昭和三〔一九二八〕年ごろ紀伊國屋書店の二階に画廊があった。当時としては甚だモダンな様式で、会場費は無料の規定になってゐたが、この画廊を利用する画家は殆《ほとん》どゐなかった。なぜかと云ふに、会場費が只《ただ》だから権威に欠けると思はれてゐたらしい。画廊といふものが一般に認識されてゐなかったせいもあったらう。一度、東郷青児が渡欧作品を展示したことがある。それ以外には、私はこの画廊での展覧会を見たことがない。

当時、私は「文藝都市」の同人だったので紀伊國屋書店へよく出かけてゐた。月例の同人会に当るときと、原稿を届けに行くときのほか、何かにつけて同人を誘ったり、誘はれたりして出かけてゐた。同人会は二階の広間で開かれたが、それ以外のときは、田辺氏の屯《たむ》ろする社長室を訪ねてゐた。そこを集会場所と心得てゐたやうな観がある。一度、金三十円也を借りに行ったこともある。田辺氏はすぐに貸してくれた。

その借金は今だにそのままになってゐる。一昨年であったか新宿の酒場で田辺氏に会ったので、あのとき借金したままになってゐるが、ともかく一度どこかの料亭へ誘ひたいと申込むと、相手は私に貸したことを記憶してゐなかった。それでも大きな声で笑ひだして「では、その席へ誰か証人を一人呼ぶことにしよう。僕が金を貸して、そのままになってゐることを認めさす証人だ」「誰を呼んだらいいだらう」「さうだ。木山捷平《しょうへい》がいい」といふ話になった。なぜ木山君を思ひついたのか知らないが、ともかく木山君に頼むことで話が落着いた。その後、私は木山君に何度か会ってゐるが、どうも頼み難いので今だに話を伏せてゐる。

私が「文藝都市」の同人になったのは五号か六号が出たころである。同人の崎山猷逸《ゆういつ》君の紹介であった。私はそのときまでこの雑誌を読んだことがなかったので、どんな人がどんな作品を書いてゐるか見るつもりで、同人に加はる前に前月号を読むことにした。最初に読んだのが梶井基次郎の「ある崖上の感情」といふ短篇である。新鮮で見事な作品であると思った。こんな同人がゐるのでは俺なんか叶はないと思った。それでこの作品を読むだけにして同人会に出席した。その席で初めて梶井基次郎を見た。

同人会では舟橋君が議長をつとめ、みんなの発言をいちいちノートに書きとってゐた。その後も舟橋君がずっと議長をつとめ、自分ではあまり発言しなかったが他の人の云ふのを丹念に筆記した。今では誰がどんな発言したか覚えない。もし舟橋君がノートを保存してゐるなら借覧したいと思ふことがある。「文藝都市」の発刊当時から廃刊時に至るまで、毎月みんなの取り交した言葉が書きとめられてゐる筈である。新興芸術派倶楽部といふのが結成されたのも、「文藝都市」の会で当時の新進作家をお客に呼んだことからきっかけがつくられた。お客は坪田譲治、中村正常、龍膽寺《りゅうたんじ》雄、久野豊彦である。四人とも新進作家として認められてゐた。

そのとき龍膽寺と久野は忽《たちま》ち意気投合した。新しい文学団体をつくらうといふやうなことを話し合った。盛大な左翼文学に対抗するためである。話はすらすらと運んで、久野と龍膽寺は改めて合議するために、近日中にどこかで会合する約束をした。二人が初対面でこんな親密なところを見せたので、後で坪田譲治が、若いものは急に親しくなるので見てゐられないと云った。坪田は少し年長でもあるし、流行の文学に対して冷静なところを見せた。龍膽寺はそれから間もなく「文藝都市」の同人やその他の同人雑誌の人に呼びかけて、新興芸術派倶楽部を結成する初会合を催した。しかし漠然とした趣旨の集りである。人によってはモダニズム派と云ったりするのもゐた。少し後になると、私のことをナンセンス作家と云ふ人がゐて、今月末までにナンセンス三枚書いてくれと手紙よこす雑誌社もあった。二度が三度かそんな手紙が来た。

そのころ、紀伊國屋の女店員が云ってゐたが、「戦旗」は店頭に並べた当日に百部売れ、「文藝戦線」は一週間に五十部売れ、「文藝都市」は一箇月に約三十部売れた。尤《もっと》も「戦旗」は発売即日に発禁となるのが常だから、読者はそれを心得てゐて、店頭に出る日をねらって買ひに来る。読者が訓練されてゐた。ひどい不況時代だから、阿佐ヶ谷や荻窪などでは、空家札や貸間札を至るところに出してあった。

知識のメッカ

伊馬春部

新宿車庫のくらがりに、「戦旗」を責ってゐる同志がゐた。六月号発禁のやつを送ってくれるやう二十銭おいて来た。新築地〔劇団〕の割引券を送ってくれるとのこと、あまり面白くないといってゐた。さうだ高田保なんかに、と言ってやりたかった。

これはこのあいだ、必要あって昔の日記をひっぱり出して頁を繰っていたときに発見した記事である。私の学生時代の昭和四〔一九二九〕年七月二十八日の項だが、新潮社版のその文芸日記の七月の扉は、肉筆の凸版が藤村、日記が土岐善麿、家庭グラフが佐々木茂索夫妻の諸氏、そして芸術家の言葉がゴールズワアジイ、その下段に組まれた七月にちなんだ五行づつの文章が、川路柳虹《りゅうこう》、横光利一、中條百合子、中河與一《よいち》、上司《かみつかさ》小剣の五氏となっている。

なぜ、こんなことをくだくだしく紹介す

るかというと、紀伊國屋さんでひとつ企画してもらいたいという下心があるからである。このように手のこんだ愉しい文芸的また芸術的な日記帳は、このごろ影をひそめてしまったとおもうからである。

それはさておき、そのころの私は、文学青年——というより演劇青年であった。前記「戦旗」云々の記事の前に「……国文学には根本的に向かないではないかといふやうな気がして来た。ああばか！ このあはれな私を、あゝ先生、叱って下さいまし。私はばかでございます。いまだに、劇！ 劇！ とゆめを見つゞけてゐるばかでございます……」などいう乱れた字が先行しているのである。

それにしても後年たいへん目をかけてもらい、いろいろ導きをうけるようになった高田保氏のことを、あんなふうに書いている若気の至りの客気が、はずかしくも亦《また》ほほえましい。同志ときたのもおそれ入るほかない。恥ずかしついでにさらにおくめんもなく引用すると、その新築地を見た日は七月三十日で「……五時頃、帝劇へゆく。『戦旗』の割引で五十銭でみる。高田保の『作者と作者』はまあいいが、『北緯五十度以北』はまるでなってゐない。あまり調子にのりすぎるとこんな工合だ。ざまあ見やがれ。他日、詳しく評してみたい……」などとある。

「作者……」では盲目におちいった軍人を演じた薄田研二とその妻〔役〕の山本安英がいまだに印象にのこっているが、『蟹工船』を脚色した「北緯……」もスクリーンに北海の怒濤を映写したり、当時としてはなかなか新味あふれる演出だったものである。このとき乏しい学生の小遣いをはたいて買った舞台写真を、私はいまだに保存している。

それほど左翼演劇にお熱をあげた時代であって、あろうことか國學院の大学新聞に「〝合戦〟より〝吼《ほ》えろ支那〟まで」などいう長文の劇評を発表する始末であった。もちろん匿名（久丸叟助）をもちいたが、そろそろ卒業論文の準備にかからねばならない頃というのにいい気なもの、しかしそれだけに、片方では罪の意識にさいなまれたりもしたのである。「君はリベラリストだ！ ナップに入ってゐるのか？」と、その劇評を読んだ同級の友人にけわしい顔つきをされたなどということが、同じ日記帳の十月五日の項にしるしてあるが、おもえばその友人というのは、往年の記録映画の大御所なる石本統吉君なのだから、烏兎《うと》匆匆《そうそう》というものである。石本君は学生時代から〝映研〟を牛耳っていたが、卒業後、武蔵野館の三階席でばったり出くわした私の印象はいまだに鮮烈である。二人とも無声映画の大作「洛陽餓《う》ゆ」（戯曲「資本論」の作家、兵庫県知事より前の東京都知事に立候補した阪本勝《まさる》氏原作）を見にきたのであった。いま聞くところによると、佐々清雄脚色、東隆史監督、吉田英雄・友成達雄撮影、阪東妻三郎主演の谷津スタジオ第一回作品ということで、邦楽座と武蔵野館同時封切が昭和六年七月十五日の由だから、卒業後まもないご対面だったわけだ。石本君に聞いてみれば、この日どこで、このいわゆる傾向映画についての感想をのべ合ったかがわかるかもしれない。エルテルかフランス屋敷か、はたまた紀伊國屋の喫茶室でもあったろうか。(コノコロ喫茶室ハ?)

要するに左翼かぶれはそのころの学生の流行病みたいなものだったのだ。今のアンポ病みたいなものといってもいいだろうか。もちろん筋金入りの闘士もいたことはいて、左傾しないやつはバカだなどと学校の食堂あたりで高言したりしていたものだが、私などはシンパにもなれない、そうかといって気がよわいものだから、流行にもおくれたくないといった気持ちのいわばアクセサリイ的なソレとしての左翼演劇ファンにすぎなかったのだが、そもそもその因たるや紀伊國屋によってつくられたものであることを言いたいのである。

つまり紀伊國屋横の、あの市電のあたりの暗がり――「戦旗」や「文藝戦線」などの秘密めかした売り場は、紀伊國屋書店の輝ける書棚と共にある意味における知識のメッカだった。屋台の天兼のてんぷらや亀八寿司のにぎりが、樽平の住吉〔純米酒〕や湯豆腐と共に、飲食のメッカであったと同様に、である。

学校は渋谷なのだが、入学試験での隣合せ以来の学友が牛込喜久井町の住人なので、三日にあけず通うのに、必ず角筈《つのはず》からの市電を若松町まで利用した。乗換え券というものがあって、中渋谷から一枚の切符で事足りたのである。それに下宿が、大久保柏木から杉並天沼、そしてその以後の住居地も一貫して中央線沿線だったため、紀伊國屋へは足しげく通ったものだ。

その紀伊國屋から後年「レツェンゾ」なる、今でいえばPRを兼ねた雑誌が発行され、編集の十返肇《とがえりはじめ》氏（もっとも当時十返一だった）から原稿をたのまれたときはうれしかった。知識のメッカから一人前あつかいされたのである。

そのころすでに私は、昭和六年大晦日にはじまった〈ムーラン・ルージュ〉文芸部に、井伏鱒二、楢崎勤両氏のおすすめで在籍するようになり、喜劇づくりに熱中していた。つまり演劇青年としての素志、演劇へのあこがれがまずは曲りなりにも花開いたというわけである。紀伊國屋名物の原稿用紙に書きとばしたその頃のコメディ草稿が、今でも遺っている。

しかしそれらの脚本はプリント台本となって、舞台で立体化されるだけである。だから自分の文章が活字になるということは、また別種の喜びであった。小躍りして書いたのが、たしかその頃、これこそ現代劇なりとしてさわがれていた田中千禾夫《ちかお》さんの名作「おふくろ」(田村秋子主演)と、ムーラン・ルージュ上演中の「愁色未亡人」(小崎政房作、水町庸子主演――私があたためていた題名だったが同君の懇望で譲っただけに特別の愛着を感じていた)とを比較して、われわれのところでも現代劇をやっています。一度ごらんになって下さいといった千禾夫さんへの書簡であったように記憶している。

その「レツェンゾ」がのちに綜合雑誌「行動」に発展するのだが、それにも随筆などを頼まれた。そのころはムーラン・ルージュに脚本を提供する傍《かたわら》、PCL映画の文芸課にも籍をおいていたので小田急の駅から砧村《きぬたむら》の撮影所まで通う疎林の小径のことを書いた記憶がある。二頁そこそこのものだが六号で組んでもらったあの活字のたたずまいは、今でも忘れることができない。あまり感じがよかったので、以後いろいろなところから随筆をたのまれるたびに、ではぜひ六号でと注文をつけたほどである。

　思い出せばキリがない。一つだけ原稿用紙のことで書きつけておきたい。だいたい紀伊國屋製のものは高級品で、われわれにはちょっと勿体ない感じがあった。それでムザムザ使ってしまうのが惜しくてならず、わざわざ神楽坂まで買いに行った山田屋のものや新宿甲州屋の雑なやつを用いるようになっていた。しかも大戦による物資欠乏時代がしのびよると共に、その山田屋のものすら買い溜めしておかなくては不安でならないのである。いわんや紀伊國屋製においておやである。だからこれも買い足し買い足ししては温存したものである。

　そして私は、ひそかに、理くつをつけた。これは大傑作をものすときのためにとっておくのだ。だから大事に蔵《しま》いこみ、天沼から仙石山のアパート、それから現在の棲み家と居を移すたびに、そしてまた応召中は友人の家へと、そのたびに他の荷物と共に移動させた。戦後はまた私の手もとに戻ってきたが、れいの今からおもっても情けないあの仙花紙時代にあっては、それさえ宝石みたいな存在で、使う気にはとてもなれなかった。しだいに色が焼けて周りから黄色くなるのを見ながらも、これはライフワークを書くときのためのものだからと、みずから納得させてきたものだが、それもはや、遠い夢のことになってしまった。

　あの温存した原稿用紙も押入れの隅で、現在ではあたら鼠の巣と化しているかも知れないのだ。大傑作もライフワークもいまだ一向に成らざるわけである。こんにちの堂々たる紀伊國屋ビルの、書肆としては嚆矢《こうし》とすべきあのエスカレーターに乗るたびにどうかすると私はこのことを思い出し、苦い味を反芻することがある。

ハモニカ横丁の夢

梶山季之

……いつだったか、同人雑誌の仲間たちと、連想ゲームという遊びに興じたことがあった。これは誰かが一つの単語を云い、それによって連想した言葉を、即座にメモして披露する単純な遊びだ。

　あるとき〈終戦〉という言葉が出た。

　すると私を除いて、出席者の全員が、〈空腹〉とか〈闇市〉とか〈栄養失調〉といったような、食欲に関連した文句を連想していた。

　終戦は、考えてみると、日本国民に飢餓そのものをもたらしたのであった。


――終戦後の新宿。

　そんなテーマを与えられたとき、私の頭に真っ先に浮かんだのは、ヨシズ張りの、ごちゃごちゃと並んだ闇市場であった。それを人々は自嘲をこめて、青空マーケットと呼んだ。

　どういう具合に、闇市が誕生したのかは知らないが、おそらく新橋にしろ、新宿、浅草にしろ、自然発生的に形成されていったものだと考えられる。一説によると敗戦の日――つまり八月十五日の夕方、すでに新橋の街頭に物売りが出ていたそうだから……。

私は昭和二十〔一九四五〕年の暮に、ソウルから日本へ引揚げたから、敗戦の年の新宿は知らぬ。

でも翌年の三月ごろには、新宿駅の東口、西口には何百軒というヨシズ張りの店が出来ていたように思う。

ここへ群がっているのは、すべて飢えた日本人ばかりだった。

「さあ、温まるよ、腹の底まで温まるよ」

という掛け声に吊られて、食べたのが名物のスイトンで、たしか一杯五円とられた。

「ホンモノの肉のテキだよ。安くて、栄養タップリだよ」

と云われて入ってみると、出されたのは鉄板の上で焼かれたクジラの肉だった。たしか〈八州焼〉という名前だったと思うが、小さな肉片をウス板に載せて、「ハイヨ」と出されたのには驚いた。

代金は十円だったと思うが、もしかしたら五円だったかも知れない。その頃は、五円、十円という五円刻みの物価だった。朝鮮から引揚げる時、持ち出しを許された日本円は、一人あたま五百円だったから、リンゴ一個五円とか、アメ十二個十円などと云われると、ひどくボラれているような気持になったものだ。もっとも、それがインフレというものであろうが――

昭和二十年五月から八月にかけて、新宿駅周辺、四谷、神楽坂、高田馬場といった、現在の新宿区の繁華街は、それこそ文字通りの焼野原となった。

駅前に立って見渡すと、三越、伊勢丹の両デパートが、瓦礫の中にニョッキリ立っていたが、いかにも侘《わび》しかった。駅の近くには、聚楽《じゅらく》、高野、二幸、それに武蔵野館のビルが焼け残っている位のもので、青空マーケットはこの焼け残った建物に寄り添うように発展して行った。

それから焼け跡に、ポツン、ポツンと建てられた廃物利用のバラックや壕舎、家庭菜園のことも忘れられない。

闇市の中を、褐色の航空服に半長靴をはき、胸に白い絹マフラーを巻きつけて、肩をいからせて濶歩《かっぽ》していた尾津組、野原組、秋田組、安田組などの兄ちゃん達。

買い出し列車。窓ガラスのない山手線、中央線の国電。

わけのわからない食べ物が、当時はいろいろあった。芋団子などは、まだ良い方で、海草麺だとか、トーモロコシ粉でつくったパンだとか、牛の血を固めたものだとか、ああ、思い出してもゾーッとなる。

〈光は新宿より〉というスローガンを掲げて、尾津喜之助親分がバラックの露店づくりに乗り出したのは、いつ頃だったろうか。

その後、二年ぐらいして来てみると、今では懐しき想い出となった、ハモニカ横丁が建っており、カストリ焼酎をブドー酒で割って飲む方法を、さっそく教わったような記憶がある。

私は、このハモニカ横丁で、酒の洗礼を受けたと思っている。

淋しがり屋なので、いつも同人雑誌の仲間と飲みにいったが、あのマッチ箱のような、五人も坐れば満員になるような、ハモニカ横丁の飲み屋街のことは忘れられない。

隣りとの仕切り壁がベニヤ一枚なので、酔ってこちらが壁に凭《もた》れると、向こうからペコンと押し返してくる。なんとなく隣りの店で飲んでいる人間の、背中の温か味がこちらへ伝わってくるような感じだった。

　私は学校は広島だったが、サボリ学生だったので、金と口実をつくっては、ちょこちょこ新宿へ遊びに来た。東京へではなく、新宿へ来る感じであった。

　そして来るたびに、新宿の変遷ぶりに、目を瞠《みは》らされた。

　栄養失調で死んだり、上野地下道で凍死したりする人は少くなったが、東口と西口とを結ぶ地下道には、かなり遅い年まで、浮浪者や、母子の乞食がいた。

　新宿へ出ると、私は紀伊國屋書店の中を一廻りして、珍しい本が出ていると、同人雑誌と共に買い求めた。紀伊國屋には、文学雑誌と一緒に同人雑誌を扱うようなコーナーがあったのである。

（余談だが、第十五次「新思潮」の同人だったころ、毎号二十冊ぐらい、紀伊國屋書店におかせて貰った。あとで集金にゆくと、殆《ほと》んど売り切れていて嬉しかったが、これはどうやら田辺社長の好意だったらしい。それとも気づかず、図に乗って、紀伊國屋書店の広告まで取ったのだから、汗顔の至りである。）

　本を買うと、書店附属の喫茶部へ行って、それを読み耽《ふけ》る。人が多くなると、青蛾とか丘などに逃げて、また読み耽った。

　夕方になる。

　私はためらわず、ハモニカ横丁へ行った。コスモスという飲み屋が、私のツケのきく店で、金がある時は馬上盃、ノアノア、吉田、奴さんなど、手当り次第に行った。

　後には、五十鈴などにも行くようになったが、このハモニカ横丁で作家や評論家の顔に行き合わせると、なんとなく儲け物をしたような気がしたものである。

　草野心平氏の〈火の車〉だったかが、出現したのは、あれは何時《いつ》ごろだったろう。

　ハモニカ横丁は夜になると、いつも道路がじめじめと濡れ、異臭がした。酔っぱらい共が、駅のトイレまでいくのを面倒臭がって、ジャージャーやるからである。

　バラック建ながら、屋台店ということで建築許可をとるため、各店の土台の下を掘ると小さな車輪が出てくるという話だの、誰かと誰かがハモニカ横丁のマダムに惚れ、ある新人作家にさらわれて口惜しがった……という話だの、私はハモニカ横丁でいろんな知識とゴシップを授けられたことだ。

　腹が減ると、満洲里のギョウザか、沖縄屋の丼メシをぱくつく。

　今から思うと、随分汚らしい店だったが、当時は平気の平左だった。そして、なにを飲んでも、なにを食っても、美味しかったようである。

　……でも、終戦後の新宿も、ハモニカ横丁があった頃の新宿も、最早ない。

　山口瞳氏と、二人で金を出し合い、後楽園あたりを借りて、ベニヤ板のハモニカ横丁を再現し、かつてのマダム達と定連だった客を集めて、昔を偲ぶパーティでも開いたろうか、などと話し合ったことがあるが、それほど私には懐しい。

　文壇のシゴキ部屋だとか、下士官室といわれたハモニカ横丁は消え、木造二階建なりし紀伊國屋書店も美しいマンモス・ビルとなった。

　いま新宿を歩いても、あの遠い昔の面影

はないが、新宿に働き、新宿に遊んだ人々の心の底には、むかしの新宿がそのまま息づいていることだろう。

「L’Esprit Nouveau」と「机」

北園克衛

紀伊國屋書店と私との関係は昭和三〔一九二八〕年頃まで遡ることができるようである。それは紀伊國屋書店が発行していた「文藝都市」の十月号の表紙を私が描いているからであり、その同人として随筆を書いたのを覚えているからである。その号は第一巻第十号となっているから、月刊であったことがわかる。同人には田辺茂一社長をはじめ舟橋聖一、井伏鱒二、梶井基次郎、雅川滉、古沢安二郎、（彼は紀伊國屋書店が今も使っている包紙のデザインをした）などという作家が編集会議に現われた。誰もが大学を終ったばかりという若い人々である。たぶん田辺氏と私との個人的なつながりは、そうした雰囲気のなかでできたのであろう。「L’Esprit Nouveau」は昭和五年八月五日に創刊されたが、この雑誌は何か変ったフレッシュな雑誌をだそうということではじめたもので、売ることなど考えなかったが、紀伊國屋の店ではずいぶん売れた。この雑誌の寄稿者は「文藝都市」で知りあった作家たちと、田辺氏と私の友人たちであったが、今では殆ど全部の人々が大家になっている。「L’Esprit Nouveau」は翌年の七月に発行した第二年第二号で休刊した。全部で六冊〔実際は七冊〕発行したことになる。たぶん「紀伊國屋月報」のことで忙しくなったせいかもしれない。

「紀伊國屋月報」は昭和六年一月に創刊した。菊版本文三十二頁で表紙はアート紙の二色刷り、当時の紀伊國屋書店の内部の写真がでている。編集形式は「L’Esprit Nouveau」と同じ独得のもので、寄稿者もまた同じであった。「紀伊國屋月報」はその年の十一月—十二月合併号（第九号）で中止した。この後につづいて美術雑誌「レツェンゾ」が創刊され、尾川多計君と十返肇君が編集したように思う。これは月報とちがって、立派な雑誌であった。「レツェンゾ」は三年ほど発行されていたように記憶しているが、私のうろ覚えであるから確かとはいえない。私はその頃、銀座の紺屋町のアパートに住んでいて、ときどき新宿の紀伊國屋書店にでかけていった。田辺社長はいつも憂鬱な顔をして、二階の部屋にいたが、私はそこで簡単な話をしてさっさと銀座へかえっていった。いったい月報の編集が気にいっているのか、気にいらないのかさっぱりわからなかった。

そのうち満州事変がはじまり、支那事変〔日中戦争〕となり、大東亜戦争になって、東京は惨憺《さんたん》たる焼野原になってしまった。

ある日、神田の昭森社を訪ねると、森谷均が田辺社長の伝言をきかせてくれた。「紀伊國屋月報」の復刊のことであった。こうして昭和二十五年一月に復刊第一号を発行した。昔とかわらないA5判、三十二頁の貧弱な月報である。「紀伊國屋月報」は昭和二十六年十二月号まで発行されたが、田辺社長の希望により改題することになり、いろいろ検討した結果「机」ということになった。田辺社長はもうひとつの候補となった「樹海」に未練があったようであるが、結局単純な方に決定した。そして昭和二十七年一月に「机」第一号を発行した。それから昭和三十五年十二月の終刊号に到る八年間、紀伊國屋書店の発展とともに、「机」もまた内容を充実していった。この内容の充実ということに関連して、特に私が感謝している人に現紀伊國屋書店調査役北川五郎氏がある。膨大な資料から〈洋書短信〉の原稿を毎号執筆していただいたものであるが、多忙な事務のかたわら、このために貴重な時間と労力を割いていただいたことを改めて感謝したい。しかもその内容の多岐にわたる適切なスナプに北川氏の並々ならぬ教養の豊かさをうかがい、ひそかに敬意を表していたものである。また「机」のブレーンの一人として、無償の協力をしていただいた島本融《とおる》君を忘れるわけにはいかない。彼は詩人河合酔茗《すいめい》氏の令息で、当時東大の大学院に席を置いていたと思うが、毎号の特集のために、貴重な努力を払っていただいた。「机」が、長い伝統をもった丸善「學鐙」に迫るために、私の考えていたことは、「學鐙」の大家有名人主義にたいして、「机」が新人主義に徹しようとしたことである。結果は、知る人ぞ知るであるが、既に学成り名を遂げた人々の円熟した文章の魅力を否むわけではないが、研究心に燃える助教授級の貧しいポケットにほんの少し寄与したことによって、「机」が新鮮味溢れる頁をつねにもっていたことは確かである。そしてこの新鮮さだけが「L'Esprit Nouveau」以来、田辺社長と私をつなぐただ一本の〈えにし〉であったようである。ともあれ「机」は経済的な理由でいきなり休刊してしまった。

　最後に、この「机」のために絶えずよきアドヴァイスをして頂いた現事業課長小玉光雄氏にお礼を申しあげたい。

「レツェンゾ」の頃

北原武夫

「レツェンゾ」に僕が書いたのは、たしか昭和三、四〔一九二八、二九〕年の頃だと思ふ。僕が慶応に入って、予科から本科の一年になった頃、その前は「三田文學」に、生まれてはじめての評論「素描・堀辰雄」を書いて、一部の人に認められ、つづいてエッセイや評論などを、「三田文學」や「詩と詩論」や「今日の文學」などに書きはじめた頃である。恐らく「レツェンゾ」に頼まれたのも、そのせゐではなかったかと思ふ。

　何を書いたかは、もう忘れたが、「三田文學」はもとより、当時堂々たる雑誌の「詩と詩論」や「今日の文學」でも、原稿を依頼しておきながら原稿料はタダだったのに、それより小さい雑誌でありながら、半企業雑誌といふ立て前からか、発行元の紀伊國屋書店から薄謝を貰って、大変嬉しかったのを覚えてゐる。いくらだったか、もちろん、今では覚えてゐない。当時学生の身分で、親元からの仕送りで暮らしてゐた僕でさへ、薄謝と思ったのだから、さう多くない金額だったことはたしかだが、それでもはじめて自分の文章に金銭でお礼を貰った嬉しさは格別だった。当時親に内緒で同棲してゐた女に、見せびらかして、多少とも面目を誇ったことを、僕は今だに忘れない。

その後、僕は、「三田文學」から離れて同人雑誌「新三田派」を創刊し、学校を出るまでつづけたが、それから急に忙しくなり、前記「詩と詩論」をはじめ、季刊誌「文學クオタリイ」「新文學」「ヌーヴェル」月刊誌「文藝汎論」「新科学的文藝」「今日の文學」など、文学青年向きの雑誌に、殆ど毎号、小説や評論などを依頼されて、書きつゞけた。新年号などには、あっちこっちからの依頼がダブって、学生ながら、大いに忙しかったことを覚えてゐる。もちろん、みんなタダ原稿だったが。

その頃のことを思ふと、当時の新人と今の新人とは、質はどうか知らないが、大いに境遇や文壇の扱い方が違ってゐたやうな気がする。当時も各大学ごとに、文科生たちの間の同人雑誌が数多くあったが、それらの間で、いつの間にか、各同人雑誌ごとに二、三人づつが、ピック・アップされて、文壇の一番下層の雑誌、あるいは前衛的と自負してゐる季刊誌、（それが僕の挙げた前記の諸雑誌だが）に執筆を依頼されて、書かされるやうになった。これらのうちから、更に「新潮」「文藝」などに執筆を依頼されるやうになると、新人が文字通り、新進作家に昇格し、それから更に「改造」「中央公論」「文藝春秋」などの綜合雑誌に依頼されるやうになると、はじめて一本立ちの作家と認められるわけで、当時僕などのクラスは、純然たる新進作家の二軍、ファーム・チームのメンバーであった。

但《ただ》し、このファーム・チームのメンバーは、単なる同人雑誌作家ではなく、そこから脱け出て、一クラス上ったという自負を、めいめいが抱いてゐたやうだ。当時の同人雑誌中から、ピック・アップされたこのメンバーを列挙すると、伊藤整、十和田操《みさお》、田村泰次郎、井上友一郎《ともいちろう》、坂口安吾、菱山修三、山下三郎、高岩肇、丸岡明、田畑修一郎、上林暁《かんばやしあかつき》といふ人たちが思ひ浮かぶ。そのうち坂口と田畑はすでに死去し、高岩は映画畑に去り、山下は文学をやめてしまったが、他はみんな、現在でも活躍してゐる人ばかりである。中でも、田村泰次郎などは、このクラスの中の流行作家で、「今日の文學」級の雑誌の新年号に、四つ頼まれたと言って、僕のところにやって来て自慢し、大いに僕を羨ましがらせたことを覚えてゐる。田村は、その自慢が果して実を結び、間もなく「新潮」に「選手」〔一九三四年〕をはじめ、続々と創作を発表して、僕らの仲間のうちでは、一番最初に新進作家になった。

それから間もなく、僕は慶應を出て、ゆっくり文学を勉強するつもりだったのが、在学中から勝手に女と同棲してゐたのがもとで、両親から勘当され、仕方なく都新聞（現東京新聞）に入って新聞記者になり、まる五年間、文学から遠ざかってしまったが、その間、小遣い稼ぎに「週刊朝日グラフ〔「アサヒグラフ」〕」や、時事新報、国民新聞などの学芸部に、原稿を持ってゆくと、みな新人時代の名前を知ってゐて買ってくれたのには、正直にいって、僕は驚いた。朝日新聞でも、毎日新聞でも、学芸部では、新人としての僕の名前が、チャンと通ってゐたのである。

今の文壇には、幸か不幸か、このファーム・チーム・クラスの雑誌がない。そして「レツェンゾ」のやうな半企業的雑誌がない。その代り、新人と新進作家の間が大分曖昧になってゐる。新人が歓迎される割に、新進作家が出にくいといふ理由は、恐らくこの辺にあるのだらう。

遠い記憶

小林　勇

私が信州から東京へ出てきたのは大正九［一九二〇］年の春である。東中野に住んでいた兄の家に少しの間寄食していたが、間もなく岩波書店に入った。その頃岩波書店は神保町交叉点から九段よりの所にあった、小さい店であった。店員も十二、三名しかいなかった。私は月一回の休みの日や、店番をしなくてよい夜は、東中野の兄の家へ出かけた。神保町で市電に乗って新宿終点で降り、省線電車の新宿青梅街道口から乗車した。新宿駅には青梅街道口、甲州街道口の二つがあったのだ。夜は青梅街道口から甲州街道口に止っている電車の灯が見えた。それが動き出すと、ああ来るな、と思った。

新宿の町はまだ市外だったのだ。停車場付近はもちろん、角筈といって、今の紀伊國屋書店の辺りも市外であった。街はばは狭く、古い瓦屋根の家がつづいていた。遊郭が電車通りに並んでいて、その格子戸の二階家は何か不思議な感じを与えた。

郊外から来るおわいの牛車がゆるゆると通った。その頃新宿から出る市電は須田町―両国行きであったように思う。駅から市内よりの左側に、角筈という停留場があって、ここから万世橋《まんせいばし》行きが出た。この線の両側は住宅で、その間を電車が走っていたのだ。新宿はまだ郊外といっても不当ではなかった。

大正十二年の関東大地震で、東京の下町は全部焼けてしまった。新宿は急に賑やかになった。

新宿の思い出を書くつもりはなかったのだが、私は紀伊國屋書店は、地震直後に創業されたのだろうくらいに漠然と考えていたので、昭和二［一九二七］年ときいて、新宿の町に対する自分の古い記憶にいささか驚いたりしたのだ。

紀伊國屋という名は多分田辺家の父祖稼業の屋号だったと思う。角筈の停留場の近くに炭屋があった。近所には石屋があったように思う。田辺茂一氏の始めた小売書店は、お父さんのやっている炭屋の隣り、表通りではあるが少し引込んだところに建てられていたように思う。炭屋の店先には畳が敷いてあり、帳場の机には前に格子のようなものがついていたように思うが、私の記憶もいささか怪しい。

新宿は急激に発展していたから、紀伊國屋書店の名は本屋仲間にすぐ有名になった。有名になったのは、売上げがたくさんあったということだ。昭和二年といえば「岩波文庫」が生まれた年で、出版界は、その前々年から円本全集の出現で急に活気を呈し、騒々しくなっていた時だ。

私は昭和三年に岩波書店を辞めて、翌四年に鉄塔書院という出版社を始めた。それから間もなく、紀伊國屋書店と関係ができた。当時も群小の出版社は、大取次店に薄情な扱いを受けていた。そこで各々が有力な小売の書店にたのみ込んで「委託」をしたのだ。紀伊國屋書店は地の利を得ているし、若い主人の好みが店に出ていて、いわば何となく文学的な香りがあったように思う。我々小出版社はこの店に争って委託をたのんだ。相当の売上げがあった。しかしその支払いは、受取るほうからいうと少し辛いといわれた。主人の田辺氏が文学青年で、雑誌を出したり、文士と遊んだり、自動車を買って美しいひとを乗せて走っている。そのほうへ金がかかるのだろう。などと蔭口をきく人があったが、かつて倒されたという人がないのだから、このうわさは貧乏商人の口実に使われたのであろう。

この頃の田辺茂一氏の風貌は、やはり人に対して伏目がちのような感じがあった。私は古い紀伊國屋書店の構造などをくわしく思い出すことが出来ない。先に述べたように、その雰囲気をかすかに思い出すだけだ。

これでは私に課せられた「戦前の紀伊國屋書店」を描いたことにならぬ。しかし、若くて紀伊國屋を始めた田辺氏は、四十年の歳月を一筋に書店経営に尽し、今日の大をなしたのだから、讃えるべきだと思う。同時に小売書店というものの地位を引揚げた功績は大きい。

田辺氏と私が親しくなったのは戦後であるが、会えば何となく「四十年の友達」と考え、口にも出していう。本屋という商売は他の商売と違うのだから、そこの主人が文学者と交ったり、文章を書いたり、酒をのんだりすることが、結局その人間の幅を広くし、商売にもよい影響を与えることになるだろう。田辺氏には、そのよい例を見るのである。

「アルト」の頃

今　和次郎

あの頃の新宿には、江戸から明治へかけての雰囲気がのこっていた。甲州街道の振り出し点に構えられた宿駅らしいふぜいがみられたのだ。宿場女郎衆のにおいのする格子作りの二階家もあったし、また朝夕、郊外の百姓たちが運ぶオアイを積んだ大八車の列もみられた。

今も、サラリーマンやBGを運んでいる超繁栄の中央線の国電は、たしか吉祥寺どまりで、しかも中野からさきは三〇分毎という運転密度だったのだ。従って、紀伊國屋さんにおしかけてくるお客さんも、たいした期待がもてない状態だったのだ。

しかるに、わが田辺さんは、そこへ親不孝をしても本屋を開くとがんばったらしい。もともと紀伊國屋ののれんは、代々薪炭商を営んでいた老舗のものだったので親の目からは稼業のあとを息子に継がせたい所であったろう。けれども、今になってみると、書店開業は先見の明があったというほかあるまい。

書店開業のはじまりは、ちゃちな建物(失言?)だった。そのときに私は吉田謙吉君などといっしょに、「考現展」〔「しらべもの展」一九二七年〕で、田辺さんのご好意を頂戴したのが知り合ったはじめである。

それからひき続いて、誰から出た話なのか、田辺さん自身からか、木村荘八さんあたりからか、本屋さんだといって、ほかの出版社で出した本ばかり売っているのでは能がないから、おいおいと出版もはじめる含みで、まず美術雑誌をやるから出て来い、という召集をうけたのだった。

それで行ってみた。紀伊國屋の事務室に集っていた面々は、田辺茂一、中川紀元、木村荘八、林倭衛《しずえ》、それに私と五人だった。それぞれひとくせある人たちだったので、つけたりの格の私も愉快だった。そこで、美術評論雑誌「アルト」という名称を全員一致で可決。編集方針は、放談風の原稿を、などということもきまった。店の尾川氏が進行事務係ということで具体的になったのである。そして、表紙は木村荘八さんの墨絵で飾ることもきまった。当時菊判といわれた大きさで七、八〇頁のものにするということも。

その頃の美術界はすごいものだったのだ。アカデミックなものの権威は失せて、第一次大戦後の新しい行き方の模索の時代だった。いうならば美術界の乱世だった。何々印象派から、立体派、未来派、ダダ派等々、まるで野武士横行の状況だったのだ。

どっと押し寄せてきた英雄たちの名は、セザンヌ、ゴッホ、ゴーガン〔ゴーギャン〕、ピカソ、誰々ということだったので、既成の作家たちは心の底で狼狽したらしい。でも、青年たちにとっては、わがままいっぱいで振舞えばいいということになったので、うれしい時代だったのだ。美校の美術史の講座をうけもっていた岩村透先生が、教壇の上から、「君たちは黒田清輝の絵の寿命が続くものと思うかね。君たち青年はまごまごしてはおれんぞ」と、画家の卵たちに謀反をけしかけて人気を集めていた時代だったのだ。

何しろ、女性たちのスカートは地に曳《ひ》くような長いものときまっていたのが、バッサリと切りおとされて、脚をペロリとむき出しにした風俗造形になったのだから。

建築も同様で、第一次大戦で、地上も人心も荒れてしまった。戦前の名建築といえば、飾りが相当つけられたものだったのが、戦後には、構築材料そのものの生地が生かされて、構造の合理、用途への適応などということがモットーとされ出したのだ。日本にも「アルト」当時は、そういう尖端的な流れがどっと浸入して来た。思想も現実もぬりかえられたのだ。その一党は、分離派という旗の下に青年建築家が集合し、そのメンバー諸氏は、威張り散らしたものだった。そして、新しい建築はもはや絵画や彫刻などとは絶縁だとも叫んだのである。

震災直後、東京の街は、羽目板ばりにトタン屋根という貧しいバラックの光景が呈されたとき、私は吉田謙吉君などと、「バラック装飾社」という、今日でいえば花いっぱい運動のような事をやった。そのときに中川紀元さんも参加してくれたのだった。

つまり街でペンキ屋をやったのだ。それで怒り出したのが新建築提唱の連中であった。壁に絵をかくなどは邪道だと食ってかかったのだ。本来の建築美を無視する行為だと、きびしく攻撃してきたのである。油断のできない尖った時代なのだった。

そういう時代だったから「アルト」誌の存在意義があったのだ。軌道をはずれた暴論でもなんでも盛り込んで、議論に花を咲かせるのがたのしいじゃないかと、同人たちが共鳴し合ったのだ。

そういう雑誌の会計一式をうけもつ、太っぱらな紀伊國屋書店に同人一同敬意を表したのだったが、あえてそれをやったということは、紀伊國屋のPRに役立ったばかりではなかったろう。

はっきり記憶にないが、六冊か十冊〔実際は十三冊〕で、花火をあげたような「アルト」が休刊となった。理由は同人たちのうちわもめではなくて、お互いの事情からだったような気がする。

とにかく新宿そのものも、美術界も、大ゆれにゆれた時代に、光っていたのが「アルト」だったのだ。

その「アルト」が、今日の大紀伊國屋を築いた小さい石片の役をしたかどうかはわからない。けれども、今日新宿の一等盛り場に、大きい鯨が口をあけて、山の手界隈一円の文化人男女を呑みこんでいる偉容の紀伊國屋書店というものの経歴書の中には、記しておかなくてはという希望をうけて、ぼやけた記憶を書いてみることにした。誤植ではない誤記があるかもしれない。ごかんべんを乞う。

「文學者」の頃

榊山　潤

「文學者」の創刊がいつであったか、はっきり思い出せない。私の旧著『歴史』をひっぱり出して奥附を見ると、第二部が砂子屋書房から出たのは、昭和十五〔一九四〇〕年二月である。第二部は「文學者」に連載したのだから、昭和十四年には出ていたことになる。

同人の顔ぶれは、中村武羅夫《むらお》、楢崎勤、徳田一穂、丹羽文雄、岡田三郎、尾崎士郎、尾崎一雄、浅野晃、水野成夫、田村泰次郎、徳永直《すなお》、井上友一郎、伊藤整、以上うろ覚えで思いつくままならべたが、本多顕彰も同人であったかもしれない。この他にもまだ、二、三人いたと思うが、忘れた。

金を出してくれたのは田辺茂一である。毎月一五〇頁くらいを標準にして、原稿料は一枚五十銭であった。その頃、「新潮」などの小説原稿料は普通一枚三円、同人雑誌として五十銭は手頃な原稿料であった。

第一回の同人会で、いちばん苦労したのは雑誌の題名である。同人それぞれに持ち寄ったが、うまい題名がない。当時すでに「文學界」は出ていた。「文學者」という題名は、伊藤整の提案であった。これだけはよく覚えている。賛成者が多かったので、それに決った。

表紙絵の依頼、印刷屋との交渉などは、すべて田辺茂一がやってくれた。私が編集責任者になり、原稿集めや校正は、講談社を辞めて遊んでいた岡部千葉男がやった。岡部の月給は田辺から出ていた。

　編集所は私の家においた。紀伊國屋におくのに、何か支障があったのだろう。私は大塚窪町の裏長屋同然の家にいたので、そこに「文學者」編集部の表札をかけるのに、大分ためらった。そんな家が編集部では、雑誌そのものまで貧相に見えてくるだろうと、そんなことが気になったのである。それを田辺にいうと、「発行所じゃない、編集部だからいいだろう」彼も同感を示しながら、そう答えた。

　創刊号の表紙は高畠達四郎であった。ドンキホーテが蹌踉《そうろう》と馬をあゆませている絵で、なかなかよかった。

　話が前後するが、同人勧誘にあたって、私も四、五人に話をした。いや、手紙を出したのかもしれない。その中で二人に断られた。坪田譲治と高見順である。後で高見が、同人を断ったので榊山が気をわるくしていると、ある人に話したということが、私の耳に入った。

　別に弁解もしなかったが、私は気をわるくなどしない。いやなら断るのが当然で、気をわるくする理由などすこしもない。坪田譲治とはその後も、円満に附合っている。

　毎月一回、同人会があった。その会費は、田辺茂一が払ってくれたように思う。会費を出した記憶がないからである。その頃は私も、毎夜一升酒を飲んでいた。尾崎士郎、山崎剛平、尾崎一雄などが飲み仲間であった。

　同人会が終って、他所へ飲みに行って、そこでまた田辺茂一の一行にぱったり逢う、というようなことも、珍らしくなかった。

　私は一年編集をやって辞めた。私がやった一年のうちに、当時の有力な新人であった島村利正の短篇などを、載せた覚えがある。岡田三郎の弟、牧屋善三の長篇を載せたのは、私の時であったかどうだったか。ともかくその長篇を、私は生ま原稿で読んだ。

　私の後を、岡田三郎がやった。彼が一年とすこしやった筈だから、「文學者」は確実に、二年以上続いた。ところでその最後だが、どうも後味がよくなかった。

　尾崎士郎を通じて、小学館でひき受けたいという話があった。原稿料も普通に出すという。田辺茂一も異存はなかった。それで、その話がほぼ決った時、情報局の人から、待ったがかかった。

　かけた人は佐伯という人で、小学館側の話によると、何かのことで小学館はその人の憎みをかっていた。で、小学館で出すのなら、「文學者」はつぶす、とその人がいったそうだ。

　ところで私は佐伯という人を知っていた。詩人で子供のものも書くということで、人柄のいい印象があった。だからそんな話をきいて、解せないことに思った。

　そんなごたごたで、結局「文學者」はつぶれた形になったのだが、これは私にも責任があったようだ。性来無精に加えて、あいにく身辺多事、その上に情報局などに行くのがこの上もなくいやで、佐伯に遇って話をききたいと思いながら、ついに機を失した。

　その後、何かの会合で佐伯に遇った。彼は私の顔を見ると、すぐ言った。

「あなたがあの雑誌に関係があったことを、後でききましてね、わるいことをしたと思いました」

あんな雑誌はやめた方がいい、と言われたのなら、私の気持もさっぱりしたろうが、そんな言い方をされて、私はむかっ腹を立てた。私が「文學者」に関係していたことを、知らなかった筈はない。「文學者」は小役人の個人感情でつぶれたようなものである。

洋書と私

向坂逸郎

私がはじめて洋書らしい洋書を買ったのは、ゲーテの『ヘルマンとドロテア』であった。高等学校にはいって最初の夏休みに、若いドイツ語の先生に、休み中何を読んだらいいか、おたずねしたら、『ヘルマンとドロテア』がよかろうということであった。熊本の第五高等学校のこととて、専門の洋書屋はなかった。多分、日本語の本屋さんの一隅にあったのだろうが、買ったレクラム版の『ヘルマンとドロテア』を、宝物のように大事にした。ドイツ語を主としたクラスで、ドイツ語は、一週十二時間ぐらいはやったが、一年生の終りだから、私の語学力で、よみこなせるはずはなかった。別に、註釈書を買ってきて、やっと読み了えた。

大学にはいった頃は、第一次世界大戦中だから、ドイツ語の本は、はいって来ない。ミルの『経済学原理』（アシュレー版）、これは、教科書として売出されたものである。私自身の意志で買ったのは、マルクス＝エンゲルス『共産党宣言』とエンゲルスの『空想的社会主義から科学的社会主義へ〔『空想から科学へ』〕』とであった。ともに英訳で、アメリカのKerrという本屋から取りよせた。これは、私の始めて手にしたマルクス＝エンゲルスの著作である。二冊とも仮りとじ本で、くり返して読んでいるうちに、表紙がちぎれた。そして、私の生涯の思想を決定的にした。しかし、『共産党宣言』を、自分が翻訳することになるなどとは、思っても見なかった。

大学二年生から、研究室にはいることが許可される。そこで、はじめて手にしたのは『資本論』のドイツ語原本であった。よくは分らぬながら、私をとらえてはなさなくなった。これもまた、将来翻訳する運命になるなどとは、夢にも思わなかった。

大学を出る頃から、ドイツ語の本がはいり出した。ことに、かの地のインフレーションで、ドイツ書が、やすく手に入るようになって、貧しい小遣いをはたいて買った。この頃から、私の買う本は、断然ドイツ語の本が多くなった。

私と紀伊國屋との関係は、はじめは洋書ではなかった。現社長の田辺茂一さんが戦前に「行動」という雑誌を出された。その誌上で、「行動主義」についての座談会があり、あまりたしかではないが、舟橋聖一さん、窪川鶴次郎さん、田辺さん、亡き青野季吉《すえきち》さん、亡き大森義太郎と私が、出席したように思う[10]。

間もなく戦争になって、私には、洋書な

ど買う余裕がなくなった。しかし、暇はあったから、僅《わず》かのお金をたもとに入れて、古本屋の洋書をあさった。ファショ時代のこととて、私の欲しい本は、きわめて安価であった。時には、紀伊國屋に現われて、ファショでない本を買った。

戦後は、また、私の紀伊國屋通いがはじまった。始めは、英語の本が多く目についたが、次第にドイツ語の本も、並べられるようになった。私が、紀伊國屋に注文するのは、ドイツ語の本、ことに東ドイツの本が多い。

大正七〔一九一八〕年、私の学生頃の新宿は、今日の繁華な状態からは想像も出来ない。その頃は、紀伊國屋は、炭屋さんであったという話である。現社長の田辺さんが、本が好きであったことから、本屋さんが始まり、洋書に手を拡げたのは、昭和十五〔一九四〇〕年の頃であるという。いまでは、洋書店として確立してしまった。

私は戦後は、洋書は、殆んど紀伊國屋を通して注文する。別に理由はない。私は、少年時代から、頻繁に出入りするせいか、本屋さんと仲よくなるくせがある。紀伊國屋に、いつの間にか、なんとなしに、親しみを感ずるようになったのである。

一九三〇年協会の頃

里見勝蔵

一九二一年、巴里で僕は初めてヴラマンク、ドラン、デュフィ、モディリアニ、ユトリヨ〔ユトリロ〕、ブラック、レヂェー等を見て驚いた。日本では未だ知られていなかったのである。しかし二一年から数年間、〔画商エルマン・〕デルスニスがそれ等のフランス画を東京に持って来て展覧会をやり、荒城季夫氏がその紹介に努力したので、日本ででも知られる様になった。これは日本洋画にとっては一つの転換期となった。

次第に東京時代の友人が巴里に集まり、それ等のフォーヴィックな画を見、又師匠について学んだ事は、かって東京で学んだ事と異っていたから、僕等は大変感激して勉強努力した。その結果、日本へ帰ったら僕等の展覧会を創ろうと話し合った。

そして順次僕等は東京に帰り、一九二六年に一九三〇年協会を創立し、一九三〇年にはそれが独立美術協会となった。いずれも新しい純粋な芸術を標榜したのだから、周囲にある他の展覧会団体とは異り確かに新鮮であり、ヴァイタリティに富んでいた。

三〇年協会の創立者の中、木下孝則と義《よし》謙《のり》兄弟が千駄ヶ谷に住っていた関係で、代々木山谷の工藤三郎君がアトリエを開放して呉れて、一九三〇年協会洋画研究所を開いた。ここにはいつでも生徒は超満員で、実に元気で、和気藹々《あいあい》として、教師も生徒も実にいい思い出を持っている。

第一回講演会は代々木小学校の講堂で開き、毎月催した。ついには読売講堂、朝日講堂まで進出した。

大阪ででも展覧会をする為に、作品発送に木下は新町の加藤隆吉運送店を連れて来た。何んと加藤はムシロとナワを持ってきたのには驚いた。僕はカンナクズを入れたパッキングを作り、額の四隅に止める事を教えた。それがなんと後年、日本一の美術品運送店にまで発展した。

　僕等は作品のポストカードを作る為に、当時の写真はフィルターで加減しても、赤は黒く、青は白く現れるのに困り、村井四六にパンクロ［全整色フィルム］を使わせた。村井も後日美術写真家として成功したし、色刷エハガキを作る時に、野口弥太郎は友人の光村［利藻《としも》］を連れて来た。これも後日有名な大美術印刷所となったとは、うれしい事ではないか？

　又我等の仲間では、小島善太郎が新宿の書店紀伊國屋の若い主人田辺茂一氏の知人であり、前田寛治、佐伯祐三、曽宮一念、宮坂勝《まさる》と僕が下落合に住っていたから新宿に出ると紀伊國屋へ行き、よく田辺さんの御馳走になったものだ。特に新鋭なる田辺さんは書店の階上に展覧会場を作り、又、文学、音楽、絵画に関する雑誌「アルト」を出版したので、自然、僕等も執筆する様にもなった。

　その頃、新聞には美術記者がいたが、少しいた美術批評家は日本画家の御用批評家となっていて、今日にある様な美術批評家と云う独立した存在は殆どなかった。荒城さんはその最も稀《まれ》な存在であったのだ。そこで三〇年協会の連中の様に、新鮮な生活力を持つ画家は、美術批評や随筆を新聞雑誌に書かされた。三〇年の画家以外に、原稿の書ける画家はいなかった（因《ちな》みに、日本に批評家という新職業が現れたのは終戦後の事である）。

　その様にして紀伊國屋「アルト」には、毎号、僕等の三〇年協会の仲間の中の誰かが、必ず執筆していた（「中央公論」や「改造」、「文藝春秋」等と並んで、浩瀚《こうかん》なる雑誌「行動」が出版されたのは、その後の事である）。「アルト」は第一書房の「セルパン」と共に、確に新鮮なパンフレットであった。

　今日は日本全国洋画画商と貸画廊の全盛時代であるが、紀伊國屋の階上に画廊が出来た時代には、［竹内］栖鳳《せいほう》と［横山］大観が健在して、京都と東京の表具屋の数軒が得意先へ画を持ち込む様な時代で、未だ画商とは云はなかった。やがて店を持つ者が出来て、画商と名乗っても、未だ画廊と云うものは無かった。そう云う意味で、紀伊國屋の画廊は、全く先駆的な催しであった。

　だから紀伊國屋画廊の画廊開きには、自然田辺さんに親しい三〇年協会の連中が主となって、先輩の画を借りて来て、又僕等の知友の画を集めて、華々しく開催したのであった。その当時、油絵の需要は少くて、自然に売れて行く様な状態ではなかった。せめて借りて来た先輩の画は売りたかったので、僕等は知人を引っぱって来て、買ってもらった。それでも残った画は田辺さんに引き受けてもらった。

　それからつづいて個展や総合展の申込みのある場合はいいが、その絶え間は、我々の仲間の作品でうずめて行くのは、なかなか困難な事であった。終いに多く山の椅子やベンチを買ってもらって、講演会場にも使い、三〇年協会の夏期講習会もやった。

　仲間の林武の病気が重態であった時に、僕等は救援展覧会を催した。売る事に大変努力しても、大半は売れ残ってしまった。そこで田辺さんに――これを全部引き受けて下さい――と恃《たの》むと、先例もあり、すでに覚悟していたらしい田辺さんは、予感が命中したので、思わずうれしそうな顔をしたのだが、ここで甘い顔を見せたらいけないと思いかえして、無理に難しそうな顔をしようと努力し乍《なが》ら、顔を横向けて——ああそうですか——と未決定の様な返事をした。田辺さんはそういう人なんだ。僕等は安心していた。勿論僕等の依頼が叶えられたのは云うまでもない。それで林は一年間安静保養して、健康をとりもどした。

つづいて曽宮一念救援展覧会が催された[一九二八年]。紀伊國屋画廊は救援会の連発である。これは三〇年協会が主催したのではなく、曽宮と美術学校同期の寺内万治郎、鈴木保徳《やすのり》、耳野卯三郎《うさぶろう》等の催しに僕等も参加したのであった。この出品画がどの様にして処分されたか僕は知らないが、やはり先例に従ったかも知れない。

田辺さんに画を恃みこむのは僕等だけではなかった。紀伊國屋画廊で展覧会するのは、殆ど田辺さんの知り合いだから、展覧会毎に田辺さんは、例外なく、少くとも一点は引き受ける習慣になっていたのである。

その様にして田辺コレクションは急激に膨張して行った。イヤな画は捨てたり、乞われるままに人に与えたりしたのもあるだろうが、もし今日まで田辺さんがそれを全部所蔵していたなら、大したものになっている筈である。なぜなら、その時代から丁度四十年を経た今日、紀伊國屋が膨大な発展をとげた如く、それ等の画家の中にも、ビッグ・ネームになった者が相当いるのだから……。

若かりし日の回想はたのしい。

紀伊國屋喫茶室

柴田錬三郎

昭和二十四、五[一九四九、五〇]年の頃だったろう。貧乏でひまだった私は、殆ど毎日、新宿を散歩していた。

家が柏木四丁目にあり、新宿までの距離は、散歩に、ちょうどよかったのである。

そして、パチンコをやったり、映画を観たりしたが、私が必ず立寄るのは、紀伊國屋であった。

ひとわたり店内を歩きまわると、必ず、喫茶室に腰を下した。書店は、ずっと奥にひっ込んで居り、前に空地が設けられ、表通りに面しては、右側が犬屋で、左側が喫茶室であった。

私は、その犬屋で三千円で柴犬を買い、十三年間、飼った。柴犬は、私の作家生活と倶《とも》に生きた。

喫茶室では、文壇の人々と多く会い、長い時間、油を売った。「三田文學」の紅茶会も、何回か、ここでおこなった。私は、吉行淳之介や安岡章太郎たちと、ここで、親しくなったような気がする。

しかし、不快な思い出もある。

私が、あるカストリ雑誌に、終戦直後流行した「リンゴの唄」を唄った歌手をモデルにした三文小説を書いたのが、わざわいした。その歌手の亭主が、私と同郷の男で、これがヤクザであった。

Hは、代理の男を寄越して、私に、名誉毀損代として、三百万円出せ、と脅して来た。

私は、代理人では解決できないから、本

人と会うと云った。

そして、私が、指定したのは、紀伊國屋喫茶室であった。

私は、その日、恰度《ちょうど》来合せた甥を護衛役にして、喫茶室におもむいた。

Hは、乾分《こぶん》らしいのを二人ひきつれて、やって来ると、私の向い側にどかっと腰を下し、

「おれは、あんたを殺してやろうと思って、ピストルを用意したんだぞ。三百万円ビタ一文欠けても、だめだ! わかったな」

と、すごんだ。

私は、しかたなく、黙っていた。

対手は、云いたいだけのことを云うと、さっさと立ち上って、出て行ってしまった。

私は、やれやれ、と思った。しかし、その不快感は、なんとも名状しがたいくらいであった。

私が、毎日かよって、ひとときのいこいをもとめていた喫茶室を、こんなことで、不快な思い出の場所にしてしまったのが、烈しく悔やまれたものだった。

私は、Hに二十万円くれて、解決したが、その後、偶然、新宿で出会うと、まるでみすぼらしい乞食同様のていたらくであった。

私は、わざと、Hから脅迫された喫茶室にともない、同じ席に据えて、コーヒーをおごってやった。

これで、すこし気分がおさまった。

私が、この喫茶室を好きだったのは、いつまでも、油が売れるからであった。

ただし、私は、ここで、あいびきをした記憶がない。どういうものか、女性とは、二人きりでさし向ったことは、一度もない。

安岡章太郎が、『良友・悪友』［新潮社、一九六六年］で、私が、遠藤周作にだまされて、仮空の女性とあいびきすべく、ステッキを持って、ここに入り、キョロキョロしていた、というのは、まっ赤ないつわりである。

私は、見知らぬ女性から口をかけられて、イソイソと出かけて行くほど、お人好しではない。一応、疑ってみるだけの要心ぶかさは持っている。

柏木から、高輪へ引越してから、新宿とは縁が遠くなり、紀伊國屋にもめったに行かなくなった。

そのうちに、喫茶室はとりこわされ、現在のようなものすごいビルに変った。

私ぐらいの年配になると、消えていったものをなつかしむ気持がつよい。

いまも、目蓋《まぶた》を閉じると、あの喫茶室の内部が、そして、そこで私がすごした日々が、ありありとうかんで来る。

古いものは去り、新しいものが現れるが、追憶は、死ぬまでのこる。それで、いいのであろう。

私は、いつか、文壇を回顧する文章を記す機会があれば、紀伊國屋喫茶室で会った文壇人たちの思い出を、語るつもりである。

毒舌

東郷青児

紀伊國屋の田辺茂一さんとは随分古いつきあひである。永い外国生活を切りあげて、東京にたどりついた頃からのつきあひだから、もう三十年以上にもなるだらう。

震災を中にはさんだ十数年間の東京の変

りやうと云ったら大変なものだった。

西も東も解らない日本の事情の中で、あっぷあっぷしてゐた頃、茂一君と知りあひになったのだ。

まだ小さかった紀伊國屋書店の二階で個展を開いて、絵を二、三枚買って呉れたのがきっかけとなったやうに記憶してゐる。

今まで耳にしたことのない毒舌と諧謔《かいぎゃく》で、口の重い私なんか、とても太刀打ち出来る相手ではなかったが、人の顔さへ見れば止め度なく流れ出す毒舌の底に、それとは正反対な人情もろさがあり、ぬくぬくとした情愛が感じられたのは、まことに不思議である。

「アルト」を出版したり、「文藝都市」を出したりして、舟橋聖一はじめ、当時の若い文士たちに、心のたまり場を與《あた》えてゐたことも、茂一君の人となりを物語ってゐるだらう。

毒舌家は同時に痛烈な社会批評家でもあり、人物評論家でもあった。

鬼面《きめん》人を驚ろかすやうな毒舌の中に、しばしば敬聴に価するものがあったやうに記憶してゐる。

私らの仲と云へば、銭箱から小銭を摑んで出て来る彼を、角のすし屋で待ち合せ、毎晩のやうに悪所通ひに浮身をやつしただけのことだったが、金を払ふのは何時も彼で、それを当然のやうに振舞ひ、一度も恩着せがましい口を利いたことがなかった。

これを大人の構へと云ふのだらう。

その頃の私ときたら、金も力もない癖に、女には惚れっぽくて、ぞっとするやうな恋愛に焦心し通しだったが、茂一君は女の顔さへ見ると、正面切って結婚を申込む凄惨な特技を持ってゐた。

申込記録五百数十回と云ふのだからただごとではない。

貫禄もあり、男振りも九人並み程度には踏める彼だったから、色よい返事もあまたあった筈なのに、ことごとく失敗に終ったのは、例の毒舌のせゐである。

相手が惚れた女だらうとなんだらうと、毒舌が毒舌として単独行動に出ることを、どうしても制御出来ないのが彼の天性だった。

かうなると失恋も悲劇ではないのである。

橋本関雪の令嬢を「婦人画報」のグラフでひと目惚れして、即日手土産を持って京都に飛んだ話は有名だ。

カステラの箱をかかへて、関雪邸にたどりついたら、堀をめぐらしたその豪壮な邸宅に流石の茂一君も尻込みして、逐ひにその門がくぐれなかったさうである。

関雪邸の堀に、その重いカステラの箱を投げ捨てたと云ふ話と、帰京早々、その箱を持って、今度は水谷八重子のところに結婚の申込に行ったと云ふ話とがあるけれど、真偽のほどは解らない。

その後、私も関雪邸の堀を見る機会を得たが、それは堀なんて云ふしろものではなく、ほんの一寸《ちよつと》した溝に過ぎなかった。

当時、新宿のようなごみごみしたところに住んでゐた彼の眼には、あれが堀に見えたかも解らないし、あの屋敷の構へから、その奥深くに住む令嬢が、雲上人のように思へ、小さな溝もまんまんたる水をたたへた堀に見えたのかも解らない。

このエピソードは、田辺茂一の良さをあ

ますところなく伝へてゐる。

　酔へばマラカイボ〔ベネズエラの都市〕の土人そこのけの裸踊《はだかおどり》が飛び出してむらがる貴顕紳士の度胆をぬき、一たん口をひらけば、訥々《とつとつ》たる毒舌で、居並ぶ者の心胆を寒からしめた彼は、まことに怖るべき快男子だった。

　ちか頃は、お互に忙しいので、めったに顔を会せる機会もなくなったが、たまに会ふと、昔なつかしい毒舌は相変らず飛び出して来る。

　しかし、なんとなく身綺麗になって、自称夜の市長が、真昼の市長としても、充分通用するやうになったのは、矢張り年のせゐだらう。

B・Gクラブのことなど

戸川エマ

たしか昭和五、六〔一九三〇、三一〕年のことであるから、もう三十五年も昔になる。

学校の帰り、駿河台でタクシをひろうと、銀座まで三十銭で行かれた時代である。当時省線（国電とはいわなかった）だと有楽町まで十銭だったから、五、六人で乗りこむと、電車で行くより安い勘定になった。まず、まだよき時代であった。それに私たちは二十才前後で遊びたいさかり、銀座は我々の専用道路みたいなものであった。

　ちょうどその少し前紀伊國屋書店社長田辺茂一氏が銀座に支店を出された。たしかいまの日本楽器のあたりだったと思う。そして二階の一室を文化学院同窓生のために開放された。B・Gクラブと名づけられたここは、私たちの恰好のたまり場となり、銀座は一層我が家の延長の感があった。

　先輩の西川〔武郎〕氏（現兜屋《かぶとや》主人）たちが、もっぱらいろいろ取りしきって、お茶やケーキなども頼めば出されたから、私たちは人との約束の場処にしたり、おしゃべりをしたりして大いに利用したものである。このクラブが紀伊國屋書店に家賃を払っていたかどうかは全然知らない。世話やきの人たちは故人となってしまったので、その点確めることが出来ないが、おそらく田辺大人のご好意によるものではなかったかと思う。最近ある先輩にきくと、多分無料だったのではないかといい、「田辺さんは居ながらにして、若いお嬢さんたちが出入りするのを見られたからじゃないかしら」とのことであった。

　そういえば、田辺大人は、いまさらいうだけ野暮かも知れないが、昔から艶福家のきこえが高く、このクラブでも「茂一さんが○○さんを見染めた」とか「某先生を介して、△△嬢にプロポーズした」とか「ほんとうは×さんが好きらしい」といった噂話が絶えなかった。まさに朝にバラを賞《め》で、夕にふように惹かれ、翌日は野菊を求めるといった風情であった。私はバラでもふようでも野菊でもなかったから、幸か不幸か、田辺大人の恩恵も被害も受けなかったけれど、B・Gクラブで遊ばせて頂いたことは大いに感謝している。卒業生たちで、ここでロマンスの華を咲かせた人たちも何組かいた筈である。阿部知二氏も、新進作家で、何度か顔を見せられた。

　私が文化学院文科専攻科を卒業したのは、

昭和六年で、入学したときはただ文科といったが、ちょうど私の組が三年になるとき、菊池寛氏が文学部長となり、当時の文壇、劇団、新聞のお歴々が講師として迎えられることになったので、卒業した先輩が再び三年に入学したり、他校からも多くの人材が編入され、名称も専攻科とあらためられた。

川端康成氏、小林秀雄氏、横光利一氏などが教室にこられたのも、この頃のことである。「文藝意匠」という同人雑誌が出来、私たち女の子は、会費だけ払ってくれるだろうと勧誘されたらしいが、会費を払うなら、書かなくては損だと、結局私たちが作文を書いて出したのが掲載されることになってしまった。

後に私たちは別れて「午前午后」という雑誌を出した。飯沢匡《ただす》、松島雄一郎、中川忠彦、竹内四郎、堀寿子、若杉北夫などが加わった。私たちはまたテアトル・コメディにも関係していたので、B・Gクラブは、そうした若者たちの連絡場処ともなり、あちらで芸術論をたたかわしているかと思えば、こちらでは異性の品さだめに話の花が咲いているといった雰囲気であった。ひとりでふらりと銀座に出てきても、ここに立ち寄ると、思いがけない人に会えたり、気分が転換したりした。

ここまで書いてきたら、外国便がとどいた。韓国の崔文卿氏からの手紙である。氏は前記の若杉北夫のことである。彼はいま外交官として重要なポストにあるらしい。終戦後総領事として来日されて以来、思い出したように私のところに消息がある。文面には最近来日されたとき、我が家にも寄られ、ごく少数ながら某ホテルで会をしたときの御礼がしたためられてあった。彼もまたB・Gクラブによく出入りした一人である。

三十五年の歳月が、お互いの立場をさまざまにかえたけれど、いま彼の手紙を読んでいると、あのクラブの片隅で、彼がにこやかに小説について論じていた声が聞えてくるようである。

残念なことに、このクラブは、どういう理由からか、じき閉鎖されたが、私たちの青春時代のなつかしい思い出の場処である。銀座店も昭和十五年〔実際は十四年〕には閉店されたとのことであるが、現在〔新宿〕本店は大きなビルも建ち、「三田文學」の紅茶会でまた利用させて頂いている。

田辺大人は貫録充分な紳士になられた。

紀伊國屋と近代文学

中島健蔵

紀伊國屋が、ただ大きな書店だというだけなら、特に、近代文学との関係がどうのこうのという筋合いではないだろう。けっきょく、大将の田辺茂一君と近代文学ということになる。

田辺君は、ものを書く人間のひとりである。天衣無縫、かってなことを書き、自分をあけすけに出してとどまるところを知らない。しかし、もし田辺君が、ものを書くだけの人間だったら、これも、特に大げさなことをいうに当らないだろうと思う。

この両者が結びついて、大きくなってい

ったところに、問題がある。戦災前の書店のころから、田辺君は、ただのねずみではなかった。実権をにぎるや否や、クラブのようなものをこしらえようとたくらんでいた。クラブとは、部屋のことではない。人間の集まりのことである。たしかに、大ぜいの人が集まった。そして、戦前の暗い時期には、「行動」という雑誌を出した。もはやクラブどころの話ではない。かなりあぶない橋も渡ったろう。これも人が集まらなければできない仕事である。

　戦後、長らくの仮ずまいがつづいたが、とうとう、ほんもののビルディングができ上った。若いころからの彼の夢が、ここに実現された。田辺君は、現在の現実を、まだほんとうとは思っていないかもしれない。時々は、夢と現実が入れかわって、いつ目がさめるかと不安に思うかもしれない。しかし、まだまだ仕事は残っている。これでもういいということはないのである。

　思えば長いつき合いだ。いろいろおもしろいこともあった。田辺君は、東京のあちこちに出没する。こちらも、変幻自在ほどではないが、出没のはげしい人間だから、時々、思いがけないところ、——あるいは、いかにも居そうなところにちゃんと彼がいるのを発見する。たちまち、天衣無縫である。これはわけがありそうだ。すべてとりすましたものが気に入らないのだろう。ところが時々場合によっては、あきれるほど四角四面にしゃちこばる。これも、変幻自在の方である。彼の一面のみを知っても、見当がちがうだけのことであろう。

　さて、紀伊國屋、すなわち田辺茂一と近代文学、これはどういうことになるか。鵜《う》の目鷹の目でさがせば、何かありそうで何もないかもしれない。ところが、腰をおちつけて、大きくながめると、いたるところに紀伊國屋の田辺茂一が出現する。ここらがどうやら真相ではなかろうか。

　あと二、三時間のうちに、小生は、羽田から出発して、三週間ばかり国をるすにする。いい年をしながら、夜明かしで仕事をして、今、七時十五分である。一時間やそこら、寝ても寝なくても、同じようなことと考えて、ペンの走るままに、雑感をしるしたしだいである。

（一九六六・六・一八朝、東京中野にて）

紀伊國屋ギャラリー顚末

西川武郎

紀伊國屋書店の銀座支店は六丁目東側の表通り、今の東電サービス・センターのある処《ところ》、三間間口しょう洒な白塗りの木造二階建、南隣りは町角で地方銀行の東京支店、北隣りは天賞堂時計店でした。赤煉瓦と柳並木に挟まれた電車道を越えて真向いが、パリ気取りのテラス・コロンバン。文字通りテラス風に構えた店に腰かけたギンブラ連がフランス好みの茶菓を口にしながら、前の紀伊國屋の人の出入りを眺めていました。

　紀伊國屋の社長田辺さんは二十才台のその頃から少々ロマンチックな奇人という評判で、いつも深々と何かを考え、或るポイントに思いが及ぶと周囲の人達には全く説明ぬきで、突如ことを実行するというような人柄でした。常に不可解な苦笑を顔に湛《たた》え、当時まだもの珍しかった二人乗りオープン・カー（勿論外国車）のエクストラ・シートに新刊書を山ほど積んで自らの運転で新宿本店と銀座の間を往来していました。

　銀座に支店を設けた当初は、その二階はまだ何にも使っておらず、それより先、日本最初の男女共学で世間の注目を浴びていた文化学院大学部の第一回卒業生を中心にしたグループが田辺さんと親しくしていて、たまたまその関係で学院のクラブとして其処《そこ》を無償で開放してくれることになりました。実は私もそのグループの一員だったわけです。私達はそこをB・G・Cと名付け、学院関係の青年男女が毎日さかんに出入りし、雑談や討論や待合せや恋愛の社交場としたわけですが、そうした施設は当時少しばかり新し過ぎて、世間はどうやら色眼でみるようでした。その故か次第に利用者が少くなって来たので、そこで田辺さんは突如そこをアート・ギャラリーに改装することにしました。これが紀伊國屋ギャラリーの発端です。現在、ギャラリーと云えば銀座にだけでも無数にありますが、その時代は七丁目の資生堂ギャラリーだけで紀伊國屋は銀座で二番目のものということになります。無論これは採算のとれる仕事でなく全く芸術好きの田辺さんのお道楽でしたが、それだけに設備は簡素ながら、表通りに面した窓は大きな一枚ガラス、当時はまだ流行していなかった間接照明などなかなか清新な雰囲気でした。私はその頃未だ駈出《かけだ》しの洋画商でしたが、田辺さんの招請で本業の傍らギャラリーの運営を担当することになりました。

　そこで私は紀伊國屋ギャラリー開場第一回展覧会として梅原龍三郎先生の淡彩画展〔一九三二年〕を企画しました。これは幸いにも先輩の求龍堂石原龍一氏の骨折りで実現したのですが、これには相当額の資金を田辺さんから借出すなど私は若い情熱を傾けました。案の定これは大当りしました。連日大入満員、出陳作品五十点は全部売切れというわけです。会期なかば故犬養健《たける》氏が作品を売約に来られましたが、時に昭和七〔一九三二〕年五月十五日総理大臣犬養毅が官邸で海軍将校によって暗殺され、首相秘書官犬養健はけたたましい電話連絡で色をなして梅原展会場を去って行きました。

　紀伊國屋ギャラリーは梅原展を第一歩に次々と各種の展覧会を催しました。グループ展や個展の利用者も数多く、又画商としての私自身の営業用の展覧会も隔月位に企画しました。紀伊國屋ギャラリーの壁に作品をかけられた多くの若い画家達の中から、今日画壇の中心的存在として活躍しておられる先生方のいかに多いことか。

　最近「日本最初の油画の公開オークション」といふ宣伝広告を見ましたが、実は油画の日本最初の公開オークションはこの紀伊國屋ギャラリーで催されたのです。過般《かはん》、文献好きの友人から昭和七年八月号の美術雑誌「アトリエ」を貰いましたが、それにはこのオークション会場の報道写真が載っており、故福島繁太郎氏の後姿やのっぺりした若僧の私の顔が見えるのに苦笑しました。

　故人ですが、野島康三氏という人がいました。お金持で油画のコレクターで、それにその頃の所謂《いわゆる》芸術写真家のリーダーの一人でしたが、この人の創作的写真の個展を紀伊國屋ギャラリーで開催しました。今日では写真家と云えばれっきとした芸術家で社会的地位も確立していますが、当時芸術写真などと云っても余り世間の関心を呼ばなかったものです。従ってこの種の写真の個人展は日本で初めてのものであったかも知れません。出陳作品は全部人物を扱ったもので中に相当数の裸体がありました。特に生ぶ毛のはえた乳房とか背中から臀部《でんぶ》を大写しにしたものなど極めて斬新で上品な感触で撮れていました。この時代は各展覧会毎に前もって警察へ届けなければならぬのでしたが、滅多に来たことのない検閲官がその時運悪くやって来ました。果して「銀座のど真ン中でY写真を堂々公開するとはけしからん」と云うのです。私はこれが高級な芸術であること、女体が美表現の重要な対象であること等、今から思えば歯の浮くようなごたくを並べました。すると好人物でインテリらしさを装う若い警部補はわけもなく軟化して、大部分は許可するが、陰毛の見えるものは没収すると云います。陰毛の見えるものは一枚もないではないか、と私が問返しますと彼は言下に「君！　脇の下の毛も陰毛だヨ」

かくて紀伊國屋ギャラリーは軍国主義の大波が日本中を洗い流すまで、銀座の文化の灯台のような役割を果していました。当今、銀座のギャラリー・ブームのその黎明期に於ける先覚者の一人であったことを、当の田辺さんは余り気づいていないようであります。

「行動」のころ
――附・「あらくれ」

野口冨士男

雑誌「行動」は主宰者が田辺茂一氏であったところから、当時もしばしば紀伊國屋書店の刊行物であるかのように考えられがちであったが、書店とは一応別個に株式会社紀伊國屋出版部という機構があって、そこから発行されていた。舟橋聖一氏の年譜によって昭和八〔一九三三〕年の項をみると〈六月、紀伊國屋出版部が設立され、『白い蛇赤い蛇』が刊行されるとともに、同社の取締役となった〉と記されている。

私が「行動」の編集部に就職をしたのは同年九月中旬――「行動」創刊号の十月号が市販された当日でなければ、その翌日あたりのことであったろう。私は学生時代から田辺さんとも面識があったが、それ以上の仲ではなかったので、あのとき私を編集部員に推薦してくださったのは阿部知二氏ではなかったかと思う。ほかでもない。私には、生徒としての氏の講義を受けた一時期があった。そして、阿部氏が舟橋氏とともに「行動」の編集顧問格であったことは、簡単な文学辞典などにも記されているとおりなのだ。

当時の紀伊國屋書店は瀟洒《しょうしゃ》な外観にもかかわらず、実質は木造の二階建で、階下の売場の正面から左右にわかれている階段を左へのぼっていくと、一たん右に折れた場所の右側――書店の入口から見れば二階の正面に当る位置が出版部であって、「行動」の編集室になっていた。私はその編集室と廊下を一つへだてた応接室で田辺社長の面接を受けた。「こんな雑誌を出したんですけどね」

　氏は私に「行動」を見せて感想をもとめた。

　かぞえ年でも二十三にしかなっていなかった私はさぞかし生意気な意見を述べたことと思うが、とにかく私はその日から編集長であった豊田三郎氏の片腕のような役をつとめることになった。田辺氏は私より六歳、豊田氏は私より四歳年長だが、三人ともまだ二十代であった。そのほか経理には重政敏君、広告の担当には板橋広君という人がいたが、「行動」はそれだけのスタッフで発刊されたのであって、当時は「新潮」にしても中村武羅夫氏が編集長で、実務の担当者は楢崎勤氏一人であったのだから、戦後のこんにちと比較することはゆるされない。

　行動主義の文学運動が仏文学者の小松清氏によって唱導され、舟橋聖一氏の能動精神の主張へと発展して、プロレタリア文学壊滅後の日本文壇における中心的思潮となったことは周知の事実だが、一部の文学史に「行動」が行動主義文学運動の機関誌であったと記されているのは誤まりでないまでも、いささか事実に相違している。行動主義文学理論や行動主義作品が「行動」を土壌として芽ばえ、はぐくまれたことは否み得ないが、行動主義が提唱されたのは昭和九年なかばであって、「行動」がその前年の十月に創刊されていることによっても、このことは容易に理解されるだろう。文芸雑誌として出発した「行動」は一周年号から総合雑誌に転じて、通巻二十四号を発行したのち、昭和十年九月号をもって廃刊されたのであった。

　「行動」の編集部には私より半年あまりおくれて仏文学の翻訳者である永田逸郎君が入社したが、もう一人当時の紀伊國屋のメムバアとして忘れ得ないのは、十返一《とがえりはじめ》（肇）君である。十返君は嘱託の形で紀伊國屋書店の月報に相当する「レツェンゾ」の編集に当っていたが、週に一、二度書店にあらわれると社長室や「行動」の編集室にも顔を見せていたので、私達には身内の感じが強かった。豊田氏につづいてその十返君も亡くなってしまったことは心の中に空洞が出来た思いだが、田辺氏の思いも私と同じだろう。

　あの時代でもう一つ忘れ得ないのは毎月一回催されていた「行動の会」のことだ。会場は武蔵野館のすこし先の右側にあったジャスミンという喫茶店で、毎月三、四十名来会したメムバアは経済的にあまりゆたかでなかった当時の新進作家であったが、その中には今日大きな存在になっている人が数多くふくまれていた。お茶とケイキが出て会費は無料であった。田辺氏とは、そういう人である。

　「あらくれ」のことを書く余白が乏しくなった。「あらくれ」は徳田秋声先生を中心とする十余名の文学者の親睦団体の機関誌で、昭和七年に創刊された小冊子だが、その経営を田辺氏が中途から引き受けて紀伊國屋から発行された。私の手許《てもと》にあるものから判断すると、その期間は九年三月号から十年十一月号までで、通巻第八号から二十六号に至る計十九冊である。ページ数も毎号六十ページほどになっている。編集そのものには秋声会が当って、割付や校正の実務は私が「行動」の編集のかたわら担当した。編集後記も書いている。当時は、私も案外はたらき者だったようだ。

紀伊國屋書店に勤めていた頃

浜田正秀

たしか昭和二十五［一九五〇］年の夏だったと思う。まだ東大独文科の学生だった私のところに手塚［富雄］先生から呼び出しがかかって、紀伊國屋書店の洋書部に勤めてみないか、とすすめられたのである。ちょうどその頃、通産省から第二次大戦後はじめて全国的にドイツ書輸入の許可が下りて、紀伊國屋でもドイツ書の輸入をはじめるので、その適任者を求めていたのだった。

昭和二十五年といえば、まだ戦後間もなくの頃である。新宿の人通りは激しかったが、表通りにもまだバラックが立ち並び、その表通りから少し奥まったところに、当時の二階建の紀伊國屋書店があった。向かって右手には映画館があり、左手には万世橋行の都電の終点があった。裏手には駐留軍の自動車整備場があり、さらに通りを一つへだてて花園神社の境内が拡がっていた。紀伊國屋の旧社屋も現在のビル同様に前川［國男］事務所の設計によったもので、なかなかモダンでスマートな建物だった。当時の新宿の雑踏の中にあっては、この社屋の感じは、砂漠の中のオアシスのようなものだった。

たしかに、書店というものは精神の一つのオアシスでもある。私を直接に紀伊國屋につれて行って下さったのは、学習院の桜井和市教授だったが、教授から「洋書部に勤めて、ドイツ書が日本に流れこむ入口のところで仕事をするのも、楽しいものだろう」といった意味の言葉をおききしたような気がする。在学中はアルバイト学生として、卒業したら正式な社員となって勤める、という条件で、私はこの紀伊國屋の洋書部で働きはじめた。当時の私は、とくに教員になりたいとは思ってもいなかったし、小説を読んだり書いたりする時間があるならどんな職業でもよい、と思っていた。案外のんびりしていたのである。私はこうして偶然にも、現在の松原［治］常務が採用した第一回目の社員となった。

ドイツやスイスの代表的な出版社や取次店の在庫のカタログを調べて、また各分野の著名な先生方の御意見を参考にしながら、通産省から輸入外貨の枠の配分を受け、ドイツ書がやっと入荷しはじめたのは、それから約半年後のことだったと思う。各界からそれこそ渇望されていたものであっただけに、これらの本の売れ行きは目覚ましいものだった。文学や哲学以外の分野では、法律学と医学関係の本の需要が大きかった。交際下手の私も、ドイツ書を通じて多くの著名な学者を識ることができた。自分の専門外の多くの人々と話す機会もたびたびあった。これは私にとって、思いもよらぬ収穫だった。

私の入社当時は、紀伊國屋の従業員も、

和書四十名、洋書二十名程度の陣容で、まことに牧歌的な雰囲気だった。フランス書が入荷すれば二階にはしごを掛けてバケツリレー式に本を運び、英書が入荷すれば自転車で英国大使館まで受け取りに行き、また、近くの郵便局までリヤカーでドイツ書の小包を取りに行ったこともあった。

　私は数年後に退社して教員になった。紀伊國屋を退職後、大学の教員になっている人は案外多い。十年一昔というが、それからすでに一昔以上の歳月が流れた。私が知っている方々は偉くなって、みな部長さんか課長さんになっている。社屋も立派な風格のあるビルとなり、大規模に近代化されたものとなった。経営も多角化され、全国にも都内にも多くの支店を持ち、従業員の数も数十倍となっているに違いない。

　東京の都心は今や丸の内ではなく新宿だと言われている。新宿は行くたびに新しいビルが建って立派になってゆく。自分の古巣が美しく発展して行くのを、喜ばぬものは一人もいないだろう。

東京の山の手
新宿の紀伊國屋

林　武

　紀伊國屋四十周年は時の経つのが早いのを思はせる。それにつけても私ももう七十才になった。私は麹町に生れ七才から牛込区若松町に十年間住み、その後一昨年まで四谷、千駄ヶ谷、椎名町、落合、荻窪、中野等大体今の新宿区界隈を転住した。私は子供の頃牛込若松町から近所の子供達と新宿の停車場に遊びに行った事を思ひ出す。木造の陸橋があってそこに登ると下には幾本もの鉄路があり、汽車が一種いい匂ひの煙を吹き出して真下にシュツシュツと行ったり来たりしてゐる。僕等はその煙突に石ころを投げ込むのがたまらなく楽しかった。木橋の上に打込んだ石ころがなくなったので、何かないかと見ると梅干のタネがあった。それを投込んだら煙と一緒に吹き出されたのを今でも印象深く覚えてゐる。その頃の新宿の紀伊國屋は代々の薪炭屋として繁昌してゐたのであらう。あの辺一帯は女郎屋がおエンマ様（閻魔大王を祭る社）の大木戸近くまで並んでゐたのだったが、子供の頃はそんな事は知らない。それを知ったのは青年になってからである。

　新宿は元々甲州街道と青梅街道とが一緒になって江戸、次に東京になってからも田野の産物が集って来る通路だから、新宿の女郎屋を馬方女郎などといった様だ。東京の山の手では随一の賑やかな所だったのであった。山の手といへば本郷、小石川、牛込、四谷、青山、麻布などの事を昔は云った。本郷には帝大、小石川には高等師範、青山の師範学校、早稲田の大学など凡《およ》そ文教の府は山の手にあった。又陸軍の学校は牛込と青山辺に集って居たので、学者と軍人が山の手に多かった訳だ。十代の頃は若松町に住んで、将校が馬に乗ってよく通ったし、兵隊が隊伍を整へ足並揃へてよく通った。大きくなったら何になり度いかといふと陸軍大将だと思ってゐた子が多かった。日露戦争がすんでからは、次第に文化が祢揚され、兵隊の代りに、「中央公論」や哲学概論などを、その表紙を見よがしに小脇にかかへた早稲田の学生や、バイオリンの黒いサックを提げたり、三脚やイーゼル、画版などを持った芸術の卵が通り、それが何ともいへない魅力を子供等に与へた。僕等の小学校［のあった］牛込余丁町に松井須磨子の芸術座が出来たのは、僕が尋常六年を卒業して間もなくの事だったと記憶する。牛込の神楽坂が早稲田文士の散歩道として特殊な栄え方をしたあの長い坂道はその頃実によかったものである。一方新宿の女郎屋が廃止になったのはそれからなほ廿年《にじゆうねん》位後の事であらう。田辺茂一さんが薪炭屋を止めて本屋を始めたのはその前後と思ふが、田辺さんは学校を卒業して親ゆづりの商品を見限って学問の糧《かて》といふべき産物の商法に代へたるは田辺さんの先見の明と、性来の文学好きに由来するものであらう。いい場所でいい商売を始めたものである。神楽坂は次第にさびれ、新宿に代って来た。

大体その頃の省線（今の国電）中央線には文学者、詩人、画家、音楽家、などが多く住んだし、学生が多かった。それが皆新宿に集るのである。僕の西荻窪時代、萬《よろず》鐵五郎が死んで僕の所に萬の弟子達が集って来た。その仲間には井口基成をはじめ、四谷文子、徳山璉《たまき》、園部三郎などの音楽関係の者がいたし、色んな風変りな人間が居た。

新宿の中村屋がパン屋をはじめたのは紀伊國屋よりは少し早かったかと思ふ。相馬愛蔵及《および》黒光女史夫妻は大変なインテリで、中村彝《つね》を後援し、エロシェンコ（露西亜の盲目亡命詩人）を養ったり、印度の革命家ボースをかくまったりした。中村彝の有名なエロシェンコ像はこの縁で出来たのであった。それより十年位して僕が紀伊國屋と知る事になったのは、僕が胃潰瘍で死にひんした時、二科と一九三〇年協会の連中が小品を持ちよって僕の療養の為の費用をつくるため十二月会（一九二六年十二月）といふのを造って紀伊國屋でそれを展観して全部売れて、それを僕が受けた。これには里見勝蔵君が非常に熱烈にやってくれた。僕の家内は自力で夫の療養をやる気だったが、一時預るといふ気持でこの友情を篤く受けた。この十二月会の結束の懇親会をすぐ前の中村屋でささやかにやり、僕は皆の友情に酬ひねばならぬと思って養生に専念しはやくよくなっていい仕事をせねばならぬと報恩感に燃えたものだった。

その後曽宮一念君の病気の時も同じ催しをやり、今度は僕も出品した。本屋の紀伊國屋はこういふ展覧会が最初にあり、そして三岸好太郎君などが正式な意味でその最も調子の高い作品を陳べたりした。一九三〇年協会次いで独立［美術協会］の創立会員達と新宿といふ場所の紀伊國屋とは縁がかなり深いのである。

時代は移って現在の新宿は驚異的な変貌を遂げつつあり、東京の山の手の一大中心地となった。紀伊國屋も最新のビルを建て本のメッカとなった。

田辺さんは実にタフである。僕の様なあまり外出しない男がよく表で会ふことがある。会ふといつもあの童顔で人の気持ちは皆知ってるといふ様な親しみ深い陽気な笑いで迎へてくれる。古い言葉だが人徳のある人である。紀伊國屋四十年を双手《もろて》を挙げて祝福する。

「詩法」のオリエンテーション

春山行夫

「詩法」は昭和九〔一九三四〕年八月に創刊号をだし、翌年九月までに十三冊をだした。

創刊号の編集後記をみると、この前年七月に休刊した季刊「詩と詩論」→「文學」のグループが純粋な詩の雑誌を目標として同人雑誌をつくることになり、その話を紀伊國屋の田辺茂一氏のところへ持ちこんだところ、即座に刊行がきまったもので、欠損は同人と紀伊國屋とで処理しようという話し合いだったことが記されている。

雑誌の大きさは四六倍判で、八〇——一〇〇ページだったが、昭和十年一月号は一一〇ページだった。編集同人は安西冬衛、春山行夫、村野四郎、阪本越郎、竹中郁（ABC順）だった。実際の編集は主として近藤東《あずま》君が引受けたが、レイアウトは私がやったし、印刷所が私の家に近かったので、校正も手伝った。「詩と詩論」のレイアウトには凸版のカットを使ったが、「詩法」はカットを用いず、新しいスタイルをつくった。また最初の数冊は薄茶色のグラビア用紙に印刷して、色紙の表紙をつけた上製本をつくった。これは部数がすくなかった。

いつの時代でも詩の雑誌が単一傾向の詩で埋められているのは退屈至極だし、そうかといってレーゾン・デートルの全くちがった詩が雑居しているのも見苦しい。「詩法」はトビラにL'ESPRIT NOUVEAUと印刷したが、このepithet〔形容語句〕は非常に新鮮にこの雑誌の方向を示していた。また「詩法」という意味は、ARS POETICAで、詩の技術＝芸術ということを標榜したものであった。この雑誌のエッセイがそれをよくあらわしていた。

詩論では西脇順三郎の「詩の内容論」「オーベルジンの偶像」「詩人の顔色」「ヨーロッパ詩の伝統の一面」「文学批判としての中庸説」「パルナスィアン〔高踏派〕以後」「ロマン主義の歴史的一面」。春山行夫の「アルス・ポエチカ」「Bの詩論」「大麻のネクタイ」「ハイ・ブラウの精神」「ジャン・コクトオ」（一〜十二）。阪本越郎の『主知的詩人』「詩の近代性」。瀧口修造の「脱頁」。北園克衛の「思考の曲線」。小松房三の「古典主義詩論」。伊藤整の「人間のある詩論」などがその一部で、いずれもわが国の知的なポエジィの主流を形成したエッセイであった。また「偶然に関するノオト」（中河與一）、「覚書」（阿部知二）、「覚書（〔イリヤ・〕エレンブルグの演説）」（舟橋聖一）、「現代文学に関聯《かんれん》して」（田村泰次郎）などの作家のエッセイにも、新しいポエジィと一般文学との関係がするどく示唆された。

詩では安西、竹中、近藤、村野、阪本がそれぞれの最上のスタイルでポエジィを追求した。

安西のオリジナリティ、竹中のニュアンス、近藤のアクティヴィティ、村野のクラールハイト〔明晰さ〕、阪本のファンテージーなど、エスプリ・ヌーボーの所産としてすばらしいものであった。また渡辺修三、岡崎清一郎、左川ちか、江間章子の作品も、想像力のユニックな点で、まれにみる存在であった。とくに左川は惜しくも夭折したが、彼女の残した一冊の詩集〔『左川ちか詩集』

昭森社、一九三六年］は、昭和初期における女性詩の最高にちかい光芒をはなった。

この時代には饒《ぎょう》正太郎、永田助太郎、曽根崎保太郎、酒井正平、小林義雄、城尚衛、麻生正、冨士原清一、川村欽吾、野田宇太郎、佐藤義美、丸山豊、伊東昌子、阿部保、宮田栂夫《つがお》、桜井八十吉、川口敏男、堺謙三、桑原圭介などの多くのヤンガー・ジェネレーションが登場し、その中の一グループは「詩法」の休刊後あらたに「新領土」を刊行した。またそのなかの多くが戦争の犠牲になったり、夭死《ようし》したりしたことはいたましい。

海外のCreativeな詩論や詩人についてのエッセイも多かった。エドマンド・ウィルソンの「ダダイズムに就いて」、エリオットの「詩の効用と批評の効用」（春山行夫）、［セシル・］デイ・ルイスの「詩と詩想」（上田保）と「詩に関する希望」（北村常夫）、［エズラ・］パウンドの「頑固なリアリズム」（阿比留信）と「プロペルチウス讃歌」（岩崎良三）、パウンド編の「アクティヴ・アンソロジイ」（西脇順三郎）、「ロイ・キャンベル覚書」（安藤一郎）、「［W・H・］オウデンの詩風」（北村常夫）、「パウンド氏の詩論」（岩崎良三）、「パウンドのカントウ（canto）」（阿比留信）、「『ニユウ・カントリイ』の人々」（尾上政次《おのえまさじ》）、「ガァトルゥド・スタィン・ガァトルゥド」（阿比留信）、「ストニアのデイ・ルイス論」（岡山東）などはいずれも同時代の詩の注目すべき動向の展望、研究、紹介であった。

また瀧口修造の「シュルレアリスムの実験に現われた対象」（ダリ）や山中散生《ちるう》の「Minotaure, Documents 34, etc.」や「ブルトンの手紙」などはわが国での数すくないシュルレアリスムとの接触であった。

日本の詩は歴史の古さでは世界的であるが、それのformという点では和歌と俳句という二つの定形（韻文）だけで、詩人は与えられたformに意味を与える「文学」あるいはそれの代用品だけでしか、あるいは叙情の修辞（あるいはそれを意識しない伝統）でだけでしか詩を考えなかった。それがそのまま根づよい習性となって、日本の現代詩の救いがたい没時代性となっている。

ポエジィは近代音楽や近代絵画におけると同じく、formないしスタイルをCreateすることにオリジナリティがある。「詩法」はCreativeな、オリエンテーションのしっかりした雑誌であった。

「文藝都市」のころ

舟橋聖一

「文藝都市」は、紀伊國屋書店主田辺茂一氏が、はじめに出した文芸雑誌である。田辺君と私とは、東大久保の高千穂小学校・中学校の同級生であった。私は本郷の誠之《せいし》小学校の三年生から転校したので、約九年間にわたるクラスメートで、しかも二人とも背の低いはうであったので、机の距離は近かった。学生時代の田辺君の家業は、和歌山県即ち紀伊国出身の炭屋だった。然《しか》し、彼は父の業を継いで炭屋の主人になることを好まなかった。中学の頃から、頻《しき》りに文化的な事業を夢みるやうになった。彼が、「僕は本屋をやりたいんだ」

と、うちあけたのは、いつ頃だったらうか。やがて、慶應義塾を卒業してからは、蓄積された炭屋の地盤を一擲《いってき》して、紀伊國屋書店を開業し、新宿角筈の一角にその鋭鋒を現して、忽ち文化的センターとなったのである。

数年ならずして、小売業としては、ゆるぎなき地歩を確立したのであるが、彼の志はそれに留まらずして、さらに出版の理想に燃え、彼の心の内部を窺《うかが》へば、将来の文芸王国をさへ構想したのである。それには、まづ文芸雑誌を出してみたい……。そこへたまたま、私が昭和初年の同人雑誌グループに属してゐて、その各派から数名づつ参加した新人倶楽部と称する文芸団体を結成してゐたから、私の学校友達の縁によって、田辺君から「文藝都市」創刊の相談をうけたのである。

私が覚えてゐるのは、その相談がまとまった直後、「文藝都市」同人の名札が、紀伊國屋書店中央階段の手摺《てすり》に、一定の間隔を置いてベッタリ貼り出されたことである。恰《あたか》も若手歌舞伎の連名立札の如き壮観であった。

編輯《へんしゅう》は同人の持廻り当番制であったが、やはり田辺君が直接采配を揮《ふる》ひ、よく実務もみてくれた。はじめは頁数も薄かったが、三号ぐらゐからグングン伸びて、多くの評論や創作を収録することが出来た。

然し、私が創刊号に書いた戯曲「襤褸《らんる》」は、不幸にして警視庁検閲課に睨《にら》まれ、発売禁止の憂き目を見たが、大部数を売ったあとだったので、実害は大したこともなく、発行人の田辺君も筆者の私も、別に取調べを受けるやうなこともなかった。今考へると、風俗壊乱といふほどのものでもなく、あの程度の作品を弾圧したのは、当局の大間違ひであった。

井伏鱒二氏、阿部知二氏、古沢安二郎氏、梶井基次郎氏などが、よく書いてくれた。今は亡き蔵原伸二郎氏の詩作も、同誌の呼びものであった。井伏君が文壇へ登場したのは、「文藝都市」がはじめてで、蔵原君の推挙によるものである。このまま進めば、ごく順調に、快適に文壇の中央へ乗り出したのであったらうが、途中で内紛のために、同人の大量脱退があり、そのときはさしも思はなかったが、あとで考へると、これが「文藝都市」の命とりとなったやうである。脱退したのは、当時早稲田派と称せられる浅見淵氏らの一派で、このため居残り組の私たちと脱退組の早稲田派とは、長く啀《いが》み合ひを続け、覆水盆に返らざるままに、現在に及んでゐるやうである。子供の喧嘩が、いくつになっても尾をひくこと、恐るべきものがある。然し、年少気鋭の意気に於て、倶に天を戴かずと思ひつめたのだから、如何ともなし難い。東大系の「青空」出身の外村《とのむら》繁君なども、このとき一緒に脱退した一人であったと思ふ。そのために、同君ともその後シックリいかなかった。

終刊は、経済的理由であったやうである。もともと同人雑誌を綜合した文芸雑誌が大部数出る筈はないから、発行人田辺君の赤字はむろんのこと、それが積み重なれば懐具合が悪くなる一方だから、たうとう彼は投げ出した……。はじめ良しの終り悪しといふ感じでもあったが、然し、昭和初年代の新人・新作家進出の好機を捉へ、これを助長した役割は、一応の成果を示すことが出来たと云へよう。以来、四十年に近い歳月を距《へだ》てて、ここに発行人田辺君の労を謝したいと思ふ。

「行動」と行動主義

昭和に関する文芸史家が指摘するごとく、雑誌「行動」は必ずしも行動主義の機関誌ではない。行動主義のことなどは考へないで、雑誌「行動」の創刊が企画された。と云ふより、まづ新雑誌の相談があって、そこで阿部知二君が、

「題は行動がいいぢゃないか。これからの時代は、行動即ちアクションの世紀だ」

と云ったので、論議に及ばず、これにきまった。新興芸術派あがりの私などは、新しがり屋でもあったので、その新鮮な題名に躊躇なく賛成した。

前の『文藝都市』のころ」で書いた通り、「文藝都市」は浅見君以下の大量脱退によって挫折したので、今度はその轍《てつ》を踏むまいとし、気心の知れた仲間だけが集まることにしたのであった。

小松清氏が、〔ラモン・〕フェルナンデスの「ジイドへの公開状」〔『改造』一九三四年九月号〕を翻訳したのが契機となって、行動主義文学理論が文壇の注目を浴びた折柄、「行動」昭和九〔一九三四〕年の十月号に発表された私の「ダイヴィング」が過分の反響を得たので、それ以来行動主義文学はみるみるジャーナリズムの視聴を集め、所謂行動主義・能動精神時代を現出するに至ったのである。そこで、雑誌「行動」は行動主義の機関誌たるの様相を呈した。

紀伊國屋書店社長であり、雑誌「行動」の実力者でもあった田辺茂一君は、思想的には必ずしも行動主義者ではなかった。と云ふより、彼は行動主義者よりも幅の広い、スケールの大きな人物であったのである。それに、行動主義と云っても、別に強い組織があったわけではない。一つの文学的ジャンルに入れられたとは云へ、小松清氏と私との間にも、大きな開きがあった。神経質な警視庁の特高課では、小松がフランス人民戦線の秘密指令を持って帰朝したといふ偏見をもって、目を光らせた。

雑誌「行動」によく書いたのは、徳田秋聲、武田麟太郎、伊藤整、田村泰次郎、岸田國士、福田清人、河上徹太郎、今日出海、阿部知二、宇野千代その他であるが、執筆者には文壇各派を網羅してあるので、いちいち枚挙するに暇《いとま》ない。

思想としての行動主義は、青野季吉氏、戸坂潤氏及び三木清氏らによって支持され、これが反響を煽ったが、同時に大森義太郎氏、向坂《さきさか》逸郎氏及び岡邦雄氏らによって非難を浴びせられた。そのうち、最も熱心な賛成派は青野さんであった。そして最も激しく揶揄《やゆ》誹謗したのは大森氏であった。やや病的な労農マルキストの学者グループは、行動主義とファシズムの区別さへつかないほどの偏見と錯覚にみちみちてゐたのである。

偏狭な学究的マルキストの目より、まだしも特高一課の追及の目のはうが当を得てゐたやうだ。治安当局の推定によれば、行動主義は人民戦線弾圧の一翼としてランク

され、戦時体勢準備のための大がかりな数次の捕物《とりもの》の中で、そのブラックリストから外されることはなかった。小松清、福沢一郎、矢崎弾氏らがその犠牲者である。

私は、さういふブームが起ったので、それに偶然便乗して、大言壮語しただけではない。

以前から支配者の横暴・独善・虚偽には、柔順ではゐられない青年たちは、既成権力とか、既成道徳には、手榴弾の一つも投げたかったが、それには地下運動にしろ、ちゃんとした組織のある共産党が、資本家打倒の専門家として存在してゐたのだから、若《も》しそれをやりたければ、共産党に入党して、ビラ貼りからはじめなければならぬ。まづ入門からやって、二度三度は、くさい飯を食って、はじめて一人前の闘士・党員となり、大きな顔ができるやうになる。

そのマルキストたちの間に、相次ぐ転向と敗北が起った。共産主義的革命家は、殆んどみな逮捕された。私が能動精神を提唱したときは、丁度さういふ日本革命史上の敗北的な谷間だったのである。

その主張の一つは、文学はあらゆる政治綱領に隷属するものでなく、常に自由に創造されるものであること。もう一つは、文学者等を含めての知識階級は、二つの階級――支配階級とプロレタリヤ階級に引裂かれて、ゼロになるものでなく、むしろ革命的階級闘争に優先して、その積極性を発揮するものであるといふ点だった。それが公式的マルキストと、つひに相容れない対立となったのである。要するに、行動主義グループは、公式的マルキストと治安当局との板挟みにあって、両者から中間的存在として目され、且つ文壇からもセンセーショナルな注目を浴びたものの、深く認識はされず、やがて各個バラバラとなって終焉に向った。

昭和十年九月、三周年記念号を以《もっ》て終刊と決したときは、いかにも慌立しかった。私も寝耳に水であった。そのため、さすがに田辺君と私との間にも、暫《しばら》くの間は穏かならぬ空気が流れた。それと云ふのも、経済事情に暗かった青年客気のせゐで、田辺君には犠牲と損害のかけっ放しといふ次第だった。

私は豊田、小松と謀って、「行動」に比べると三分の一にも満たない小冊子然たる「行動文學」を発刊し、行動主義の残党を率ゐて、中道頓挫の鬱《うつ》を晴さうとしたが、これも長続きはしなかった。

さきの「文藝都市」と云ひ、雑誌「行動」と云ひ、廃刊の理由が何《いず》れも経済的赤字にあったので、これに懲りた田辺君は、それから二十五年経った後、三たび私と提携して、雑誌「風景」〔一九六〇年〕を創刊した。それには、悠々会といふ書店の組織と、各大出版社の広告を網羅する両栖の経済的背景によって、黒字財政を確立し、簡単には潰れないような用意が出来たから、編集に踏み切ったのである。そのためか、「風景」は「文藝都市」「行動」に比べて、既に今年〔一九六六年〕の九月で七十二冊目といふ長期間の発行を続け、今のところはまだ何年でも続きさうである。

包装紙の意匠とぼく

古沢安二郎

若い人たちのあいだではたびたび見られるのであるが、中年者がよく紀伊國屋の包装紙で包んだ本をかかえているのに出会うと、やあ、この人はサラリーマンらしいが、なかなかりっぱな人にちがいない、と感心せずにはいられない。それほど紀伊國屋で本を買うということは、丸善で本を買うということとおなじように、その人がよほどのインテリであることを証明するようなものだからである。そう考えるのはあながち、その包装紙の意匠を描いたのがぼくである——しかも描いた本人が今では心の底で、知らず知らずのうちにその意匠を愛するようになっている——という事実からのせいではなさそうである。もはやそれが常識になっている、ということのせいなのであろう。

伊勢丹がまだ紺のれんに角帯の番頭さんのいる呉服屋であったころの話である。ぼくたちは——ぼくと舟橋聖一君は——おお神よ、この人の霊に恵みあれ——そのころしばらくとだえていた「新思潮」の後を継いで、新しく「朱門」を発刊しようと夢中になっていた。国文の舟橋君と英文のぼくは、学校では顔を合わせることがむずかしかったので、たいてい紀伊國屋で会うことにしていた。ぼくは神楽坂上に住み、舟橋君は目白だから、どちらも角筈で会うのが一番便利だし、紀伊國屋がそのかなめの位置にあったからである。角筈の紀伊國屋と言えば、江戸時代からつづいている有名な薪炭問屋で、当時田辺君のお父さんはすでに商売はやめて、当時最高級の映画館であった武蔵野館の経営だとか、新宿の発展に努力しているボスの一方の旗頭《はたがしら》だった。田辺君と舟橋君は当時の名門高千穂小学校時代からの同窓で、大学こそ田辺君は慶應、舟橋君は東大と分かれたものの、二人はそれこそ本物の刎頸《ふんけい》の友達だった。

慶應を近いうち出ることになっていた田辺君は、将来自分が何の商売をやろうかと日夜心をくだいていたころの話である。黒い炭屋から白い本屋。ぼくたちが相談にのる前から、田辺君はすでに心に期していたようである。この田辺君が全国に支店網、売店網、営業所網を張る日本一の書店の一つにのし上ろうとは、舟橋君もぼくも、そして恐らく本人も夢にも思っていなかったことであろう。

ぼくの描いた包装紙の意匠は、気付いていられる人も多いだろうと思うが、もちろんオックスフォード出版会社のマークにヒントを得たものである。この意匠を始めっから今日まで変えないで使ってくれている田辺君に、ぼくは心の底では、無意識にいつも感謝の気持を持っていたようである。

田辺君が単なる本屋の主人でないことは、今さらぼくが言い出すまでもないことで、今では非営利的な演劇界の王者の一人であり、小説も書くし、エンタテェインメントものも書き、その著書のうち確か二冊はアメリカでも出版され、一方においてはマスコミ界の名士の一人であることは、誰でも熟知しているとおりである。彼は当初からすでに本屋に画廊を設けていた。中でも阿部金剛の個展などが光っていた。それとともにその妻君三宅つや子さんのことなども思い出される。彼はまたぼくたちの「朱門」がつぶれた後、「行動」の発行も引き受けてくれた。

三宅つや子さんと言えば、有名な女との出入りでもまた、田辺君は有名であった。たとえば水谷八重子との話だとか、そう、そう、あるときぼくが彼に花柳はるみさんを紹介した――おお神よ、この人の霊に恵みあれ――それから一カ月ほどたってから、ぼくとはるみさんは田辺君に招待されて別所温泉に出かけた。確か月見草の咲いている千曲《ちくま》川の川原の夕まぐれ、田辺君はぼくにはるみさんとの関係を問いただした。ぼくははるみさんの恋人のことをよく知っているので、酔っ払ってはるみさんを家まで送って行って、そのまま泊ることがあっても、必ずぼくははるみさんのベッドの下で寝た、と告白しても、田辺君はどうしても信じてくれなかった。とにかく田辺君の女の出入りのはげしかったことは、神のみの知るところであろう。

ぼくの包装紙の意匠のことから、話がわいざつなことに脱落してしまいそうなので、まさか今さらそんなこともないだろうが、田辺君の息子さんたちにまで累を及ぼすと困るので、この辺でペンを置くが、とにかく五十周年とはおめでたいことである。ただし五十周年と言われて、事実ぼくは愕然とした。自分の年齢のことを自然に考えてみたからである。それとともに、のんきな気性の自分のことだから、自分ではつねづねべつに何とも思ってはいないのだが、舟橋君や田辺君にひきくらべるまでもなく、自分だけは逆に一大学教授、一英文学者で終るのかと思うと、いや、今ではアメリカ文学の翻訳者というレッテルを貼られているだけの現在の自分に、多少のうしろめたさに近いものを感ぜざるを得なかったからである。

（一九七七年五月）

建築とインテリアを担当して四半世紀

前川國男

ことしは紀伊國屋書店の創業五十周年を迎えられるという。五十年とは半世紀ということです。私が紀伊國屋書店の建築に関係して、社長の田辺茂一さんのお手伝いをするようになったのは戦争後の三十年足らずのことです。この半世紀の前半における田辺茂一さんについては一度もお目にかかったこともなく、ただ風のたよりに田辺さんの「華麗なる青春行状記」をうかがっていた程度で、ロードスターに文化学院の美少女達を満載して、軽井沢の田舎道で運転を誤って田圃《たんぼ》の中におっこちなすったというような話を時折り耳にする程度のことでした。逆にいえば、この位いのゴシップでも相当な事件として、おもしろおかしく喧伝されたという大正デモクラシーの残照をとどめた時代だったと思います。「今日は帝劇、明日は三越」といった標語に象徴された日本の近代史の節目のひとつともいえる時代だったのでしょう。浅草にはオペラ館、駒形劇場というような所謂浅草オペラの本城に、田谷力三、外山国彦、清水金太郎、原信子、清水静子という当時のスター歌手達が、浅草に立て籠《こも》って浅草オペラの全盛期を盛り上げていました。帝劇には上海［などを巡業する］カーピーオペラ団［カーピ伊太利大歌劇］が毎年のように引越興行をやり、ヴェルディの「椿姫」「アイーダ」「トラバトーレ［トロヴァトーレ］」、プッチーニの「［ラ・］ボエーム」「トスカ」「マノン［・レスコー］」等を演じて曲りなりにも一応イタリヤオペラの雰囲気を聞かしてくれますと、その向うを張ってハルピンからはロシヤオペラの連中がムソルグスキーの「ホバンチーナ［ホヴァンシチナ］」とか「ボリス・ゴドーノフ」とか、ラクメ、サドコ、といった今日此頃《このごろ》では一寸聞けない演目を聞かされて、大感激だったものです。その他、西洋の舞踊では［アンナ・］パブロバ［パブロワ］の「瀕死の白鳥」、『デニション夫妻のバレーの中でも「奥さん」の踊ったストラヴィンスキーのバレー音楽「火の鳥」の「子守歌」を、白い仮面をつけて、真紅のうすぎぬの長い裾《すそ》をひいて踊ったソロダンスの美しい姿は、今でも私の脳裡にありありと焼きついています。

あまり脱線しているわけにもゆきませんので話を本筋に返そうと思いますが、とに角にも大正デモクラシーの華々しい舞台裏では、何となくキナ臭い烟《けむり》がくすぶりはじめて、昭和七［一九三二］年の五・一五事件から昭和十一年の二・二六事件と日本は次第に日支事変から第二次世界大戦にと危機の深淵にのめりこんで行く事となったのです。太平洋戦争に発展してしまった日本は恐ろしい戦災を蒙《こうむ》って紀伊國屋の店も勿論跡かたもなく灰燼《かいじん》に帰したわけですが、私は上大崎の現在の土地に木造の家を昭和十八年にやっと完成して住んでいましたが、幸いにも戦火を免かれることが出来ました。昭和十年十月にレーモンド事務所から独立して以来、銀座の服部時計店の裏の「銀座商館」という小さなビルで仕事をしていたのですが、先に述べた通りこのビルも空襲を受けて焼失しましたので、さいわい空襲に焼け残った上大崎の自宅に事務所をうつしました。爾来約十年、此《こ》の三十坪のせまい自宅を製図室として、戦後の不自由ながら忙しい毎日を過すこととなったわけです。

紀伊國屋の田辺茂一氏と私との出会いは戦後数年のある日の夜のことでありました。今は亡き野口弥太郎画伯の弟さんである野口謙次郎さんと御一緒に拙宅である私の事務所に来られまして、はじめて田辺茂一氏の風貌に接することになりました。その頃、田辺氏は新宿の敷地に紀伊國屋書店を建築する意向をもって色々考えておられた折に、たまたま私が設計して渋谷の南平台に建築した野口氏の住宅を見られて、田辺氏は新しい紀伊國屋の建築の設計を私に依頼したいと野口氏を煩わして、私の所に来られたのでした。

その頃の新宿は「光は新宿より」といったハイカラなキャッチフレーズを掲げて、焼跡の灰燼の吹き荒れる中で、所謂「闇市」が立ち、焼跡の不法占拠が横行していました。紀伊國屋の敷地は、もともと田辺氏の父上は、炭屋さんをやっておられたそうで、間口に比べて敷地の奥行はバカに大きい文字通り「ウナギの寝床」と呼ぶにふさわしく、新宿の表通りから裏路まで突きぬけた四百余坪の細長い敷地でした。表の新宿通りに面した部分には、記憶に残る「犬屋」さんをはじめ細かい店が十数軒もたちならんで、却々《なかなか》の繁昌ぶりで、ちょっとやそっとで立退いて貰うわけにはゆきそうにありませんでしたので、已《や》むを得ずそのような小店舗群を「門前町」といったかたちで残したまま、少し奥まって戦後第一号の復興建築とし昭和二十二年五月二十三日開店の披露宴が盛大に営まれました。規模は四、五百坪もありました。当時の建築業界は未だ資材の不自由は当然のことでした。室内に立つ柱は電信柱か何かを削って作る筈だったのですがそんな資材は却々揃いません。やむを得ず御座敷用の磨き丸太をさがして来て、これを室内の丸柱として間に合わせるといった有様で、塗装用のペンキもよい油がないので、魚油を使わねばなりませんでした。魚油は臭が強い上に乾燥に手間どるので、塗装の仕事は却々うまくは出来なかったわけです。その他種々の困難をのり越えて、昭和二十二年五月二十三日に目出度く開店することが出来ました。

　このような因縁で田辺茂一氏を識り、新宿の木造の建築の書店が建てられてから二十五年以上の歳月に亙《わた》って、新宿の本店の改築をはじめとして、日本全国九州から北海道はおろか、北米のサンフランシスコにまで、大小様々な支店を設計して来ました。

　私達がこれからの仕事を通じて考えていることは、紀伊國屋書店としてのトレードマークが、一歩でも店の中に足を踏み入れた途端に、つよく感じられる雰囲気がなければならないということです。かねて社長田辺茂一氏がいみじくも言われた「俺が好きなのは書店風景だ」という言葉を思いだすのですが、われわれはどこに建てられる支店についてもインテリヤの家具類は戦後第一号として建築された紀伊國屋書店の頃から何かプロトタイプのインテリヤ工作を心がけて来ました。要するに紀伊國屋書店というものの普遍性をもつ原型みたいなものを意味すると私は思えるのですけれど、

　しかしこのような意味でのプロトタイプというものは更に欲をいえば紀伊國屋書店ならば一目でそれとわかる外観、内部風景（家具類はもとより、細かい店内の表示板案内板に至るまで、その字体はもとよりのこと、そのデザインは亀倉雄策君をわずらわしてあります）といったものから、更に進んで紀伊國屋書店の現場に働く店員諸君の立居振舞、又それを支える精神的バックボーンといったものまでを含めて紀伊國屋の個性を形成するという程にまで熟成することによって、はじめて田辺さんの希望が実現するものだと思います。私達はそのような観点に立つ事によって新宿本店の街路からのアプローチと外観には形質等に随分考えもし、工夫もしてあの様な紀伊國屋の「顔」をつくりました。この顔は紛れもない個性的な「顔」を作り上げたつもりです。しかもそれを作り出す素材は、極く平凡なプレキャストの曲面をした部品と炉器質タイルを主力とした簡単な素材です。建築を作り上げる素材及び構法は最も「平凡」なものが一番よいと考えます。そのような単純明快な

素材及び構法によって「非凡な結果」を得ることこそが大切だと考えます。そのような意味から申して紀伊國屋書店の新宿本店の建築は私の感じでは、大出来の作品に属するものだと自負している次第です。

　現代の都市の中で百万以上の人口をもった都市の数は今世紀初頭に於て僅かに十五ぐらいだったといわれます。それが今日の時点で、既に百を超える百万都市を抱えこんでいるといわれます。このような現象がどうしておこったのかという議論は一寸さしおいて、いますこし、紀伊國屋本店の建築のことも考えてみたいと思います。

　私は此の紀伊國屋書店の建築にお手伝いするようになってから二十五年の四半世紀の間にやりましたものの中で先ほど述べました新規に建てた建築は新宿本店だけと申してよいと思います。つまりほとんどの支店は要するに貸店舗とした既存の建築の一部を都合して、紀伊國屋書店の支店を作るという作業であります。したがってその仕事の主流はインテリヤということになりますが、だからと申してインテリヤのデザインのみで事は足りるというものではなく、紀伊國屋書店の支店となると、インテリヤに関係した照明、エスカレーター、空調、給排水といった附帯工事の全てが関連をもつという事になるわけですが、矢張り主流は店舗のインテリヤをどうするかという、いわばインテリヤの「ランドスケープ」といったような問題に発展し、田辺社長の所謂「書店風景」ということになると思います。そのハードウェアとしての建築及びその店内インテリヤ家具類はもとより、そこに働いておられるソフトウェアとしての店員諸君の参加合作が問題になると思います。つまり平たく申せば、一目で紀伊國屋書店であると直感していただける建物内外の「たたずまい」と、そこに働く店員諸君のサービスとがからみ合って生きたプロトタイプが生れなければならないと思うのですが、紀伊國屋書店創業五十年を心から御祝いすると同時に明日からの紀伊國屋書店に課されたこの様な新しい問題を考えていこうと思います。

（一九七七年五月）

紀伊國屋書店と私

三宅艶子

　紀伊國屋に関して私の思い出を書こうと、筆を持って考えて見る。どのことを、いつの紀伊國屋を、とあれこれ思い描くと、紀伊國屋書店のことより、私自身の姿が少女の頃から今日まで、さまざまに眼に浮んで来てはてしがない。

　四十年という年月、いろんなことが紀伊國屋を背景にして、私の中で起っていることに今更に気がついた。殊《こと》に「我が青春の日」とでもいう時期に、紀伊國屋書店がからんでいることが、映画のフィルムをまき返すように思い出されるので、まことに私事にわたることだが書き記させていただく。

　数え年の十七であったから、今風に言えば十五才だろうか。私は牛込から砧村（今の成城）に引越した。牛込にいたときには角筈で乗りかえて街に出るし、成城からも小田急を新宿で降りてそこからバスで銀座あたりに出かけることになっていたので、住居が変っても、ときどきのぞく本屋と言えば紀伊國屋書店だった。

そこはただ乗りかえで便利がいいというためではなく、なんだか芸術的ですてきな本屋に思はれた。店の中の本の並べかたが違っていたのだろうか。二階に画廊があってときどきいい展覧会があったせいだったか。その時分はまだギャラリーも今のように多くはなかった。私は家の近所にある本でも、なるべく紀伊國屋で買いたかったものだ。

その時分「アルト」という雑誌が紀伊國屋書店から出ていた。私の母［三宅やす子］のところにその編集者が原稿をたのみに見えた。そのとき女学生の私も客間で一緒に雑談をした覚えがあるが、きっと「紀伊國屋」や「アルト」は洒落たものとして憧れていたから、出しゃばっていたのだろう。紀伊國屋の御主人は慶應を出たばかりの若い人だとか、夏は一の宮に行くとかいう話をきいた。「私の毎年行く海は一の宮の少し先よ」と私が言い「お遊びにいらっしゃいませんか」などとその編集者が言い、私は逢ったこともない紀伊國屋主人に好奇心を持ったりした。ビートルズにきゃあっと声をあげるほどの年頃であった。

それから半年ほど後、学校の廊下でポスターを見た。東郷青児と阿部金剛の二人展が紀伊國屋ギャラリーであるという。絵の展覧会には珍しく、二人の写真が並んでゐる。この写真は本人よりハンサムであるとかないとか、私たちの仲間はきゃあきゃあと品さだめをし、学校の帰りに打ち揃って見に行った。

阿部金剛は少し前に二三度うちに訪ねて来たことがあり、他の友達もちょっと知っていたりして、洒落た男の人として話題になっていた。東郷青児は前年の二科に沢山並んだ作品で有名だったし、おまけに場所が紀伊國屋のギャラリーである。ビートルズに騒ぐ年頃の、それもちょっとひねった騒ぎ方を得意とする当時の私たちにとっては、なによりのみものであった。

展覧会場で東郷氏の小品は普通に見えたが（といっても今のように甘い絵ではなく）阿部金剛の方は真白なカンヴァスに黒で丸や線が描いてあり、ところどころ朱色があるだけのものなので、度胆を抜かれた。でも若い私たちはちっとも驚かない振りをして見ていた。

そのとき、どうしてだったか、私たちは画廊の脇の応接間に通された。地味な調度の部屋であった。そこで東郷・阿部の二人と、紀伊國屋御主人とに会った。田辺茂一さんは前年想像していたよりも太ったかただった。東郷さんは何やらフランス語で喋ったりしていた。そこへ紅茶が運ばれて来た。田辺さんがみんなの茶碗に「一つ？二つ？」と訊きながらお砂糖をいれる。なかなかサーヴィスのいい人だなと私が思っているとき、私の横の友達まででそれをやめ、お砂糖はさみを阿部金剛に渡した。それで私一人が彼からお砂糖をいれて貰ったことになった。

なんでもないことなのだが、紀伊國屋の小さな応接間に私たちがぎっしりと腰かけた、その日のことを私は忘れられない。阿部金剛がお砂糖をいれたからという訳ではないのだが、そのことが大きなきっかけとなって、私は彼と親しくなり、結婚をし、二十何年後に離婚し、そして今も珍しい友達の間柄としてつきあっている。こんなことを書いたのは、今思うと全部を田辺さんのせいにするのでは決してないけれど、紀伊國屋書店というものが、一つのイメージを若い私達につくっていたために、展覧会を見に行くと言ってはきゃあっ、お砂糖を一人にだけいれなかったと言ってはきゃあっと声をあげることになったのだと思う。あのとき紀伊國屋に行かなければ、或は彼と結婚しなかったかも知れない。

田辺さんと阿部金剛とは大変親しく、あるときはお世話になり、あるときは喧嘩もした。若い田辺さんはいろんなお嬢さんにとうとつな求婚をして、その報告に阿部のアトリエを早朝たたき起しに見えたことがある。どういう本屋にしたいという抱負を夜を徹してきいたこともある。

小さな応接間のある店はやがて、鉄筋の建物になり、そこには階段のつきあたりに阿部の大きな絵がかかっていた。私はその絵が好きだったので、紀伊國屋に行くのは嬉しかった。ある時期大きな喧嘩をして（というより阿部が田辺さんを怒らせるようなことをしでかしたらしい）しばらく絶交みたいになっていたことがあった。それでも、青い空と水平線の絵が階段に見えると私は安心だった。が、やがて他の人の絵にかけかえられたときは、「私の紀伊國屋」がもう遠いところに行ってしまったようで大変悲しかった。

戦後、バラックの犬屋やカメラ屋のある小路の奥に紀伊國屋が建ったときには、なんだかほっとしたものだ。それから仮の書店、こんどの紀伊國屋ビル、と移り変る間に、私のエピソードも年を経て重なって来る。

この頃になって、たとえば旅行案内を近所で買って来てくれ、と私が大学生の息子に頼むと彼は「紀伊國屋で買ってくるよ」と言う。私の若いときの話などしたことがないのに、やっぱりそんな冊子一つさえ紀伊國屋の方がいいのかしら、あのBooksという紙で包んで貰いたいのかしらと私は微笑ましい思いである。

懐旧　銀座の画廊

向井潤吉

紀伊國屋書店も戦災で記録や資料を焼いてしまったそうだが、私もまた数年前の不審火で、画室や新旧の作品や、大切にしまっておいた資料や写真の大部分を灰にしてしまった。それと共に古い長い記憶をつなぐ糸も立ち断れた感じで、私の歴史の中間に大きい穴が明いたような気がした矢先、不思議なことには友人や地方の画商から、忘れていた旧作品が数点運びこまれて来たのである。その中の一枚に三十号の裸体があったが、それははからずも昭和九〔一九三四〕年四月一日から五日間、銀座紀伊國屋ギャラリーで個展を開いた時の二十九点の中の一枚と解った。私は前年の三月一日から五日間、同じギャラリーで二回目の展覧会を開いた記憶が残っている。私はこの作品を最終として写実に踏みきり、その秋の二科二十一回展に「争える鹿」を出品したので特に感慨深いものがある。

その頃、銀座にあった画廊は日動画廊と、

資生堂と、八重洲口から移転してきた青樹社と、紀伊國屋の四軒だけであった。その紀伊國屋の位置は今のガスホールのあたりであったろうか。間口は狭く奥行が相当にあり、その突当りの階段を二階に上がると、瀟洒な壁面を持つ画廊があった。現在の兜屋の西川武郎さんが主任であった。その頃は個展もグループ展も今日ほど活溌でなく、従って銀座以外には丸善、文房堂、東京堂があった位で、それも料金さえ払えば誰にでも貸すというよりも、むしろ厳しく人選して制限をしたのではなかったかと思われた。宮本三郎君、橋下徹郎君と三人で、東銀座三丁目にあった明治製菓の二階の客席の壁を利用して（三人油絵市場）をやった事もあったが、売れるということには全く自信もあてもなかった。木曜日とか金曜日かが重役の出勤日で一番重要な日とされ、それとなく心を弾ませて期待したものであった。日曜日に銀座を歩くは野暮天の骨頂だという話もあったが、果して今日ではどうであろうか。紀伊國屋での二回展のとき、友人の紹介してくれたAさんが小品を二十円で買って下さったが、それが縁になり今も親交が続いているのは、やはり絵が売れるということはそれ程に珍らしく、感謝と印象が深かったかも知れないのである。従って通常は研究発表という形式が多かった。私のように無名な者には、大家名家や欧州の作品を扱った青樹社や、日動画廊のように工芸品も陳列してあるような純画商風の家は敷居が高いような気もしたし、資生堂は階下の美しい商品や客を見下ろしながら階段を昇るのが、何か気恥ずかしい気がしたものである。それに較べると、紀伊國屋画廊は書籍、文学、絵画と連環するような親密感があって新人が多く、私と前後して小野里利信、難波田龍起《たつおき》、村井正誠君のやっていた黒色展が溌剌《はつらつ》と異彩を放っていた。

画廊の数も少なく、また一般的に不景気だったせいか、やはり同じ銀座のある呉服屋さんが二階を持て余している話を耳にしたので、貸画廊の経営をすすめた事がある。ロンドンのテートギャラリーをもじって「帝都ギャラリーはどうですか」ということになり、もし経済的に予裕があるのならば不遇画家を援助する意味でその作品を預かって展覧会を開いたり、また制作費の面倒を見る目的で「抵当ギャラリーも面白いですね」と進言したものだったが、残念にも実現出来なかった。

田辺茂一さんの発企で、画廊内で夏期洋画講習会をやった事もあった。夜間であったが勿論ルームクーラーもなく、表の硝子《ガラス》戸を閉めきり、カーテンを厳重に引いたので随分と暑苦しい思いをした。講習生も案外に多くそして熱心であったが、それにも増して感嘆したのは安井曾太郎先生も講師の一人として何回か来られた事であった。他はどんな講師が来られたか、さっぱり忘れてしまった。その頃は文芸雑誌「行動」もたしかここで発行されていて、その編集主任であった豊田三郎さんも時々現われて、モデルを素描していたように覚えている。田辺さんもよく顔を出していたから、或いはこっそりと若い裸体を楽しんでいたに違いない。

やがて堀越さんと西川さんが独立して現在の兜屋の位置に新しく三昧堂をこしらえ

て離れたが、紀伊國屋画廊は依然として新人登場の元気の溢れた会場であった。

　私はその三昧堂でミニアチュール〔細密画〕展を、十二年十二月には青樹社で北支従軍展をやったが、その頃から戦時下の東京に転移して行ったのだった。十四年の二科手帖を見ると、他に鳩居堂の名があるが、それは日本画を主としたもののように覚えている。むろん百貨店にも美術部はあったが、他の商品に較べて力が弱く、それも日本画中心で洋画は疎外された感じであった。今日、京橋から銀座新橋にかけて百を越すという画廊、画商さんの隆盛を考へると、正に隔世の感一入《ひとしお》である。

紀伊國屋の炭俵のむかし

吉田謙吉

　紀伊國屋書店ビルの前に立つと、ぼくは今でも、かつてその辺りに炭俵がうず高く、しかもいつも、きちんと積み上げられていた事が思い浮ぶ。それはいま自分が立っている辺りではなかったかなどとまで思う。すると、その炭俵の積まれていた高さはなど、些《いささ》か職業柄じみた事まで記憶を蘇らせようとする。その頃の印象では、現在のビルの二階の書籍部のロビーの床辺りまで積まれていたようだった。だが、およそ印象などと云うものほど、アテにならないものはない。とまれ炭俵が新宿の大通りに面して積まれていたことだけは、およそ当時の紀伊國屋を知っている人なら、明らかな印象だと思う。

　ところが、そのはなしをさるひとに話したら、その炭俵の積まれていた近くで、田辺さんの御母堂（?）が、たどんを丸めていられた姿を憶えていると話してくれた。そこまでは、ぼくの記憶にはない。

　それよりも、またしても炭俵にこだわるようだが、その炭俵の傍らを、当時の市電、いわゆるチンチン電車の東大久保方面行の路線がカーヴしていた筈だ。だから、よけいに炭俵の印象が強いのだろう。むろん、関東震災後のはなしだ。

　ところが、計らずもその関東震災後の東京の、復興してゆく街々の姿を何とか記録しておこうという企てがきっかけで、早大名誉教授今和次郎先生に従ってぼくは、毎日のように東京のバラック建ての低い家並の街々を、足にまかせて歩いた。それがその後に出版された「考現学――モデルノロヂオ」という新学問（?）の始まりとなった訳だが、出版されるいきさつには、当時は紀伊國屋の御曹子であった現紀伊國屋田辺社長の稀なる好意と配慮があったのだ。というのは、その考現学による東京の風俗復興の記録図の数々を、一堂にならべて見せたらという、その同志たちのねがいを、すぐさま聞き入れて、紀伊國屋紀元第一年〔一九二七年〕の、むろんそれも当時バラック建だったが、その階上を、快く会場に提供してもらえた。その展示に当っては、今先生が早大理工学部の建築科に教鞭をとっておられ、ぼくもデッサンの助手をさせてもらったりしていた関係などから、早大の建築科の学生を初め、当時の帝大セツルメントの学生、並《ならび》に美校の学生など大ぜいが手伝ってくれた。その中には、亡き服部之総《しそう》君もいたし、のちの尾崎秀実《ほつみ》氏夫人（当時紀伊國屋書店の店員であった）もいられた。

ところが紀伊國屋書店階上での「モデルノロヂオ展〔「しらべもの展」〕」は、大人気を博し、それが重ねてのきっかけとなって、当時の「婦人公論」社長嶋中雄作氏のお目にとまるところとなり、それが「婦人公論」に画期的な編集で、厖大《ぼうだい》な頁をさいて掲載され、さらに、その後春陽堂からの出版〔一九三〇年〕にまで繋がって行った訳だが、その考現学が四十年の歳月を重ねてきた事と、紀伊國屋四十年史が刊行されるに至ったことは、奇しくも一つの映像となっている事に、田辺さんのその当時の配慮に対して今更ながら感謝を新《あらた》にしているが、それにも増して、その後ペンクラブその他で、田辺さんに会うごとに、当時の考現学の発足を、義理固く懐しんでもらえる事だ。さいわい今和次郎先生もかくしゃくとしていられるし、ぼくも、築地小劇場以来の土性骨だけは貫いてきている。惜しむらくは、ぼくが飲めない方の種族に属するために、田辺さんと飲み明かす機会を持ち得ないことだ。

ところが、その飲めない族のぼくにも、たった一度、田辺さんと飲み明かした機会があったのだ。もっともこれとて、すでに幾星霜を隔ててしまっているが、銀座の「天金」に入りかけていたぼくは、ばったり田辺さんと会った。海からの帰りとかで、片手に小さい折をぶら下げていた。「天ぷらならこれから一所に行きましょう」と云うことになって、「橋善」に誘われた。むろん先ず一杯。しかも、このおりも、田辺さんの方から、あの当時の紀伊國屋書店階上での考現学の展覧会を懐しんでくれた。そうなると、ぼくも、そのまま別れ切れず、誘われるままに銀座裏のバーを数軒飲み歩いているうちにいつか夜が白けてしまった。だが、爾来ぼくは、ひとつの事を守り通す事になってしまった。飲めない族のぼくとは云え、一滴も、と云う訳ではない。だから、つき合うからは、とことんまで、夜が更けるなどは愚か、夜が明けようが、日が暮れようが、一たんつき合うからには、決して途中で抜けて帰らないことにしている。飲める飲めないの問題ではない事を田辺さんから教えられたようなものだ。

だから紀伊國屋創業四十年を慶賀してやまないとすれば、通り一ぺんの乾杯などでは事足りぬ因縁だ。実量は飲めぬと雖《いえど》もとことんまで飲んで祝いたいと云う思いのあまりが、飲めもしない飲みばなしで結ぶ事とはなったが、それも田辺社長とあれば、敢えて許してもらえる事であろうし、めでたき社史をけがすの愚も敢えてし、以て炭俵変じて萬巻の書をビルの高さにまで積んで売捌《うりさば》き、今や日本の読書人口を高めつつある紀伊國屋書店バンザイである。

月刊誌「風景」のこと

吉行淳之介

月刊誌「風景」は、昭和四十一〔一九六六〕年七月号が通巻七十号に当る。したがって、三十五年十月号が創刊号である。

いま、七十号のオクツケをみると定価四十円、編集　キアラの会、編集人　吉行淳之介、発行人　田辺茂一、発行所　悠々会、とある。最終頁の三分の一を、短冊型にケイでかこみ、上の三分の二が「編集後記」、残りの三分の一が「オクツケ」である。このスタイルは創刊号からつづいているものとおもっていたが、いま調べてみると、創刊号にはこの欄はない。三十六年二月号から、オクツケができていて、ここで現在と違うのは、定価が三十円、編集人が野口冨士男、という二項目だけである。

　田辺茂一氏が会長になっている、東京の書店組合が「悠々会」といい、その会員の書店は毎月定まった額を出して、「風景」も買い取り、顧客に無料配布する。定価はついているが、金を出して買う読者は、ごく少数である。したがって、「風景」は悠々会の一種のPR誌ということになる。

　しかし、編集は文芸雑誌としてのやり方ということができよう。悠々会は、編集にはタッチしない。毎月の編集会議には、田辺茂一氏が出席するが、その発言には、PRについての顧慮はまったく含まれない。ただ「編集　キアラの会」とあるように、いくぶんの同人誌的傾向はあるが、それもごく微《かす》かである。

　キアラとは、伽羅《きやら》である。舟橋聖一氏を中心として集まる文学者の会で、そのメンバーを列記すれば、井上靖、源氏鶏太、芝木好子、有吉佐和子、野口冨士男、船山馨、八木義徳《よしのり》、北條誠、水上勉、日下令光《よしみつ》、澤野久雄、有馬頼義《よりちか》、北杜夫、吉行淳之介、ということになる。そして、「風景」はキアラの会の活動の一つとして、舟橋氏が旧友の田辺茂一氏に相談の上、創刊のはこびになったものである。ただこの種の雑誌はいつも金銭的な面で短命になるものだが、前記悠々会との結びつきによって、永続性を獲得することができた。

　キアラの会から、交替で編集委員五、六名が出て、毎月一回編集会議をおこなう。編集責任者は、おおむね二年交替で、初代が野口冨士男氏、次が有馬頼義氏、四十年三月号から私（吉行）がつとめている。雑誌の実務は、坂本、山本、柿平の三氏が担当している。原稿料は、文芸雑誌とほぼ同じ額を支払っている。

　雑誌のスタイルは、初代編集長野口冨士男氏がつくったものを、多少、変化はあるが、おおむねそのまま受け継いでいる。頁数に比べて広告頁の多い雑誌だが、それであまり抵抗感がないのは、スタイルをつくった野口氏の功績といえる。

　四十一年七月号を例にとってみれば、表紙（創刊号からずっと風間完氏の絵であり、これが「風景」成功の大きな一因になっている）、表紙の二（紀伊國屋書店の広告）、一―三頁（文藝春秋社広告）、四・五頁（目次）、六―八頁（舟橋聖一の「文芸的グリンプス」という随筆が創刊号より連載されている）、九頁（新潮社広告）、十―十二（文芸評論・山本健吉）、十三―十五（中央公論社広告）、十六―十八（短期連載随筆欄「隣の椅子」今東光）、十九（新潮社広告）、二十・二十一（日記・藤枝静男）、二十二・二十三（岩波書店広告）、二十四―二十八（随筆・吉屋信子、青山光二、邱永漢《きゅうえいかん》）、二十九―三十一（講談社広告）、三十二―四十（対談・黒岩重吾・梶山季之）、四十一（新潮社広告）、四十二―四十九（小説・吉村昭）、五十・五十一（光文社広告）、五十二・五十三（詩・辻井喬《たかし》）、五十四―六十一（小説・野口冨士男）、ほかに記事中のカコミ短文（「机の上」有馬頼義、大原富枝）、以上、となる〔六十二・六十三・六十六（筑摩書房広告）、六十四・六十五（角川書店広告）〕。

最後に、創刊号目次の、項目と執筆者を書き写しておく。

「文芸的グリンプス」舟橋聖一、文芸評論・山本健吉、文芸時評（この欄はいまは無い）・十返肇、演劇時評（この欄もない）・日下令光、対談・福田恆存《つねあり》・三島由紀夫、書評（これも無い）・八木義徳、一枚随想・柴田錬三郎、風間完、日記・源氏鶏太、随筆・有馬頼義、円地文子、船山馨、芝木好子、北條誠、小説（この欄は現在は三篇掲載）・吉行淳之介、である。

現在「風景」はユニークな小冊子として認められている、ということができる。はたして、何号まで続き、どういう形式のものに変化してゆくだろうか、興味がある。

華園神社
神楽殿
大公孫樹
杉の木多し
草原で窪地
沢山工場
ケヤキ
サクラ
文房具や
仕立屋・小糸
小学校長 村田先生
大工・宇佐美
たばこ竹谷
鳶・渡辺
高橋兼吉
写真館
具屋
警察署
孟宗竹多し
大迫邸
のち東京市電の車庫となり
現在伊勢丹となる
青梅街道
有朋義塾（高山塾）
高山氏父子で教えていた。
交番横丁
この辺民家数軒
耕牧舎
芥川竜之助の父
新原敏三氏経営
山半材木店
寄席
堀江亭
駄菓子
植田
三遊亭円窓
日原医院
松平写真館
車宿・大黒屋
牛屋の原
さくら多し
春月庵
べっ甲吉川
理髪スズキ
薪炭大阪屋
焼酎・天野
○新美濃楼
北川豆腐や
天麩羅吉田
理髪店
交番
スミタバコ
小西
そば・市村
馬具坂本
高岡医院
料亭竹虎
こんにゃくや
芋屋
ローソクや
○広島楼
○万年楼
米・玉川屋
馬宿・万忠
下駄・新井
床ヤ・小川
印判・斉藤
ブリキ・銅王
たばこ甲洲屋
肩市・稲葉
下駄・鈴木屋
書籍池田屋
万頭・高山
八百屋
呉服吉野屋
大阪屋倉庫
上富乾物店
恩田金物店
○新金楼（現日活館）
せんべい伊勢屋
クツ安藤
酒伊勢市
伊勢孫
びんつけ油
寿司
菓子玉川亭（小玉川）
清野油店
張灯・平野
菓子・甲洲屋
○竹王利楼
足袋・久保寺
鳥金
お化けまんぢゅう
雪花堂
小間物永野屋
ポンプ置場
人参湯
○大美濃楼
奥・稲田屋
乾物上由
酒小島九兵衛
茶畠
大倉楼
桐屋
○橋美濃
乾物・緒方
牛肉朝久亭
貸玉川
按摩生薬
芋屋
菓子・平野屋
魚・飯田屋
古道具小山
追分
常磐津・加藤
大工・平野久次郎
呉服・大阪屋
万金楼
この広場は雨が降ると1尺ヶ寸近く水が溜まり、附近の子供達の遊び場となる。
下水樋
天竜寺はし
米横田屋
酒
近江や
米
乾物石川
石甚
銀世界
雷電イナリ
新宿高校（現在）
土手上わずかに人の通る道
貸・池田や
旅館相模屋
旅館川崎や
青物問屋
木村
青天龍寺
カヂ松
青物問屋 水戸屋
秋田質店

明治35年前後の新宿駅前通り（古老の記憶図から）
『新宿高野100年史 創業90年の歩み』（1976年）より

凡例

・本書は『わが町・新宿』（旺文社文庫、一九八一年）を底本とし、元の表記を尊重しつつ、明らかな誤植と思われるものは正し、一部、ふりがなと、新たに写真数葉を加えた。また、編集部で補った註は［　］で示し、長いものは左記にまとめた。本文中の地名・店名・役職名等は単行本刊行時（サンケイ出版、一九七六年）のものである。

・附録の「紀伊國屋書店と私」は『株式会社 紀伊國屋書店創業五十年記念誌』（一九七七年）所収のものを再録した。古沢安二郎氏、前川國男氏は『記念誌』刊行時に、そのほかの方々の文章は一九六六年（創業四十年時）に寄せられたものである。

・なお、三宅艶子氏、および137頁の写真の撮影者の著作権ご継承者についてご連絡先を捜し尋ねましたが、現在のところわかっておりません。ご存知の方がいらっしゃいましたら、小社出版部までお知らせくだされば幸いです。

編註

1（10頁他） 62頁で訂正しているとおり、実際は本郷森川町より。

2（10頁） 実際は布田五宿、現調布市より明治十八（一八八五）年に移転。当時の名称は「高野商店」。

3（19頁） 大正九（一九二〇）年六月三十日の開館時に上映されたのは細山喜代松監督「短夜物語」とデル・ヘンダースン監督「嫉妬に燃える眼」で、当初から洋画も上映した。開館年に上映された五味国太郎主演映画には「血汐の鳴門」と「恨の尼港」がある。

4（19頁） 実際は大正十年より「国活の経済状態が悪化し作品の完成予定がたたず」洋画専門館となったとされる（『キネマの楽しみ――武蔵野館の黄金時代』新宿歴史博物館）。

5（26頁） 『黙移』にはこの記述を見つけられなかった。

6（50頁） 『黙移』によれば実際は相馬夫妻が購入した住居の純日本式の土蔵を改造したもの。

7（51頁他） 相馬安雄は明治三十三年生まれ、昭和三十二（一九五七）年没。石黒敬七は明治三十年生まれ、昭和四十九年没。

8（64頁） 『新宿高野100年史』によると、フルーツパーラーの構想は大正十三年、完成は昭和元年。メニューはアイスクリーム、プディングなどもあり、多様だった。

9（70頁） 菊岡久利は明治四十二年生まれ、昭和四十五年没。

10（85頁他） 「行動」の座談会は昭和十年三月号の「能動精神座談会」に阿部、窪川、武田、戸坂、舟橋他、翌月号の「新動向討論会」に大森、窪川、小松、向坂、舟橋、田辺が出席。

11（210頁） 実際の国際図書年は昭和四十七年。

12（280頁他） 漱石の養家は名主であったとされ、住所は「新宿北町十六」。『新宿の今昔』によれば、『道草』に登場する家は実母に関係する元遊女屋（維新後に廃業、新宿二丁目三十一）で、この始末のため養父母とここでしばらく留守番していたという。なお、聚芳閣は「新宿一丁目五十一」にあり、経営者は直郎の義兄の足立欽一、大正十三年創立。

13（299頁） 実際の台詞は「本は私だ」。なお、殿山泰司の名はオープニングクレジットにはない。

田辺茂一　たなべ・もいち

紀伊國屋書店創業者、作家。明治三十八（一九〇五）年、東京・新宿生まれ。慶應義塾高等部卒。昭和二（一九二七）年、家業の薪炭業を継がず、新宿に書店を開業。文芸・美術にも関心が強く、画廊も経営し、文芸誌「文藝都市」「行動」などを主宰した。戦後は「文藝時代」同人となり、数々の作品を発表。著書に『夜の市長』『浪費の顔』『芯のない日々』『すたこらさっさ』ほかがある。昭和五十六年没。

一九六八年、「丸山明宏君を励ます会」（高輪プリンス会館）にて、左から三島由紀夫、田辺茂一、ロイ・ジェームズ、横尾忠則　©Yamato Shiine

「紀伊國屋書店と私」寄稿者

伊藤熹朔	1899–1967	舞台美術家
伊藤 整	1905–69	小説家・評論家
井伏鱒二	1898–1993	小説家
伊馬春部	1908–84	劇作家
梶山季之	1930–75	小説家
北園克衛	1902–78	詩人
北原武夫	1907–73	小説家・評論家
小林 勇	1903–81	編集者
今 和次郎	1888–1973	建築学者・風俗研究家
榊山 潤	1900–80	小説家
向坂逸郎	1897–1985	経済学者
里見勝蔵	1895–1981	洋画家
柴田錬三郎	1917–78	小説家
東郷青児	1897–1978	洋画家
戸川エマ	1911–86	評論家
中島健蔵	1903–79	評論家・フランス文学者
西川武郎	1906–82	前兜屋画廊社長
野口冨士男	1911–93	小説家
浜田正秀	1925–	玉川大学名誉教授
林 武	1896–1975	洋画家
春山行夫	1902–94	詩人・評論家
舟橋聖一	1904–76	小説家
古沢安二郎	1902–83	英文学者・翻訳家
前川國男	1905–86	建築家
三宅艶子	1912–94	小説家・評論家
向井潤吉	1901–95	洋画家
吉田謙吉	1897–1982	舞台装置家
吉行淳之介	1924–94	小説家

わが町・新宿

二〇一四年十二月五日　第一刷発行
二〇一五年二月十八日　第二刷発行

著者　田辺茂一

発行所　株式会社　紀伊國屋書店
東京都新宿区新宿三―一七―七
出版部（編集）電話〇三（六九一〇）〇五〇八
ホールセール部（営業）電話〇三（六九一〇）〇五一九
〒一五三―八五〇四　東京都目黒区下目黒三―七―一〇

装丁　平野甲賀
本文レイアウト　磯田真市朗
印刷・製本　図書印刷株式会社

©Moichi Tanabe 1976
ISBN 978-4-314-01124-2 C0095　Printed in Japan
定価は外装に表示してあります